随笔精粹集

漫长的路

陈世旭 —— 著

作家出版社

目 录

代序

*

小镇上的作家

王安忆

　　1980 年，中国作协第五期文学讲习所，可真是群星璀璨：蒋子龙、叶文玲、孔捷生、陈国凯、张抗抗、竹林、叶辛、古华……一代风流。我所以能进讲习所，是因为多了一个女生的床铺，浪费了岂不可惜，又正巧，这个名额给了上海，而上海的女作者均在大学里读书，便让我来了，实在是侥幸。

　　老师将我们三十几个学员分了组，我们小组的组长是古华，轮到值日的时候，他便带领我们打扫课堂——实际上是一个饭堂。扫得一屋子尘土弥漫，再也分不清你、我、他，然后才想起泼水，将那尘土和成了泥。陈世旭最负责的是擦自己的桌子和板凳，擦起来一丝不苟。并且总将板凳调换成最稳固、结实而又舒服的。我不免分享了他的劳动，因为他和我是同桌。

　　能够参加讲习所，坐在讲习所的课堂上，心里是又骄傲而又惭愧。我总是认真地听，认真地记，老师说的每一句话都恭恭敬敬地记录下来。陈世旭不记，抱着胳膊东张张，西望望，时而轻蔑地瞅瞅我和我厚厚的笔记。似乎连听都没在听。可是，有时候，他会忽然地兴奋起来，竖起了耳朵，打开本子，潦草地写上几行。

比如，那次听吴组缃老先生讲《红楼梦》，讲到作家的主观意念和表达的客观。大意是曹雪芹写作《红楼梦》的时候，并不具备反封建的意识，他甚至并没认识到自己所居时代的特性。他只是感叹人生无常。可是他表现出来的现实却是反封建的，甚至在今天，还有现实意义。

上课常常是整整一上午，陈世旭常常会觉得无聊，便要和我搭话。

为了听他谈文学，我常常错过讲台上的讲课，我的笔记开始日益潦草。

这时节，《收获》上要发我的小说了。我的小说是第一次上《收获》。由于《收获》发作品要用作者自己的签名，于是上课时我便什么也不写了，只写自己的名字，满纸都是"王安忆""王安忆""王安忆"。他则趁机大谈书法，并且大言不惭地写了几个"王安忆"给我作帖，让我照着练。一边指导："不要把'忆'的那一钩翘得太高，高了就做作了。"

在他的教唆下，我们上课就干着这些。

1980年，真是他走红的一年，小说得了1979年度全国奖，名列第二，吸收入中国作协，被选为江西分会理事，又生了一个大胖儿子。他得意非凡，说："我马上就去领了独生子女证。"他把他儿子的照片拿给我们看，那是个愣小子，有着一双大而黑的眼睛和一个圆圆扁扁的鼻子。他说："眼睛像我，鼻子像他妈妈。"

"哼！"

我们不以为然地把照片掷还给他。

"喂，你爱人干什么的呀？"我们问他。

"以前是文工团的，现在是打字员。"他说。

"你们怎么认识的呀？"我们进一步问他。

"那时候，我终于从农村抽上县里，转了户口，开始想媳妇了。就托我的朋友给我找一个。找来几个，我都不满意。有一天，我和朋友一起去看文工团演出，一群跳舞的女孩子，我一眼就看中了她：'就是她！'第二天，我的朋友就想办法把她找来。她很小，很害羞。我对她说：'你也不要紧张，咱们先接触接触，行就行，不行就不行。'就这样，我们好了，谈起来了。可是，我们之间发展得太顺利、太平静。我决定考验她一下，这时候，还好，我们单位里有了点儿小事，我就对她说，事态是如何严重，弄不好，我又会下到农村，她被我吓哭了，但是终究没有离开我。于是，我们便结婚了。"

"你们有房子吗？"我们问。

"有，挺好的。"他很满意，忽而又想起故宫光绪皇帝的新房，"光绪皇帝怎么住那样的房子？在那种房子里结婚，怎么会有激情。"

在北戴河度假的时候，同班同学的爱人生了个儿子。请我们去"起士林"吃"圣诞"。陈世旭不让他请："我的儿子比你大。而且，在我们那院里，你们五四年出生的人都叫我叔叔。"

"去——"我们一起嘘他。其实他只比我们大五岁。

"圣诞"来了，他吃了几口就吃不下了，把攒奶油平分给我们："消受不了，看来我只能吃野菜。"

"你怎么这样土？"

同学说。他怎么也不能理解会有人拒绝奶油。

我们这才想起他是从小镇上来的。在这之前，我们都错觉得他是个将军呢！

住在大海边，我们一有空就去泡在海水里，或者躺在沙滩上。这天早上，他一个人游得很远，一直游到了防鲨网跟前。不料，让防鲨网绊住了脚，怎么也挣不脱了。他几乎大叫"救命"，叫了也没用。没有人能听见，他离人群太远了。可是命里注定不该他完，他终于摆脱羁绊，游了回来。本该是值得庆贺的，而他却惴惴不安了一天。他说，那是一个不祥的预兆，又说他今天有一种不祥的预感，说什么也不肯下水了。这一天的傍晚，我们谁也没下水，坐在海岸边，望着涨潮的水一层一层拍打着海滩。

"你想不想起笔名？"我们这样问着。

"不想。"他说。

"为什么？"我们问。

"好不容易写出了一篇，还不用真名，谁也不知道是你写的。"

"这倒是的。"我们承认这毕竟有点遗憾。

"我写东西时，最高兴的是想到，在很远很远的地方，有个朋友看到了，他心想，哟！陈世旭这家伙还活着！"

潮，一层一层拍打着沙滩，来了，从很远很远的地方来。

怀着这样轻松的使命，写作便有些像游戏。坐在食堂里，一只脚支在板凳上，吹吹口哨，嗑嗑瓜子。他喜欢嗑瓜子，从家里带来一大塑料袋乱七八糟的瓜子。他说，一嗑瓜子，灵感就来了。还请我们吃，那瓜子淡而无味，还有些焦，实在嗑不出好处。只看见他的瓜子日益减少，却没看到有什么作品出来，更别说像《小镇上的将军》那样的小说。我们对他白白地崇敬了一场。

讲习所终于结业了，大家分手了。天南海北的，再难遇到了。只能在刊物上见面。打开刊物，先看目录，凡是讲习所同学的作品，都要细细地看一遍。难得有陈世旭的，即便有，也叫人忍不住地失望。收到他的来信，信中说自己或许不是干这行的，端错了饭碗。虽是过谦的话，倒也流露出一点沮丧的真情。到了这般惨淡的境地，仍不忘教诲我一句："我看你《收获》上的签名，王安忆的'忆'那一钩，还可以提得高一些。"接着便大谈儿子，说儿子已经会讲长句子了："我是爸爸的好崽崽！"这确是一句鼓舞人心的话。儿子和作品，究竟谁重要，难说！儿子是作品，作品也是儿子。因此，真心地为他高兴了一阵。但想想他的创作，又为他担忧，怕是陈世旭的大势，已如大江东去，再不复返了。

可是仍然给他写了一封信，安慰了他一阵。

"也许你是到了极限，挺过去便好了。你的起点高，极限也就来得早。"

不料他回信说："你对我的创作的估计是正确的。"信后不忘加了一句："儿子能朗诵普希金了。"

看来，他对自己从来没有丧失过信心，何苦我们去为他担忧？

过了不久，便在《人民文学》上看到了他的《惊涛》。一口气看了下去，然后愣了半天。

"陈世旭还活着。"我想，忽然想到那年在北戴河的海边，他说的话："我写东西时，最高兴的是想到，在很远很远的地方，有个朋友看到了，他心想：哟！陈世旭这家伙还活着！"

我这才发现，他的使命并不是轻松的。

然而，我又想起那天的早晨，他游得那么远，让防鲨网绊住了脚又挣脱生还，心想，那兴许真是个预兆呢！

第一辑

漫长的路

初三年级，有了读报的兴趣，时常路过一家报社的报栏，看副刊上的诗歌，也想写诗。在街道工厂做工的母亲每天带回一大堆计件的零活，做到很晚，不明白我为什么瞎忙。我说：写诗。如果登了报，说不定一次赚的钱比你一个月的工钱都多。这当然是小孩大话。倒是老师知道了，让我负责编写班上的墙报，也就让我那些"杰作"终于有了发表的地方。

一天下午，我在教学楼走廊上被一个人突然拦住去路：

我看到了你写的诗。

各班的墙报，在教学楼入口一侧，没有什么人注意。想不到竟然被他看到。他比我高一年级，小学是我们学校少先队大队长。全校差不多人人都知道他：他从来没有课本，作业本都是用到处收集来的纸片装订的；不管天晴下雨，热天冬天，总是打着赤脚，裤腿勉强遮住小腿肚，上身穿着大人的衣服，又长又大，皱巴巴的；书包是一只破旧的藤制的篮子，篮子的提耳已经脱落，另外用麻绳扭了两只。那篮子里装的是一些谁也不消说的东西，有一次我见它装的是满满一篮煤球。进了中学，除了长高了，还是老样子，还是全校成绩最好的学生，一个烟瘾重的老师把他的作文送到报刊发表，赚钱买烟。

我一直单相思似的崇拜他。他突然找我，让我不知所措。

那天晚上，我像一只怯生生的小狗似的跟着他，在街上走到半夜。大街上已阒然无人，只有路灯沉默的光亮和梧桐树寂寞的"沙沙"声。我噤若寒蝉，始终摆脱不了最初的惶惑。

你喜欢写诗，跟我一样。不过你那样的不是诗，诗并不是标语口号加上个"啊"字就行了。当然，大诗人也有拿标语口号写诗的，不过从那样做开始，他就不是诗人了。

接下来他说了一大串名字：拜伦，雪莱，普希金，莱蒙托夫，惠特曼……

知道吗？因为跟一个贵妇好，拜伦被赶出家乡，就是你现在的年纪。

他扬起脸，"嘎嘎"笑起来，在空寂的街上特别响亮。

这样的夜行后来越来越经常。一个又一个我从没听过的诗人作家的名字和作品像水一样汩汩流淌。我无法跟他对话，只能老老实实听着，尽最大的努力记在心里。我的文学理想就在这种怯生生的聚精会神的聆听中一天天成长。

有一次他掏钱买票，我们一起看了电影《漫长的路》：男女主人公的爱情，对强权的抗争，失败，流放，重逢，终至于生离死别。蔚蓝的大海，忧郁的灯塔，西伯利亚黑暗的雪野上孤独的驿站和马灯，在狂暴的大风雪中渐渐消失的马车和绝望的呼号……

我泣不成声。

我们最后走出影院。大街渐渐恢复了安静，他一直默默走在我身边，忽然说，我念诗你听：

我轻松愉快地走上大路，

我健康，我自由，

整个世界展开在我的面前，

漫长的黄土道路可引我到我想去的地方。

······

我照例是呆呆听着。他念的是惠特曼的《大路之歌》。我有一点明白：《漫长的路》《大路之歌》其实就是人生的路，人生的歌。

他后来领我去过他的家。一幢老旧的挤了很多户人家的楼房。他在一层楼梯底下塞进了一张床：几块没有刨光的木板架在两堆垒起的砖头上，木板上铺着一块破烂不堪的发黑的床单，枕头是一块从河里捡来的红砂石。他说，他一年四季都是这样睡的，再冷的冬天，木板上也不加棉絮。他说这不算什么，俄国小说《怎么办》里的拉赫美托夫把钉子满满地钉穿一块木板，每天就睡在木板满是钉脚的反面，为的是磨炼意志。他也需要磨炼。他认识一个跟他差不多大的流浪者，晚上就睡在他家门外河岸的石堤上，已经走遍了大半个中国。有一天他也会去流浪。他认为人生本身就是流浪——被一种不可知的力量放到世上，然后照各自的命运漂泊。

我使劲眨着眼睛，似懂非懂。

初中毕业，我去了一个远离省城的农场独立谋生。在我带的书里，好几本是之前从他那里拿的，上面的空白写满了他给一个同班女孩的情诗，那女孩后来转学了。

两年以后，我与他在庐山脚下的一座城市邂逅。当时我在一家商店的檐下避雨。一个人浑身淋得透湿，却慢悠悠地在雨里走着。他忽然发现了我，跑过来，劈头问：

你下乡怎么不告诉我？

好像我们分手，只是头天晚上的事。

如果是我，决不会下乡。

他紧皱着眉头。

我咬紧牙齿，什么也说不出。两年，从省城到乡村，我已经完全成熟。两年很短，事情太多，说不清不如不说。

雨声很响。我想着两年前与他的一次又一次夜行。

此后我再没有见到他。过了将近二十年，我回到省城，他已经埋在了他插队农场的一个小山坡上。高中毕业，他还是下乡了。

有一天晚上他的一位朋友来访，带来了他的最后几篇诗稿和自己的祭友诗。那些诗稿里有一首《告别》：

哦，我多么希望，又多么害怕

最后一次，再听见你的声音

不用担心它会引起我的痛苦

我已走进了绝望的平静

一切我都想过了

我决定顺从命运

我知道不能使你幸福

而你带给我的快乐或是不幸

都太强烈了

太能摧毁我脆弱的心灵

你是一只候鸟

永远不能缺少温暖和光明

而我一天比一天更麻木而混乱

在孤独和寂寞中沉沦
我还是决定走了
让我带走所有的阴影
而在别前，我是多么希望，
又是多么害怕
最后一次听见你的声音

诗没有留下完稿的日子，但我想这该是他最后的诗作吧。他告别的是恋人，但我想也该是他温柔地和敏感地爱过的所有的人吧。

夜访的那位朋友的《祭》，则这样描写了他最后的那段日子：

黄昏来了，
你常常沿着堤岸独自徘徊；
一只天鹅从头上飞过，又飞远了
你陷入迷惘，久久望着天边的暮霭

诗人最后用一条被单结束了二十三岁的生命。这之前，他在宿舍后面的小山坡上拉小提琴到半夜。他的行为向来乖僻，因此当时没有人特别注意到他的异常。他是脆弱的。因为脆弱而不能同纷繁的生活相处；他又是热烈的，曾经有过怎样的年华，怎样的憧憬和怎样的爱。《祭》表达了这种沉重的追惋：

太透明就容易破碎，
太美丽就容易衰败，

太热烈就容易熄灭，
太纯洁就容易悲哀。
你仿佛天生就是残废，
只能拄着拐杖不能丢开。
那支撑着你的拐杖，
一根，是诗，一根，是爱。

是的，诗人天生属于艺术与情感，艺术与情感既不被理解，他也就无可留恋。作为一位无名诗人，他死后没有墓碑，没有花环；没有哀乐，没有送别的泪水。如今，那个掩埋他的小小的土堆也陷塌，无以辨识。但是，曾经像一缕绚烂的霞光一样出现在我生命的早春的这个人，我是永远也不会忘记的了。

在我的写作生涯开始之前，他最早在我心里种下文学的种子。他像传奇般遥远，又像兄长般亲切。他和他的诗，他的笑声，他所拥有并使我一直向往的一切，成为我永远的财富。

......
麋鹿温驯地伏在绿草地上
听燕子讲远方的事情——
它说远方有一条悠长的驿道
驿道上滚动着沉重的车轮
它说远方有一座茂密的树林
少女在寻找着昨夜的脚印
它说远方有一幢满是青藤的小屋
月光浸湿了不眠的眼睛

我想起很多年前他那些写在诗集空白上的诗句。我多么愿意自己是他诗中的那只麋鹿，多么愿意他像燕子一样从远方归来，再跟我讲《漫长的路》，讲《大路之歌》。

平生第一封信

我平生的第一封信是写给母亲的。

1964 年我初中毕业，去了长江沙洲上的一个农场——这一去就是将近二十年。将近一个月后，我给母亲写了这封信：

"第一次出远门，第一次给你写信，我一时不知该说些什么。那天一早坐火车离开南昌，中午到了九江，又转轮船，傍晚到了农场。当晚大家就住进了各自的房子。房子是新盖的瓦房，比我们家大多了，虽然一间房住四个人，但一点都不挤，每个人还能放下一张写字的小桌子。床铺是竹片和树棍钉的，比家里的硬板床舒服，因为竹片有弹性。出了门就是堤坝，外面是长江。江面很宽很宽，比赣江宽多了。这下好了，游泳不愁了。站在堤坝上可以看到远处的山影，老师没有骗我们，那就是庐山。听说上山坐车和住宿要很多钱，我还是想去。我会走上去。夏天上山，可以在山上的街心公园过夜，不要钱。这里许多老职工都这样去过。以后我有钱了，就带你上去，要坐车，住旅店。劳动我能吃得消。我们来的第二天就挑粪。粪桶比家里的水桶小，我挑起来不太吃力。农场的地很多，每个人平均要种十多亩，早出工晚收工天都是黑的。这也算不了什么，在家里，寒暑假我跟你去赣江码头扛毛竹，早晚都是天黑。最高兴的是这里能吃饱饭。在家我的粮食定量一个月才二十四斤吧，这里四十五斤。在家里你老是把干饭留给二姐、我和弟弟妹妹吃，现在你不用太省了。你一定要小心身体。我们都太小了，你要是身体不好，我们怎么办呢？我问过这里的老职工，像我这样的新劳力，一个月下来大概可以发到十块钱工资，我在这里的伙食费每个月只要四块五毛钱，五毛钱存起来买牙膏、肥皂。到时我会寄五块钱回去，加上你在街道工厂和二姐代课赚的钱，一个月的饭钱差不多就够了。另外，我还在写诗，希望能发表，赚到稿费，我们的日子会更宽裕一些。

"妈，这次我走得很突然，头天报名第二天就走，报名也没有跟你商量，我知道你很伤心。走前的晚上，你一夜没睡，一边给我打扇，一边不出声地哭，我都知道，只是假装睡着。第二天早上上了火车，我从车窗看见你和二姐在下面送行的人群中哭着喊我的名字，我又躲开了。我怕到时候太难过了会不想走。可是我不能不走。我十六岁了，应该能够帮你，不然你太苦了。你不要怪我心肠硬。我在这里一切都好，你只管放心。我会好好劳动，好好赚钱，帮助你把弟弟妹妹养大。让你老了有福享。"

这封信断断续续写了好几天，房里只有一盏煤油灯，大家要轮着用。这次就写到这里。妈一定要放心，一定要保重身体。我一有空就会给你写信。问二姐弟弟妹妹好。

雪落有声

客居岭南十余年，没有见过下雪。曾经，我最喜欢的天气是下雪。洁白的雪，掩盖了一切肮脏，让世界晶莹剔透。每到下雪的天气，我心里就充满了喜悦和感动。古今中外，人们对雪的歌吟太多了，也太美了。略略不同的是，成年后，我对雪的喜悦和感动，有了几分苦涩。

下雪会让我想起生于同年同月同日又同一天下乡的农场兄弟。

我和他同学的时候，相互并不认识。认识的时候，已经无学可同了。初中三年，我们不在一个班，认识是毕业之后的事。

暑假快要结束的一个下午，初三的班主任亲自来通知我第二天去参加一个欢送会，欢送市里一百多名孤儿去赣北的一个农场种棉花。会上，班主任问我愿不愿跟那些孤儿一块下乡。我求救似的去看周围。兄弟就在我一边坐着，之前我只听说他智商极高，是数理化尖子。他的班主任也正在动员自己的学生。我看见兄弟不住地点头。那是我们整个人生中迈向社会的第一步。现在回想起来，在那个决定性的时刻，我与他到底是谁影响了谁呢？如果说在会场上，他的点头影响了我，那么第二天却是我在劝说他了。

报了名的同学第二天到学校集中。我看见兄弟一个人站在操场边的单杠下面。打着赤脚，在沙地上盲目地画着道道。

他不去农场了。家里已经给他找了一个工厂做徒工。

你要不去，我就一个认识的人也没有。

他一下愣了。

他最终是跟着我走了。如今，当我提笔写这篇追忆文字的时候，心里充满了内疚和痛惜。如果说，正是这一步铸成了他终生不幸的话，那我便是主要推手。

无须喝血酒，无须拜把子，我们双方，包括我们双方的家庭，都把我们认作亲兄弟。每年最隆重的日子，是我们共同的生日。回家探亲的日子，我常常醉倒在他的家里，由他们一家子忙忙碌碌地照应，而他比我还更清楚地记得我母亲的寿辰。

我们一起在农场待了八年。在我看作苦难的生活中，他却似乎是胜任愉快的。他从来没有发过别人的脾气。若受了欺负，就只是两眼泪汪汪地看着人家。他心细手巧，跟着当地女孩子学纳袜底，做鞋垫，绣花，没有几天就让她们叫绝。红案、白案、汽车、拖拉机、电动机、发电机修理，不到一个月就驾轻就熟。他极随和。无论谁找他帮忙，他都像是受了人家的奖赏，有人明显在利用他，我为他抱不平，他总是笑笑：算了，做都做了。

我永远也不会忘记那个下大雪的夜晚。

那本《莱蒙托夫诗集》是我在场部阅览室顺来的，根本就没想还回去，他说，那怎么可以？那是偷窃。我说偷书不算偷，他说，怎么不算偷？忘了课本上孔乙己偷书给打断了腿？莫争了，我帮你抄吧，抄完了还回去。

好一场大雪！老北风把雪粒从瓦缝刮进来，满屋沙沙作响，很快就铺满一层厚厚的白雪。寒风穿过满是缝隙的门窗，雪很快就成了冰。手指冻得像胡萝卜，抓不住笔。我不时地把手举到嘴巴上哈气，他却一直埋着头，偶尔问：你那么怕冷？要不你钻被窝吧，我一个人抄！

没有电，煤油灯的烟熏黑了鼻孔，一抹鼻涕，脸也黑了。

阴间的莱蒙托夫把我们变成阎王爷了！

我傻笑，一阵心酸。

1972 年，我去县城做临时工。这次分别，让我们踏上了完全不同的命运之途。

两年后，他成了家。日子很苦，他们居然养大了三个小人，居然还有闲心牵挂我。

听说我开始发表小说。他连夜给我写信。说他真为我高兴，想起多年前那个大雪的夜晚抄诗集，还真没有白干。信的末尾，他特别叮嘱，切要记得母亲的话，写作这碗饭固然让人眼红，又最不好吃。几多吃这碗饭的人最后落得家破人亡。这是卵子头上磨剃刀的险事，你千万千万小心，莫大意啊！话说得虽糙，却无疑是金玉良言。我的生活少了许多麻烦和是非，跟他的提醒不无关系。

农场里绝大部分知青回城后，家里没有任何门路的兄弟只有设法往省城附近的农场迁移。

境况日渐好起来。只是一丛丛白发，开始兴起。额头和眼角的皱纹里，深深埋葬着青春。最要命的是他的身体已经有了明显的不适。他常常在工地上昏厥。

五年后，他死在去手术室的路上，四十岁刚出头。

母亲的月台

　　母亲是广东潮州人，会烧菜，能用一块猪皮蹭锅，加一小勺酱油把豆腐和大白菜帮子烧出红烧肉的色香味。只要是她做饭，我们就天天是过年。但她很少有时间做饭。全家五口全靠她一个人在一间废品加工厂做工养活。她每天天亮前出门，晚上快半夜才到家。家里做饭只能是姐姐和我，谁先到家谁做。一天两顿，很简单：半锅水，两把米，一堆剁碎的菜帮子，用到处捡来的刨花、锯屑、烂木片煮熟；菜是母亲用定量供应的豆腐做的豆腐乳，一餐饭一小块。

　　妹妹不到学龄，弟弟辍学；姐姐从初二退学，小学当老师的邻居介绍她去代课，多少有收入。我好歹念完了初中，看着没有了父亲已经变卖一空的家，看着母亲干枯憔悴的脸，我说，我不读书了，我出去做事。母亲惊惶地睁大眼睛，说，不行的，万万不可以，将来到了阴间我怎么跟你爷爷交代！

　　我是爷爷的长孙，八十多岁的爷爷咽气之前只对跪在床前的母亲说了一句话：拜托你，不管以后日子怎么难，都要让我这个孙子完成学业，考取功名。

　　但我决心已下，报考了一个技工学校。上了考场，我在试卷上一通乱涂——我没有继续读书，是因为没有考好，没有母亲什么事，爷爷不能责难她了。

赣北一个农场到省城招工，说是按月发工资，我报了名。

出发就在第二天。快半夜回家的母亲措手不及。我直挺挺地躺在院子树下的竹床上，死死地闭紧眼睛。我不想跟母亲交流，除了深深的悲伤，她还能怎样？第二天一早我用一只破旧的网兜装了母亲强行塞进的家里唯一一只完整的脸盆和几件换洗衣服，匆匆跑出家门。说好了不让母亲送我，但是火车开动的时候，我在挤满车站的嘶声号啕的人潮中，还是看见了被挤压在其中的拼命摇手哭喊的母亲和姐姐。

过年，废品加工厂不开工，我们总算可以吃母亲做的饭了。母亲整天在忙，一夜夜熬通宵，实在熬不住就打个盹。

我动身返回农场的那天，姐姐要代课，母亲送我上火车。我们早早赶到公交车站，却好长时间见不到车来。车站的人越积越多，差不多没指望的时候我们上了车，到了火车站，下了公交车，抬上竹篓，母亲就飞快地跑起来。她在前，我在后，跑了几步，我就感觉到母亲的步子乱了，一个趔趄接一个趔趄，终于跑不起来了。我不由得一个劲埋怨母亲，干吗给我这么多东西？母亲喘气说，你一个人在外面，我照顾不到，能带就多带些。就那样挣扎着进了站，发现还要翻过一个高高的天桥。那趟车的汽笛忽然响了，母亲缩成一团往天桥的台阶上爬。

天桥还剩几个台阶了，已经看得清正在吹哨子、摇动小红旗的列车员的脸了，母亲忽然腿一软，栽倒了，瘫坐在地上。

我扯起竹篓，拖到车门下边，列车员一面发脾气，一面帮我把竹篓弄到了车上。我冲进车厢，在第一个车窗的小桌板上俯下去，顾不得背后的叫骂和拍打，猛力掀开车窗。

母亲已经站起，抱着月台上的站牌柱。列车刮起的风，卷起她破旧的衣服和已经花白的稀疏的头发，失神地站在那里。

当天傍晚到农场，打开竹篓，居然有那么多的瓶瓶罐罐：砂糖、猪油……其中居然有那么大的一罐梅干菜烧肉！吃年饭的时候，姐姐偷偷告诉我，别怪母亲没有给我们烧肉，你去农场之后，母亲把定量肉票都拿去换钱了。原来那是母亲的一个借口。

不幸的是，那些瓶瓶罐罐在母亲跌倒时都已摔碎。好在竹篓包得严严实实，连汤汁都没有漏出来。当夜一帮弟兄大呼小叫，挑出了玻璃碎屑，风卷残云，扫荡了个精光。给母亲去信时，我没有说那些瓶瓶罐罐的破碎，母亲的心痛是可以想象的。

再次回家过年，我才知道，一年前那次跌倒，母亲胫骨韧带撕裂，在家里只躺了三天就一瘸一拐地去那个废品加工厂上工了——她怕丢了那份工。而在这一年我收到的家信里，有关她受伤的事只字不见。她不许姐姐透半个字给我。我的心痛她也是可以想象的。

难怪母亲当时抱着月台的站牌柱。

我后来知道，母亲最担心的就是我在农场还在想着写作赚稿费，每次来信都叮嘱两件事：一、在外面千万不要跟人争强斗胜。吃亏是福。二、千万不要写作。自古吃文墨饭的没有几个有好下场。日子苦就苦些，平安是福。

第一条是大人对儿女例行的叮嘱。第二条才是母亲真正的担心。外公是码头工，母亲九岁，他就扛大包吐血死了。母亲做童工长大成人，嫁给我父亲后才慢慢识文断字，看过《三国演义》，知道杨修死得很惨。她这一辈子都为此深觉恐惧，无法理解除了生活的需要之外，对写作的痴迷就像恋爱，不是理智可以控制的。

我从小听话，对父母百依百顺，只有这一条，我违背了母亲。

写这则短文的时候，我想起了朱自清先生的《背影》，那是散文的范本，我的短文或许情境有一点跟它相似。不过，抱着站牌柱的母亲对我一生的影响要大得多。在那之后，不管是陆地、海上、天空，旅途上都会有一个母亲跌倒的月台；一个母亲抱着的站牌柱；一个抱着站牌柱的母亲满怀忧虑地为我送行。

秋天的瞩望

云忽然就淡，高了蓝天；水忽然就瘦了，矮了桅杆；风忽然就硬了，薄了衣衫；雁阵背着斜阳，在纤尘不染的天上，写美丽的十四行，扇动的双翅，让阳光的黄金，洇染了水边的芦花。

秋天来了。

我们每年最欢欣鼓舞的季节来了。

忘记了秋雨落在欲干未干的水塘里的清冷，落在欲黄未黄的秋叶上的憔悴，落在欲诉未诉的私语中的怯懦。在这个终于收成的季节，我想要张开双臂抱紧太阳，看落英的缤纷、果实的饱胀，听长辈旱烟窝上的吟哦，禁不住落下喜悦的眼泪。

秋天静静地来了，载着艰辛的昔日。有鸽子飞过，鸽哨发出圆满的音调。有一些寒冷和一些忧郁。长风呢喃着诗人的感怀："秋天、秋水、秋天的明月，哪一样不曾印上我们的心血；秋花、秋实、秋天的红叶，哪一样不曾浸透我们的汗液！"

春天，开工的钟声在黎明前响起。我们摸黑钻出草屋，看不清几支嫩黄的花茎刚刚爬上床头的泥墙。沉睡在广袤天际下的棉花地，被齐腰高的越冬作物覆盖，再多的人走进去都悄无声息。几乎是匍匐着，我们播下种子，播下一年的希望。太阳初升的时候，我们早已汗流浃背。然后，在某一个午饭的间隙，我们蓦然发现，草屋的小窗外面，棉花林像孔雀开屏，伸展出悠长悠长的花翎。

汛期同初夏一起来到。我们丢下棉花地发疯似的野草，跑上我们在冬天筑起的堤坝。我们的农场是长江江心的小沙洲。狂风暴雨不分昼夜没完没了，同仿佛立起的大江连成一片。农场就像一片遗落的树叶，在生与死的挣扎中跌宕。整天离不开堤坝的我们像虫一样蠕动，和着混浊江水嚼着冰冷的饭粒，盖着劈头大雨在石砌的斜坡上鼾声如雷。一个兄弟抱着沙包堵塞就要溃决的口子，被怒浪扑倒再也没有回来。

秋月，一轮丰腴的妩媚，在无边的棉花地浪漫地骚动，万千寂静的生灵在它的清亮中呼吸。棉花地海一样地起了波涛。月亮那么美满，带着无比的纯洁，祝福大地盛大的婚姻。银色的缠绵的诗情，在露滴闪闪的秋野上空飞舞。难以觉察的苍茫的深处，所有的果实次第绽开了婴儿的微笑。

过去了，春天的萌芽在破土中的扭曲；过去了，夏季的枝条在酷热中的窒息。而今，天地明净，视野格外广阔深远。北方的原野上，马蹄溅起翩翩的花瓣；南国的巷陌里，女子拨动幽幽的琴韵。大江在远处的峡谷里酿成透明的美酒，氤氲着醉人的香气。

运棉花的牛车来自遥远的历史深处，上过了发亮的桐油，焕然一新。粗重的木轮比人还高，吱吱扭扭的声音响彻云霄，环绕木轮的铁圈碾出一道比一道更深的车辙。

蓬松而结实的棉花堆上了仓库的屋梁，将会有新的情侣在值夜的时候诞生；沉默而无私的土地露出干瘪的胸膛，将会有新的滋润在冬耕的时候埋藏。所有人都开始指望今年的分红：老农们盘算着造屋，儿子早等着媳妇进门；一个女孩看中了商店新到的雪靴，过年时她要去中国的最北边看望当兵的对象；一个兄弟暗中准备着结婚，他揽进怀抱的是我们个个梦想过的女神。而我，唯一的愿望是买上最上等的棉花，给城里日渐衰老的母亲换掉那床烂渔网一样的老棉被。

完成了冬种，我们就要回城里的家过年，秋天的每一天，都是在期待中激动不已的日子。

说什么"悲哉，秋之为气也"（宋玉《九辩》）；说什么"万里悲秋常作客"（杜甫《登高》）；说什么"添愁益恨绕天涯"（白居易《中秋月》），在这个智慧和情感成熟的季节，所有传诵千古的绝唱都显得苍白。我们在生活中学会的是瞩望，而不是叹息。长长的长长的未来，不会没有风雨，不会没有灾难，但只要有丰硕的秋天，一切就得到了报偿。

熊组长

农场是棉区。起初两年，我几乎每天都写诗，在棉花地边锄草或是挖沟，边搜肠刮肚，回来就边吃饭边爬格子：太阳、月亮、星星、风、雨、雪、长江和远山，春耕和秋收。床底下的泥地生出的芦苇、草棚的窗口垂下的刚绽芽的柳枝……诗几乎无所不在。两年后，一首用当地"五句头"山歌样式写的叙事诗寄到省里的文学期刊《星火》，编辑来信告知，等刊物正在进行的停刊整顿结束即采用。我们都没有想到，停刊持续了十年，我那诗稿早没影了。

1970年，全国知青风起云涌地开始了大返城，不到一年，我所在生产队先前住了几十号知青的一长排宿舍只剩下我形影相吊。

他就是在这个时候照亮了我的生活，并从此改变了我的一生。

1971年春天，县里派了一个工作组到农场来抓路线教育，他就是这个工作组的组长，姓熊，名汉川。

当时正有一个由省地县三级联合组织的写作班子在农场采写一个模范人物的报道，由熊组长负责，我被临时调去参加采访。我的采访记录每次都在上交之前被加工成了有完整情节的故事。那报道后来在《人民日报》头版整版刊登出来，其中有大量的段落出自我的手笔而且几乎一字未改。写作班子在农场的工作结束的时候，其中有几个县里来的干部很同情我的处境，觉得以我的劳力，很难胜任做一个农工。我因为下乡的次年即感染上血吸虫病，乡间条件简陋，几近野蛮而危险的多次治疗使我早已形销骨立，虚弱不堪。他们商议说，"去找熊组长""熊组长是好人"。

熊组长第一次来看我，从已经破损的黑提包里抽出他写的"路教"工作总结，让我"改一改"。然后他就坐在我身边，一边抽着烟，一边侧着头，注视着我的笔尖的移动。

几天后他和"路教"工作组离开了农场。走之前我们再没有单独见过面。

一个星期后，我忽然被通知到场广播站做编辑工作。但顶多三个月之后，农场办公室主任跟我说，场部干部本来就多，用不着再从下边抽人。

我只有回到先前所在的生产队。

春天是血吸虫的排卵期。每到这时我的血吸虫肝就异常疼痛。加上虚弱，加上沮丧，我病倒了。我独自躺在床上，无法做饭，无法烧水。夜里，在无边的黑暗中，听着风在屋上刮出的尖叫，听着江水在堤岸拍出的闷响，我第一次感到死的恐惧。而我是不甘心的。第二天我挣扎着起来，去四五里外的码头搭船。然后我在省城的家里住了将近三个月。

在坐火车从省城回农场的路上，我突然决定在县城站下车。我是第一次来，随着人流出了车站，便一个接一个地向人打听县委宣传组熊组长的家。

那天我就住在他家里。我在农场的情况他已经知道。而我是到这时候才知道，原来让我到场部广播站搞编辑工作，是他在"路教"工作结束时向农场领导提的建议，农场领导当时显然是出于对他的尊重，采纳了这个建议。但这采纳却是有限度的。第二天上午熊组长送我到火车站。他让我先回到农场去，县里工作有需要，他会去找我的。他一再叮嘱我要注意身体。

大约两个月之后的一个中午，一个从县城来的干部到生产队来找我。他是奉熊组长的指示到农场来借调我的。熊组长这时候已经是县领导之一了。

那位干部在路上告诉我，熊组长为解决我的工作问题做了很多努力，但目前招工指标卡得太死，只有先借调，慢慢等机会。这位干部很感慨，他晓得熊组长跟我非亲非故，以我的赤贫，也无从孝敬于万一，他只是爱才。

我像珍惜生命一样珍惜这些日子，我从不让自己闲着。省报不断有我的稿子出来。县委一把手很高兴，说宣传部工作不错，我因此成为小有名气的"笔杆子"。倒是熊组长几乎从来没有表扬过我，别人在他面前夸奖我，他也只是微笑不语，但我清楚，他在心里是很为我骄傲的。

1973年，出现两次机会：一次是推荐上大学，一次是"赤脚教师"转正。讨论都没有通过。我心里一片灰暗。熊组长很严肃地对我说：想要给你解决工作编制的人，不止我一个。你对自己要有信心。一个人，只要正派，走正路，就一定有希望！

熊组长不久就调去了另一个县当县长。他走得很匆忙。那几天我正在乡下采访，我得到消息的时候，他已经在外县了。

我取得正式编制是两年之后的事。这两年里边，我没有机会见到熊组长。但每次有县机关的干部在什么地方开会或出差碰见他，回来总要告诉我，熊组长又问起我的事了。熊组长的菩萨心肠把他们都感动了，简直让人难以理解一个人对另一个并无深刻关系的人何以关心到这种程度。我听了总要难受好些日子，我已经成为熊组长的一个负担了。他担任县长的那个县是个穷县，大半在山区。他在那里有很好的政声。他的劳累和辛苦是可想而知的，他的人生不可能有多少轻松，却还要时时为一个远在异地，跟自己毫无利害关系的小人物的命运怀着忧虑！

因为《小镇上的将军》的发表和在全国获奖，1981年我从县文化馆进省城从事专业创作。临行前我专程去熊组长所在的县向他辞行。他很高兴，留我在家里住了两天。那两天他正在县城开会，很晚回家。过去的事一句也没有谈，他跟我谈的是这个县有好几个业余作者：很不错的，你以后有机会要多帮助他们。

我静静地看着他的厚嘴唇，他的总是有些忧虑的眼神，心里想：他不只是我，而是所有有幸遇到他的人的活菩萨。

古邑柴桑

1972 年春天，我第一次走进九江县城。当时我没有想到，这一来会待将近十年。

九江县治原来在九江市区，1968 年，迁到三十里外的这个乡村小镇。

一早在农场码头搭船，中午到九江市，转乘火车，第二个小站就是沙河站。候车室是很小很简陋的一间平房，站台逼仄，转角就是一条小街，两边是矮小的店铺，屋瓦上长了草，板壁皆灰白。小镇外面，是大片的田地。春耕尚未开始，田里满是去年的稻桩。

县政府刚迁来时，所有的机关，以及干部职工和家属都借住当地的公屋和民房。几年来，镇子附近，陆续盖起了办公楼、饭店、商场、邮局、大礼堂之类公共设施，一条比乡村公路宽阔得多的大街，横亘其间。

一个城市刚刚现出雏形。

大街与河十字交叉。河是季节河。从庐山脚下弯弯曲曲流来，不下雨的日子，清澈透明的河水在满河的卵石间流淌，迤迤逦逦绕过小镇。过河的桥是删节号一样的一长串卧牛大小的卵石。几年后我与妻子结婚前，常常在夜深人静的时候坐在突出水面的卵石上，仰看湛蓝的夜空，赤脚拨动水中的星星。

新县城就在庐山脚下，古迹和传闻中闪烁着一长串醒目的名字：诸葛亮、周瑜、陶渊明、岳飞……其中陶祠、陶墓、岳母和岳夫人墓，就在县城范围。有正式编制后我被安排在县文化馆做文物保护工作，去勘察过清代遗留的"陶靖节祠"，在"宋岳忠武王母姚太夫人墓"所在的那面山坡，参与过植树造林。

县政府大院简洁素朴，除了办公楼、单身宿舍楼、家属区，剩下的一大半都种了菜。每周有半天，机关各部门干部轮流到菜地劳动。一年四季花花绿绿：

春天，油菜花黄，蚕豆花紫；夏天，围墙上爬满了冬瓜、南瓜、丝瓜，竹架上挂满了番茄、黄瓜、豆角；秋天，辣椒红、茄子亮；冬天，霜打的芽白、雪里的萝卜苗翠嫩细碎。

成家之前，作为宣传部培训的"农民通讯员"，我一直住在这里。没事就在宿舍楼上凭栏。一年三节，当地干部大多回了老家，大院差不多空了，我就放声唱歌，心情像晴空上的燕子。

这是一段我永难忘怀的日子。跟我们一起连熬通宵起草大会报告的宣传组长，输了棋大发脾气事后又请我去家里吃红烧肉的计委主任，像对小弟弟一样呵护我的所有县政府干部，停了电不许我们点公家发的蜡烛打扑克的老会计，节假日食堂人少的时候特地给我加菜的师傅，帮我誊正字迹潦草的稿子的邻桌大哥，热心为我"找对象"的妇女干部……在忽然有了招工机会的时候，他们纷纷去请求主要领导，为我解决正式工作编制。所有这些，我至今历历在目。

小镇老街是我常常流连的地方。青石板的路面据传是明代官道的遗迹，从两边的门头上伸出来的油漆斑驳的小吊楼，在向人们炫耀自己的长寿。这里是整个县城最热闹的去处：烟火腾腾的小饭馆，人头攒动的副食店，推车挑担的赶圩农民，大呼小叫的镇街妇女，凝然肃立的老军头，沿街拉琴的盲艺人，饶舌的理发匠，寡言的老裁缝，补锅补碗的，修伞修鞋的……从上街头到下街头，熙熙攘攘，水泄不通。我在这里有许多年轻的朋友。我们一边比拼酒量，一边争论文学，抬起脚就去庐山上下漫游。多年来，他们大多被我请进了小说。

分配到县文化馆的当年，我同时有了自己的小家。因为基建资金还没有下拨，县文化馆借用了一片被废弃的宿舍和库房。两年后，县城大道边按照规划预留的空地上，崭新的县文化馆竣工落成，办公楼、图书馆、多功能厅，一应俱全。后院家属区的围墙外面，是很大的一方荷塘，荷花开的时候，清香就弥漫过来。荷塘那边，是一个树林茂密的小村。树林上面，远远地浮着一抹淡青的山影，那便是庐山。

搬进新居的那年，我们没有回省城过春节。除夕一早，我在单位基建留下的废料堆里翻出大理石碎块，在屋后的空地铺出小径；又找到几段满是疤痕的树干搭起了桌椅；又把空地翻了一遍，预备开春种瓜果花草；又去砍了柳枝，沿墙根插了一排，仿效"五柳先生"陶渊明。来年春末夏至，柳树抽了条；花草侵上小径，是那种极贱却极热烈的太阳花、百日草；围墙上爬满了喇叭花、豆角秧、丝瓜藤。这样一处院落，清静幽然。春天的霏霏细雨中，我径自徘徊；夏天的明月清风里，我尽兴吟哦；秋天收摘自己栽种出的果实，很自然地体味到"采菊东篱下，悠然见南山"的恬适；冬天暖洋洋的日头底下，一边推着儿子酣睡的摇篮，一边字斟句酌不成熟的文稿。那是怎样一种"闲静少言""忘怀得失"的日子。满足之余，真想陶渊明似的问一声："无怀氏之民软？葛天氏之民软？"

一年多以后，我被调到省城从事专业写作。临走前我不无惆怅地对妻子说：我们以后可能会有更好的住房，但这样的自然气息再不会有了。

朋友租了货车送我们搬家。挥别多年的同事，车出城区，我不禁眼睛湿润。

十年，仿佛转瞬之间。美好的日子总是显得短暂。

这十年，天翻地覆，沧海桑田。我一天天看着一个城市成长，壮大，成熟，丰满。最初的乡间小镇，有了纵横的大道，大道边有了密集的楼群，一个现代城市已经初具规模。

这十年，无数人的命运根本改变，也是我人生中最为温暖的段落。在这里发生的一切，决定了我一生的方向。我由青年进入中年，由儿子成为父亲，一个懵懂、怯生的偏远沙洲上的小农工，对世界、对生活，有了更多的认知和历练。

柴桑，古县名，西汉置，因县西南有柴桑山得名，治所就是而今的柴桑区。晋代郭璞《江赋》云："鼓洪涛於赤岸，沦余波乎柴桑。"晋以后历为浔阳郡和江州治所。隋废。

2017 年，九江县撤销，成为九江市柴桑区。

泪湿青衫在江洲

　　去农场前从来没有出过远门。老师说你们去的那地方叫"江洲"，我脑子里马上就冒出"座中泣下谁最多？江州司马青衫湿"。几天后到了目的地，才晓得江洲并非江州。江洲是长江中间的一个沙洲，白居易诗里的江州则是远在三十公里外的城市。江洲属于古名"江州"的那个城市的辖地。

　　我在江洲洲尾的农场种了八年棉花。每年最紧张的时候就是汛期。几乎不间断的暴雨让江水陡长。男劳力全都日夜在堤坝上。剪开透明薄膜化肥袋，从头上套下，腰上系上草绳，权为抗风挡雨；晚上就躺在堤坝的斜坡上，雨水在身下奔流照样酣睡。入冬，所有劳力去堤外扎营，加固堤坝。早出晚归，三顿饭都吃在工地，大年三十前两天才回家过年。白天，汗水湿透了衣裤，寒风一吹就结冰。晚上风雪常常揭开工棚，覆盖了我们的地铺。

　　有一年，在全农场劳力花了三个冬天挑起的新堤坝防洪，半夜我被报警的铜锣声惊醒。被洪水冲开的决口就在不到一丈远的地方，决口两边的人一步步后退，眼睁睁地看着江水凶猛地扑进坝内的农田，泪水止不住汹涌而出。

　　1972年，我被借调到县城工作，好几年后的一个汛期，农场大堤决口，所有无法离开农场的人只能在江水漫灌时跑上堤坝求生。破堤的时候，我正在县防汛指挥部采访，次日搭上他们的机船赶去农场。

我在两边洪水夹着的堤坝上越过一个又一个临时搭起的草棚，好不容易找到我那同年同月同日同一天下乡的兄弟一家子，看着他们挤在一个深弯腰才能探进头去的草棚，正在吃奶的孩子"哇哇"哭叫，又止不住潸然泪下。1983 年连续在《人民文学》发表的系列短篇小说《惊涛》四则，就是根据这些经历写出的。

1998 年，长江又遇特大洪水。这一次洪水没有放过整个江洲。江洲正面迎着长江洪流的洲头大面积溃堤。听到消息的时候，我正与省城文艺界同事在"江州"抗洪前沿慰问，遥望茫茫大江，想象在洪水中挣扎的江洲，心潮起伏。

我后来在一则笔记里记录了当时的心情：

> 在长江中间的一个小沙洲上，我曾经生活了将近十年。这是我的第二故乡。我的青春——人生最宝贵的年华，是属于它的。我在这里播种希望，流了汗，还有血。生活，用巨大的、甚至是可怖的风暴和洪水，同时也用暖人的阳光和鼓动帆的风，粗暴而又温柔、无情而又宽厚地铸造了我的生命。在那之后，我的关于欢乐与痛苦的最深切的经验，我的最热烈与最阴沉的情感，乃至我创作灵感的源泉、我的审美理想以及艺术追求的激情和情致，都是同它联系在一起的。

2020 年，江洲又逢特大洪水。从朋友处得到的消息有让人忧心的，更有让人振奋的——七千人口的江洲，出现汛情后，三千在外儿女从各地返回家园。江洲人的生存意志、强悍和决绝大放光芒。

一千一百多年前白居易被贬为江州司马，中唐时期这个职位是专门安置罪官、变相发配接受监督的，这对人到中年的大诗人打击的沉重可想而知。谪居卧病，心情低落，江州在他眼里一片灰暗：地僻，低湿，"黄芦苦竹绕宅生"，早晚"杜鹃啼血猿哀鸣"，山歌与村笛，则是"呕哑嘲哳难为听"，偶尔听到一位沦落妇人的琵琶，便"如听仙乐耳暂明"。感慨相似的命运，不由泪湿青衫。

那时，江州治下未必有现在的江洲，即便有，也未必有成建制的居民。倘有，并且有今天的抗洪，我想，写过《卖炭翁》《观刈麦》的大诗人，怕又会是另一番心境吧。

儿子与小说

有了铁饭碗，单位同事们开始帮我张罗成家。之前母亲一直提醒我：没有正式工作，千万不要打成家的主意，否则害了自己不算，还会害了人家女孩子。

后来成为我妻子的那个人很快就出现在我面前。因为双方的家都无力帮助我们，结婚的费用只能全靠我们自己。随后的一年多时间，我每月工资三十五元，留下十五元吃饭，其余全部存起来。为此不得不结束十年的吸烟史——因为抽的都是最便宜的烟，我的牙齿和手指熏得黑里透黄，未婚妻说难看死了。

1978年元旦前夕，两个单身男女的行李搬到了一起。托单位回上海探亲的同事给我妻子买了一件当时风行的丝绵袄，给我自己买了一件化纤面料因而很挺括的中山装——这件中山装几年后遭到一位上海作家的嘲笑，我那几百元存款也便告罄。为了节省结婚的费用，也为了省去许多我无法适应的麻烦，我们对单位说回省城去举行婚礼，到了省城，又对邻居说我们已经在县里结婚了，散了一些糖果，就算大功告成。

新房是县文化馆单身职工宿舍隔出的两个半间，还有一间小披厦单位堆了基建剩下的线材。我用了好几天时间把它们码放整齐（成捆的线材平时一个人绝对搬不动），空出厨房兼餐室的位置。一个下派到公社的同事让农具厂帮我打了一张双人床，借了单位不用的公文柜当衣柜，我自己在文化馆办展览剩下的废料堆找了小木条做小马扎，成功后又按比例放大，做了小饭桌，不用时可以折叠靠墙，不占地方。

就这样成了家。也许草率了些，我对妻子引用了莎士比亚的一句话：住所是寒碜的，但心是伟大的。

屋子在小河边。岸边是葳蕤的水草，不断的虫鸣和鸟雀啁啾。老房子有地板。我们把地板连同门、窗刷洗得木纹毕现。镇上没有煤球店。为了备足燃料，我头天买了一卡车煤粉，第二天天亮前开始，用板车一趟趟去河边拉黄土，然后同煤粉调和，做成煤饼。正是大夏天，我穿着小裤衩，在烈日里整整曝晒了一天。到傍晚，煤饼摊满了整整一个篮球场。三年后，举家搬迁，那些煤饼还没有烧完。妻子的单位离家有很远的一段路，我包揽了大部分家务，这个家庭分工一直延续了下来。我特别享受这样的分工：做家务时酝酿、构思、打腹稿，有效率也有趣味。

我在文化馆的工作主要是跟许多业余作者一块"收集整理"民间故事，没事就翻报纸刊物。读到剧本《于无声处》、小说《伤痕》、报告文学《哥德巴赫猜想》，加上结婚，准备生子，手头拮据，看着好几位同事老有稿费收入，很眼馋，写作的欲望又像野草一样钻出来。每天夜里，一俟妻子安睡，便一头扎进写作。（不久前在朋友微信看到我崇拜的一位大作家谈写作的文字，说他只要见到谁说写作是为"谋生"之类，立刻就会将其删除。我脸一热，暗自庆幸与这位大作家素不相识。）

之前好几年在县机关多少有了一些文字的操练，有一二篇人物通讯还被报纸当作"报告文学"甚至"短篇小说"刊载。虽然没有稿费，但总算有了希望。1979年春天，我不肯死心地把几经退稿的《小镇上的将军》寄了出去。

妻子有一天上班时突然昏倒。医生一看就说：妊娠反应。

我用自行车极小心地载妻子回家。那天中午她很踏实地早早睡了，脸色苍白，显得疲惫，但嘴角含着有些娇气的宽心的笑。

我静静地坐在离她不远的窗口。窗外，灿烂的阳光照耀着蜿蜒流向远处的河。河水、河两岸的草和树，都闪闪发亮。

我要做父亲了。

同我一样，妻子家境不好，身体很弱。怀孕几乎成为一种对她的摧残。妊娠后期出现中毒症。县医院会诊的结论是赶紧去省城医院，或可保住母子。我和妻子单位的头都说：放心，不扣工资。

到省城的当天妻子就住进了医院。她脸上毫无血色，布满了黑斑，嘴唇发乌，眼睛因恐慌而失神。她整天都紧紧拉住我的手，欲哭无泪。

在我已经经历过的无数艰难困苦的日子里，我从没有祈求过命运或别的什么不可知的力量，我只相信自己。但现在我却变得软弱，我在心里反反复复说：我们都是好人，我们从来没有伤害过谁，也永远不会伤害谁，愿老天保佑我们！

我尽力对妻子挤出笑容：没有事的。以镇上老人的经验，怀孕时苦吃得大，是生儿子的征兆。

主治大夫是一位高大的北方女人，决断而有力。她对两个可怜巴巴的小镇人说：没事的，这情况我见多了。

几天之后，妻子的血压果然逐渐回落。主治大夫让我扶她散步，减少分娩时的困难。

分娩的那天来得很突然。

中午，医院静静的。我冲进护士值班室，值班的人告诉我，你妻子已经进了产房。我冲向产房，护士说，你妻子转到手术室了。

手术室在楼上。我扑向楼梯，飞奔而上。

在楼梯的半腰，我听到一声空谷长啸。

从此我们这个卑微的家多了一个强劲的声音，多了一份明亮的希望。而这个熙熙攘攘的世界上，多了一种生机勃勃的律动！

妻子是剖腹产。主治大夫做的手术。她事后让我在手术单上签字的时候，说，对不起，是我给你做的主。你妻子血压太高，自然分娩有危险。

我们全家终生都感激这位敢作敢为的主治大夫。

手术后的妻子昏昏沉沉地睡着。她很虚弱，又很强大。她完成了一个壮举。因为这个壮举，世界人口的统计数字需要更改，一个平面的家庭变成了立体的家庭。

三天后，护士把在婴儿室接受看护的我们的儿子抱来了。儿子平静地看着我们，看着这世界，像一个将军一样镇定，一副不怒自威的神态。我把儿子放在妻子的枕边，两只手臂垫在儿子的身体下面，就那样睡着了。几天来，我第一次沉睡。

因为是大夏天，剖腹产的妻子刀口不慎感染发炎，只能卧床，也没有了奶水。连着几个月，我一边做饭烧水洗衣，给妻子煎药喂药，一边翻育儿常识书，给儿子喂罐装炼乳，换洗尿布，哄他睡觉。儿子整夜哭闹，就整夜抱着他走动。他哭累了，终于可以在摇篮放下，我也立刻就在摇篮边趴下。却突然被哭声惊醒，见他不知什么时候爬出摇篮，掉在了地上。作息完全没有了白天和夜晚的分别。

儿子将满百日，我忽然发现他不再是那个软不拉塌的红肉团儿，是一个虎头虎脑、眼睛滚圆晶亮的小男孩了。

与此同时，短篇小说《小镇上的将军》在《十月》1979年第三期发表。

这是我一生最重大的两个事件。前者延续了我的生命，后者改变了我的命运。

冬天的晨星

正儿八经写小说，满不是想象得那么简单。写了，寄了，退了，又写，又寄，又退，屡写屡退，屡退屡写。小县城的邮局每天送信有相对固定的路线和时间。每到邮递员要出现的时间，我就早早等在单位的大门口，拦下邮递员，问有没有我的邮件，一见写着我名字的厚厚的信封就赶紧收起来——那一定是退稿。

1978 年春天，终于有一个短篇收到《四川文学》一封手书的回信——极为工整的毛笔蝇头小楷（之前的退稿信都是铅印的）：你的这篇小说我们小说组的同志都看了，都觉得挺好的，完全可以发表。但据我们所知，今年第三期广东的《作品》将要发表陈国凯的《我应该怎么办》，内容和你这篇几乎相同。你这篇我们如果采用，最快只能发在今年的第四期，到时就有雷同之嫌。只好遗憾。不过，这篇小说证明了你写小说的能力，我们等着你的下一篇。

这篇小说的素材是一个广为流传的小道故事，广东的陈国凯显然比在闭塞小镇的我先听到这个故事。这次撞车的意义是让我意外地收到了那封平易却热情的回信。它让我铆足了继续蛮干的劲头。

接下来，我把好几个退稿捏到一块，写出了《小镇上的将军》。稿子在全国转了一圈，照例回到我手上。正灰心着，同事买了一摞新出的杂志回来，最上面的是创刊的《十月》，白地红字，极为醒目。我一眼就盯住了最后一面"告读者"中的一句："尤其是青年作者的园地。"差点高呼："青年作者"终于有自己的"园地"了。回头就将退稿换个信封，填上地址投进邮筒。

因为退稿是家常便饭，多少有些麻木，我淡定了许多，不再像先前那样每天烈火烧心，引颈张望。妻子的腹部日见高胀，我也无暇他顾了。

惊喜是突然降临的。六月，儿子出生，每天沉浸在昏天黑地的家务中的我偶然走进办公室，见到一个薄薄的小信封，跟《十月》的创刊号一样：洁白的颜色，鲜红的款识。信纸薄如蝉翼，只有几行娟秀的文字：

小说拟采用，将刊于今年第三期。

我悄悄把信带回家。妻子和儿子都在熟睡。我默默地看着他们，心里说：同志们，买炼乳的钱不愁了。心里按字数计算，稿费该有一百多元，是我月工资的三倍。天上掉下个大馅饼，知足得不得了。

十二月，接到《人民文学》的来信。他们在十二期转载了《小镇上的将军》，这是该刊创刊以来的头一次。来信让我去京参加笔会。并且说，该作在首都评论界反应不错，有可能争取1979年度的全国优秀短篇小说奖。

几天后我动身北上。这是结婚以来第一次出远门——先从小镇坐火车去省城，然后从省城搭飞机去北京。火车到镇上车站的时间是早晨五点，离天亮还早着。妻子的创口渐渐痊愈，已经迫不及待地把儿子紧搂在怀抱里了。他们在寂静中发出香甜的酣息。

我悄悄地起床，燃起煤炉，先烧开水，给儿子的奶瓶奶嘴消毒，放好炼乳罐，接着煮好鸡蛋，然后淘米，放水，把熬粥的锅在煤火渐渐大起来的炉子上安妥，一切停当，回到妻儿的床前，犹豫了一下，轻轻拍了拍捂着妻子脑袋的被头：

炉子上在煮粥，你要记得。我走了。

妻子的脑袋动了动，迷迷糊糊应了一声"好"，又睡了。

我俯身亲亲妻子怀抱里的儿子红扑扑的脸蛋，小小心心地关了床头灯，蹑手蹑脚走出去。

打开房门，一阵寒气扑来，我浑身一振，仰头呼出一大口白气。

满地白霜，满天星斗。无数次见过早晨的星星，但这一天的似乎特别明亮。

北京夜行

　　2017 年秋天，我在中国作协杭州创作基地小住。同期小住的作家中，有《人民文学》的崔道怡和《十月》的张守仁以及他们的夫人。某天食堂晚饭，不知怎样话题说到我的出道，崔老师和张老师同时让我回答：你自己认为是从《人民文学》还是从《十月》走上文坛的。两位八十高龄的儿童甚是可爱，皆极认真严肃，众目睽睽之下，不容我丝毫含糊。

　　这成为此文的机缘。

　　《十月》最早与我联系的责编是侯琪。她曾是邓拓的直接下级，廖沫沙晚年请她编了自己的全集。我第一次到京她就告诉我：最先在一大堆自由来稿里发现这篇的是青年编辑田增翔；终审拍板发表的是苏予、张新春、社领导老田；编辑部几个同志都认可这个作品，季梦武、张守仁、章仲锷，还有当时在北京出版社供职的著名作家刘心武。《小镇上的将军》在《十月》发表后，张守仁和章仲锷热情撰文在首都的报纸上专题评介。

　　我后来在北京一条小胡同的一栋回形楼里见到了他们。许多人拥挤在一间窄小的办公室里，桌边放着单人折叠床，以备午时小憩。

　　同年 12 月，《人民文学》转载了《小镇上的将军》，这是该刊创刊以来的头一次。接着又组织笔会。受邀的几位到齐的第二天上午，编辑部来了一大帮老师，其中有葛洛、涂光群、王扶、王朝垠、向前、刘翠林，让我们安心在京住一个月，每人写个小说，他们将于次年第四期刊登，因为那时中国作协将颁发1979年全国优秀短篇小说奖——我们几个都有可能是获奖者。并且说，主编李季下午会来看我们。

李季！《王贵与李香香》！我在儿时就知道了的诗人和诗篇！

下午，李季没有出现。他就在那天中午出了意外。

几天后，我这辈子唯一的一次走进八宝山灵堂，仰望李季遗容。

《人民文学》破例转载小说，是李季的决定。这种破例，最大限度地放大了小说的影响，也给予我莫大的鼓励。

可惜我无能用后续的写作告慰这种鼓励。一个月很快过去。我写出的文字连我自己都羞于拿出手。看过稿子的王朝垠对我说，别灰心，慢慢来。大约是看我过于沮丧，他邀我去他家喝酒。

北京和平里一套小单元房，只有他们夫妇。没有餐桌，一人一个小板凳，坐在小茶几两边。刚下班的朝垠夫人忙忙碌碌地切了粉肠，炒了一大盘鸡蛋西红柿。喝酒用的是小茶缸，一瓶二锅头不一会儿就见了底，又接着开瓶。我在乡下早已被练成酒坛子了，即便如此，也不能不佩服王朝垠的酒量。等到记起来应该回住处的时候已经半夜了。王朝垠摇摇晃晃地送我到公汽站，最后一班车已过去多时矣。两个醉汉都豪气冲天。我抬腿就走，他也不拦，都觉得我的住处就在马路对过。

我后来还在《十月》、《人民文学》、中国青年出版社的许多编辑老师家蹭过饭，但醉酒，这是唯一的一次。王朝垠英年早逝，相对畅饮痛哉不能了。

街道上空无一人，冬天的夜风像刀子。不一会儿我就完全清醒了。想起来，我的住处在前门大栅栏，从北到南我得穿过差不多整个北京城。

这次京城夜行至今历历在目。

1967年我路过北京去大东北，只在崇文门火车站的水泥地睡了一夜，早上醒来脚背冻得肿出了鞋面。北京对于我几乎是陌生的。这一次，我踽踽独行，路上没有见到一个行人，一点也不觉得孤单。我在这座城市有了许多师长，他们让我人生的前景充满了全新的色彩。

《十月》和《人民文学》对我的爱护长久而深切。多年来，他们总是在我几近绝望的时候及时发表我的稍稍有点起色的新作，让我得以勉力支撑。

1984年，我把几经省内外好几家刊物退稿终于下决心重写的《惊涛》交付《人民文学》，发表时他们加了整页面篇幅的《编者按》，文字滚烫，激情洋溢。扶持作者的拳拳之心、款款深情溢于言表。我至今不知道这些文字出于谁人之手，我能感到的是那双手的有力一握。即便是像《庐山瀑布云》这样发在地方刊物的小短篇，已经退休的老主编崔道怡也赶紧推荐给了《新华文摘》。涂光群在将近三十年后还把我自己几乎忘记的《唱歌吧桦树林》收进他主编的小说集。

借口公务，我曾荒疏了好几年写作。2000年把中篇《试用期》寄给《十月》的时候，心里惴惴的。不久就收到主编王占军的回信，信不长，对稿子的评论只有一个词：扎实。是否真"扎实"不重要，重要的是这个词在这里是正面肯定。

走上职业写作道路以来，行家对我批评最多的就是叙述陈旧，太实，我也认可。看别人的小说，那么空灵，才气横溢，真是又嫉妒又绝望。这也是我当时借口公务不写小说的原因之一。再回来，是因为发现公务更难，只有重操旧业。因为知道技艺并无长进，自然就担心能否被接受。

《十月》用了《试用期》，使我多少得到一点信心：就是"实"的小说还没有到完全被抛弃的那一天。时隔一年之后，我又写了近乎纪实的《救灾记》，没想到《人民文学》《小说选刊》都接受了。

为此，我该感谢什么呢？也许应该感谢我国之大。因其大，才有了多元的审美，才有了我这样钝鲁者的栖身空间。正因此，我其实最应该感谢刊物和编辑的宽容和支撑。

每到这时候，我总会想起那次京城的夜行。

京城的街道，横平竖直，无论是走在宽阔的大街上还是狭窄的胡同里，只要方向对头，就一定能到达目的地。

我本来就喜欢寂寞。小学快毕业的时候，有天午后，我在一棵大树下避雨，面前是一大片草坪。不远的高音喇叭在播送小说，是一位外国作家写的关于一个士兵命运的故事。独自一人，面对着一片无声的迷蒙的雨，一片无声的闪亮的浓绿，听着一个动听的声音讲述一个忧伤的故事。没来由的泪，就像一股不知从什么地方冒出来的泉水，汩汩的、颤颤的，仿佛在洗我的心灵。我相信是那阵雨最早地滋润了我文学想象的田园。

在农场，我常常一个人黑夜坐在堤坝上，面对开阔的草滩和密密的柳林，林子外面是静静涌流的长江，江上标灯闪闪烁烁，江对岸灰蒙蒙的山影，山脊上孤悬着一轮明月；我也常常在下大暴雨的时候，一个人跳进浪涛起伏的长江，在波峰浪谷间听任颠簸，也听任铜钱粗的急雨敲击赤裸的身子；常常一个人爬上新堆起的麦垛，仰面望着满天的繁星，横一根麦秸在嘴上，咀嚼毫无指望的爱情；常常一个人摇一条船在远离沙洲的江面泊下，安安静静地、痛痛快快地去流一回泪，去编一个梦，去想一首诗。

后来到了县城机关，除了灯下窗前的独自熬夜、写公文和报道，多数时间，我背着那时很时髦的军用书包，独自沿着乡间弯弯曲曲的田塍和小道，晓行夜宿。我习惯并且深谙其中的乐趣。当一个人走过开遍了映山红的沟壑、油菜花的山坡、密不透风的树林、骄阳如火的秃岭，忽然听见隔山传来的牛哞和犬吠，会有怎样的欣喜。有时候遇到铺天盖地的暴风雨，公路上的汽车都开了灯，雷在头顶上隆隆滚动，闪电不时划破长空。一个人在这样的雨里独行，不断地想起天崩地裂、沧海横流这一类的词，想起所有惊心动魄的经历，很能长一点英雄的豪气，忽然就有了某种说不清道不明的冲动和灵感。

而这一次，我独行在北京的夜晚，静听脚步在空谷般的胡同里踏出的响声，同时也听着自己的思想。古老的树、古老的墙上的藤和屋脊上的草，古老的四合院，四合院灰色的高墙和油漆斑驳的门楼，古老的紫禁城，紫禁城的威仪和空虚，朝代的兴衰和权力的更迭。我觉得，对京城，对中国，对历史的思索与理解比任何时候都要多。最重要的是，我心里充满了温暖。

帮助我确定方向的是很远很远的夜空上那一片灿烂的光辉，只有天安门广场才有那样集中、那样明亮的灯光。想起来京遇到的一切，忽然有了一种幻觉，觉得那是我将要远行的文学之路上将要遇到的无数引导者、扶持者的心灵的光辉。

朋友曾与我谈及一同起步的同行许多已巍然成树，叹息我等才情有限，始终不成气候，最多算棵草而已，很没劲。我同意他的比喻，却不同意他的自卑。没有长成树木，长成了草，也是文学原野上的生命。而且，一粒种子，能长成一棵草，生动地活着，其实也并不容易。参天大树不是一天长成的，草又何尝不是？天时地利人和，一样不能少。不说社会历史那么高大上的原因了，仅仅是为了帮助一个写作者在不断的挫折中坚持写下去，文坛多少良师益友就不知付出了多么良苦的用心，给予了多么宽广的包容。

　　《诗·小雅·菁菁者莪序》说的"菁菁者莪，乐育材也，君子能长育人材，则天下喜乐之矣"，完全可以作为敬业的编辑们的写照。我写作早期的恩师，多已去世，尚存的也垂垂老矣。但我觉得，他们从来没有走远，一直在我身边，引导着，扶持着，鼓励着。

　　无论做人还是作文。

多情只有珞珈树

一

1977 年冬，结束八年务农、七年临时工，我成为赣北一个县文化馆的正式职工。次年春，结婚。不久，领导让我随两位同事去武汉采购办公用品。

武汉是离我们那个小镇最近的大城市，镇上人稍有重要的采买，首先就想到去武汉。

我们一行三人到武汉后，找了一家收费低廉的小旅店住下，我没有记住那个旅店的名字，只记得出门不远就是三民路口。路口中间有一座雕像，黑乎乎的，蒙着厚重的风尘。我多少知道，武汉有许多名胜古迹，但两位同事都极认真，每天都专心照着事先准备的清单采购，我只好老老实实地跟着他们跑进跑出，能够仰望的名胜，就是那座雕像，也因此留下了特别深的印象。

我正在悄悄地写小说。馆里文学组的同事给出版社写小人书脚本，每次拿到的稿费相当于一个月的工资，我很羡慕。除了最低一档的工资，我一贫如洗，成家了，迫切需要增加收入。

我所在的小镇是有故事的地方。老街口是整个县城最热闹的去处，从上街头到下街头，熙熙攘攘，水泄不通，最引人注意的是一位凝然肃立的老军头——一身军装笔挺，一根枣木手杖闪闪发亮，不屈不挠地站立在岁月的风尘中。

一天傍晚，我们疲惫不堪地走回旅社，路过三民路口的那座雕像，我脑子里刹那间灵光一闪，小镇老街上老军头形象的历史和文学的意义，忽然被那座雕像唤醒。

……

他常常挂着拐棍，挺直身板，不断地眨着那双有点昏花的眼睛，一声不响地在那里一连站上好几个时辰。既不同谁交谈，也不知在想些什么。

……而剃头铺的玻璃窗后面，剃头佬则饶有兴致地同人们讨论着，这样呆立在尘雾中的将军，有什么可以相比呢？"像站岗的"，剃头佬摇摇头；"像城里的交通警"，他还是摇摇头。撇着嘴唇品评了好大一阵以后，他才郑重其事地开口道："你们到过汉口么？汉口三民路口有一尊铜像，站得笔挺，挂着拐棍，就是这个样子。对了，全像，不走二样……"

时间长了，站立在老樟树下的将军，好像真的成了汉口三民路口的铜像……

这是我在这次武汉出差的第二年发表的小说《小镇上的将军》中的段落。可以说，这个形象，是武汉三民路口那座雕像的文学翻版。

二

《小镇上的将军》的发表，极大地改变了我的命运。然而，这同时却是我一段悲惨日子的开始。

1980 年我被《十月》杂志推荐进了中国作协第五期文讲所，那期文讲所学员，大多是我之前像星星一样仰望的人，我学写小说的那些日子，主要读的是他们一部接一部轰动的小说，没想到有一天来到他们中间了，很是紧张，像是在宾馆里进错了门。

这之前，来不来文讲所我一直迟疑不决。《人民文学》请了几个人来京写小说，住了将近一个月，冯骥才、贾大山他们都顺利交了稿，我一个字也没憋出来。一个月后《小镇上的将军》获奖作者座谈会上，大家聚精会神聆听大评论家冯牧讲话，我头一次参加这样的会议，诚惶诚恐。忽然听到他点我的名字，以为会有"新秀可喜"一类夸奖，听到的却是：据说他写了《小镇上的将军》就再也写不出东西了。

我当时受到的冲击无法形容，说是五雷轰顶毫不为过。

冯牧的"据说"，显然反映的是一种普遍的舆论。他在这样的公开场合说出，表现出对一个青年作者的殷切期望，恨铁不成钢。只是他没有想到，对一个来自遥远乡镇、从未见过大世面的极其脆弱的心灵，这是一种几近毁灭的打击。

同样的话几天后我又听到一次。在《十月》为改稿的作者安排的防空洞招待所，和我同住一室的一位作家晚上打长途电话，双方相互称赞了一番之后，听说我在场，对方说：他好像就那么回事，什么也写不出了。跟我同室的作家目光闪烁地看着我，嗯嗯啊啊。挂了电话，他笑着说：刚才是公刘的电话，他夸你呢。

半夜，防空洞里，老式的座机，那边说什么我听得一清二楚。公刘是我从小极崇拜的大诗人，他这个"夸"，我听来，不亚于死刑宣判。

拿着上文讲所的通知，我真不知如何是好。去，似乎是跳火坑；不去，是狗坐轿子不识抬举。

除我之外，文讲所尽是文学的当红明星，发表作品此起彼伏，像过年放鞭炮：天津蒋子龙继短篇《乔厂长上任记》之后，中篇《开拓者》又如同核爆；上海叶辛的长篇《蹉跎岁月》，改编成电视剧正在热播；竹林的长篇《生活的路》，茅盾先生热情撰文介绍；陕西莫伸、广东孔捷生、黑龙江张抗抗不时有媒体来访；贾大山以他的睿智与幽默成为一群乡土题材作家的中心；广东陈国凯每天收到来自全国各地成捆的读者来信；与我同寝室的古华，完成了《爬满青藤的木屋》，一有空就去看望湘西老乡沈从文……我刚被《人民文学》的笔会铩羽，前景茫然，下了课就老实待在屋里，或独自去野外溜达。

文讲所学习结束，我带着妻子和儿子，如愿回到阔别近二十年的省城，被安排在一个文化单位"专职写作"。但一两年时间里，我几乎一事无成，每天对着稿纸，一筹莫展。在我前后走上文坛的作家大多一发而不可收，呈井喷之势，而我却一片茫然，一整天一整天地呆坐，好不容易憋出的文字，被一再退稿，偶尔发出一两篇，只能是让人失望。调我到省城来的人是对我作了大指望的，我如此状态，等于欺骗了大家。私下的议论很尖锐，"本来就不是这块料"，有人很形象地借用当时计划生育的政策形容"只生一个好"，等等。一家家刊物满腔热情地约稿，又万般失望地退稿，一个个熟人见面就问"最近写什么了"，又一脸狐疑地看着我脸色发白可怜巴巴地嗫嚅。很快就有了公开的议论：评家专题座谈我的"苦闷"；官员在官媒撰文，指出我所以不能在写出了《小镇上的将军》之后写出"大城市的元帅"，就因为"脱离了生活"。如果说前者让我还能感到善意，后者就让我紧张了：我十六岁下乡，三十岁有了老婆孩子，好不容易把一家子拖回了省城——也就是"脱离了生活"，难道又要回到那"生活"里去了吗？

原是想在正式工作之外赚点外快补贴家用，现在被人当了真，反而成了正式工作，玩笑开大了，惶恐不已。想过改行，业内朋友正色说：想想你怎么来的！你不写了，人家干吗调你上来？

走投无路中，听到武汉大学同中国作协合作，招收汉语言文学插班生的消息。就像一个在茫茫大海挣扎的溺水者忽然看见了救生船，我一分钟也没有犹豫，立刻就向中国作协提出了申请。

1985 年暑期开始，我在武汉大学过了两年认真而忙碌的求学生活。

入学考试的考题是：

"在圆周上，终点即是起点"（语出希腊哲学家赫拉克利特），请对此谈谈你的看法。

我那时对"希腊哲学家""赫拉克利特"云云一无所知，但我明白学校的良苦用心：来自全国各地的这些插班生，面临人生的一个新起点。

这样的教诲对我完全是多余的。来求学，本来就是我在绝望中抓住的一线生机。我的写作刚刚开始就现出江郎才尽的窘态，灰头土脸，狼狈不堪，哪有嘚瑟的资格？

考试之后，我去了校务处。学校出于好意，之前给我这种本科生长辈的插班生发的是教工佩戴的红地白字校牌，我坚持更换了学生佩戴的白地红字校牌。随后，其他插班生发动统一订制有特定标志的运动服，我自然不敢加入。进武大之前，我与他们毫无联系，也没有看过他们的作品，只是看他们在学校的活跃，意识到他们非同小可，像自己这样不堪的写作，应该像几年前在中国作协文讲所与那些名人相处一样，自觉保持距离。当时，插班生成为一个新闻事件，当地媒体采访、文学刊物组稿，颇为频繁，且常有宴请之类。我一概躲着——如果我真有那么风光，又何苦厚着老脸来挤占孩子们的学习资源呢？

我此来的目的只有一个：求学。我最大的愿望也只有一个：最大限度地抓紧时间实现这个目的。

三

我一出生，祖父就对我的人生做了决定：只能做读书人。母亲后来告诉我，祖父把我的胎毛用红纸包起来放在自己胸口贴身的荷包里。母亲奶水不足，祖父把自己唯一一件穿了几十年的大皮袄当掉，给我请奶娘。临终前，他把我的父母叫到床前，交代说：以后不管怎样难，都要让我这个孙子上大学，考状元。那时候是公元1956年，科举已经是遥远的故事，但年近九秩的老人满脑子仍是一大堆旧梦。初中毕业我不得不失学。父母为此终生都对老人怀了深刻的内疚。

上大学成为我一生最大的愿望之一。在乡下插队和在县城工作的近二十年时间里，读大学就像与异性的亲密接触一样充满了我骚动的青春期。

没有想到，这个愿望，因为文学的机缘，居然在中年得以实现。

当时的武汉大学校长是卓越的教育家刘道玉。插班生、学分制以及自主选课，都是他具有前瞻性、现代性、世界性的教育思想的体现。那时的武汉大学没有围墙，正值黄金时代，目光远大，胸襟开阔，各种文化形态交流融汇、砥砺激荡，充满了勃勃生气。

因为有选课的自由，我在中文系之外，还在哲学、历史、法律一类专业选修了课程。大多数日子，我每天早上五点以前起床，盥洗之后，开始写作。大约两个小时之后，去食堂早餐。然后就这里那里地去找教室，找座位。有些热门的课，去晚了，没有了座位，就只能坐在阶梯教室的台阶上。晚上时常有许多海内外著名学者的讲座，我因此有幸见识了一大批享誉国内外的学术大师。粗浅知道了《圣经》某种程度可以读作历史；《易经》反映了先民朴素的辩证思维；佛经同样是世俗学说的一种；中西人文思想以及法制思想各自的路径……课间的短暂间隙，我向哲学系的汤老师请教过《八卦》与心理，向安老师请教过基督教的流变……中文系的於可训、陈美兰老师是著名文学评论家，自然更是时常向他们讨教。

中文系给我留下极深印象的有三位老师：

一位是罗老师。上课时他抱着一大卷纸进来，上面用毛笔抄好了当堂的讲稿，用图钉钉满黑板，随后每人一本，发给我们他自己用蜡纸刻印的同样内容的讲稿，这才开始讲课。他年过半百，瘦高，讲课时一忘形就身子前倾，两个手拐支着桌子，有时候干脆歪斜着伏在讲桌上，颇有点魏晋作风。他讲庄子《逍遥游》的那一课我记得尤其清楚：

《逍遥游》给了我们一个提示：人必须从狭小的个体生存环境中摆脱出来，看到世界的宏大，打破认知的限制，才能达到精神的超越，进入高远的境界。

无疑，上述看法是十分积极的，有利于人生乃至社会的奋斗与进取。

然而，也有另一种解读。

罗老师特地提醒我们注意《逍遥游》中的"有所待"三个字：

绝对的精神自由是无所待的。鹏鸟的神通够广大了，却仍然称不上"逍遥"，因为无论其起飞的场面怎样惊心动魄，前提却是必须有大风，也就是受到了外界条件的制约，即"有所待"。真正的"逍遥"是顺应天地万物的本性，驾驭六气的变化，遨游于无穷的天地，从而达到"无己"的境界，即"无所待"，什么也不用依靠，什么也束缚不了，割裂形体和本心的存在，这样才有精神领域的绝对自由。

显然，庄子的目的，不在评判鱼鸟之类的孰高孰低，而在于人的精神活动。他反复强调世间万物皆有所待，其实是在阐发追求无己、无功、无名的绝对自由的思想：修养最高的人能进入忘我之境，能够顺应自然的人无意求人，看透了人世真相的人不会热衷于功名。由此表达了对高官厚禄的鄙视，对以功名利禄笼络贤能的伪善给予了深刻的揭露。

《庄子》的"小大之辨"，打开了人们精神的视野。以庄子的标准观照世间万物，其实都是可以做到"逍遥"的。正是在这个意义上，《庄子》对后世文学发展产生了积极的影响。

这堂课对我是一次重要的启蒙。下课后我又跟罗老师对笔记，请教了好半天。回到宿舍，正好看到一家刊物让我写创作谈的信，我当夜写了几句话，又抄了一份，第二天交给罗老师，权当听课的心得。

那几句话是：

> 无事静坐，有福读书；
> 偶得所感，作文遣兴；
> 旧雨新知，淡酒薄茶；
> 到水穷处，看云起时；
> 鲲鹏扶摇，恭贺新禧；
> 蓬间雀戏，不亦乐乎！

罗老师阅罢批了一个字：

"然。"

一位是蔡老师。满头华发，戴着酒瓶底似的近视眼镜。他的学术专攻是《楚辞》，著作甚丰，在全国同行中颇有影响。他给我们讲课极用心，也极有激情。每次上课，不一会儿，脸就涨得通红，脖子老粗，呼哧呼哧地上气不接下气，恨不得把一肚子学问一口气倒出来。遗憾的是他的乡音一辈子也没能稍有变化，下面的学生几乎没一个听得懂。先是茫然，继而走神，继而交头接耳，继而有人离座扬长而去。蔡老师满头汗如雨下，拼命板书。那黑板是三叠的，写满一板，可以拉上去，写下面一板，转到第一板了，又奋力把前面的内容擦掉再写。一边擦，一边写，一边不住口地念叨"虽九死其犹未悔"之类，板书声与讲课声共鸣，唾沫星与粉笔灰齐飞。周而复始。但不管他怎样努力，终是难挽颓势。

这让我对他有了一种格外的敬重。他是那么热爱他的专业，并且希望这专业和对这专业的热爱能够得到传承。看着他那么辛苦，却又那么无助，我心里有说不出的难过。

与蔡老师恰成对照的是另一位年轻些的教师，英俊潇洒，据说任教以来是不少女生暗恋的白马王子。他讲课眉飞色舞，抑扬顿挫，以手势助语气，动作十分丰富，因而特受欢迎，再大的教室里外都挤满了人。听他讲课像看一场精彩演出，特过瘾。却渐渐发现我记住的是讲演的精彩，至于观点和结论，却不甚了了。当然，这完全有可能是因为自己弱智。

作为学生，我对前者难免惋惜，对后者很是钦佩。不过，说句实在话，如果我能退回去几十年，还有机会上大学，我仍然会选蔡老师的课。因为，既然是来求知，自然是希望老师的讲课硬核多于精彩，一个有可能传授扎扎实实的学问的老师更让人心生敬畏——虽然他讲课就如同茶壶装饺子倒不出来。

第三位老师我很遗憾没有记住他的名字。瘦削，苍白，举手投足恭敬如仪，只是眼睛里没有神采。轻轻地进了教室，把讲稿放在讲台上，回身在黑板上笔画纤弱地写下一行字：

温庭筠与《花间词》

然后转身从讲桌上拿起讲稿。讲稿却是背面朝上的。他并不纠正，煞有介事地瞪着纸背的空白，开口道：

"花间词是一种活跃在晚唐和五代的中国词派，从它的来源《花间集》得名。以温庭筠为鼻祖……"

说着，从讲桌后面走出，让自己全身呈现在大家的视线下，两臂垂直，贴着裤缝，弓起腰，抱歉似的看着偌大的梯形教室："我先给大家念几首温庭筠的代表作。"

　　小山重叠金明灭，鬓云欲度香腮雪。懒起画蛾眉，弄妆梳洗迟。照花前后镜，花面交相映。新帖绣罗襦，双双金鹧鸪。

稍停，接着念道：

　　水晶帘里玻璃枕，暖香惹梦鸳鸯锦。江上柳如烟，雁飞残月天。藕丝秋色浅，人胜参差剪。双鬓隔香红，玉钗头上风。

不知为什么，他的身子微微晃动了一下，抬眼看着教室上方，似乎在极力回忆接下来的词句。教室里略略起了一点骚动。他其实可以回到讲桌后面去，翻一翻他的讲稿。但他过于相信自己，讲稿上面的那些内容，早已烂熟于心。略略镇定了一下，他全力以赴继续背诵：

　　蕊黄无限当山额，宿妆隐笑纱窗隔。相见牡丹时，暂来还别离。

忽然他身子一动不动。

翠钗……

声音消失得很突然。就像突然切断了电源。他保持着原来的姿势站着，开始眼珠还极力转动。良久，他的眼珠不转了，身子剧烈晃动起来，然后就是劈头盖脸的汗，然后嘴忽然扭向一边，豁口里流出了长长的涎水。

前排几个学生霍地站起来，扑向讲台，把他抱出教室。

几天后，罗老师给他写了挽联：

四十华年一弦一柱谦谦君子竟长去才祚难偕非得己也

九千文字百学百教草草劳人今安在文德犹存有由来哉

在我随后沉痛写出的小说《马车》里，这位我不知道名字的老师的故事，是核心情节。

四

转眼几十年过去，武大所有我接触过的老师的一颦一笑，一举手一投足，至今历历在目。他们大多是谦谦君子，对后学极为友好。以我当时的心情，很希望能把与他们的密切的师生联系永久地保持下去。但自离校后，竟一直无缘相见。不过，这并不表明我的淡漠。在我的内心深处，永远有一个供奉他们的崇高位置。他们赠我的书，至今放在我的枕边；当时的所有听课笔记，包括那枚红字白地的校牌，我都完整地保留着。一次次搬迁，会失掉许多东西，但它们始终属于精心保存的部分。

武大求学两年结束，我最突出的感觉是陆游的"山重水复疑无路，柳暗花明又一村"。其后的数年时间内，我陆续写作并出版了多部长中短篇小说。其中的《梦洲》是我的第一部长篇小说（人民文学出版社1989年出版）。这部以我在乡下务农生活为题材的小说，是在武大课余完成的；《裸体问题》（中国青年出版社1993年出版）的生活依据大多出自武大。小说中的"东方大学"当然并不完全等于武大，但我对武大所经历的一切的思考和感慨都寄托在"东方大学"了。两个长篇，集中反映了我在武大学习的收获。

所有这些作品，反响远低于我的奢望和所有关心我的人们的期待，其实不足挂齿，但我多少心安。写作虽然没有长进，但总算没有半途而废。

我这一生，以文学为目的的集中学习，只有两次。一次是1980年在中国作协文讲所的半年进修，一次是武大这两年的插班读书。

文讲所给了我文学的标高，授课的皆是文坛大家，同学的皆是文坛翘楚，只能让我仰望；而武大给了我向这标高跋涉的指南。短暂的两年里，我像是被向导领进了图书馆，浏览了一遍专业图书的目录，虽然只是触及到皮毛，但对一个相对完整的知识系统多少有了一点切近的观感。与同辈同行比，我不算缺乏生活积累，但缺乏开掘和表现的必要素养，倘若没有武大两年的受教，我后来的写作怕是难以为继，再辛勤的努力，都只能是希绪弗斯的苦役，徒劳。

因为上课和写作的紧张，在校期间我较少外出。曾经打算游览武汉各大著名景点的计划未能实行，连武汉地标黄鹤楼也只是在过桥的车窗前一闪而过。偶有走动，喜欢重口味的豆皮、大筒骨炖藕，以及爽直、生动、火爆的市井方言"岔巴子""起篓子""弯管子""掉底子""蛮扎实""周么斯哟"。学校附近的洪山，那些乱草中的废墟，远胜于今天到处可见的粉妆玉砌的殿堂。长春观一个小道士读王安忆小说的全神贯注，给我留下极深的印象。

校园内，我时常流连的是樱园，花盛时，满园姹紫嫣红，纷飞如雨，遍撒樱花的大道上，人流如潮；还有桂园以及桂园外的东湖。我的宿舍在桂园尽头，门外东湖一碧万顷。不远处磨山野趣淳朴若村姑，月夜里湖心中静影沉璧映楼台。

最令人神往的自然是珞珈山。可惜我只在刚开学的时候上去过一次。杂花生树，楚天开阔，心旷神怡。以为会常来登临，却再没有上去过。我在小说《马车》里写道：

> 大观山下面，长江无声流过。
> 骞先生在望江亭的亭柱上倚了许久。
> ……
> 下着雨，一驾马车碾着泥泞，驶入树林深处。两边是似乎无尽无尽地闪动着的湿漉漉的浓绿。唯一的感觉是寂静。马铃声，车轮的滚动声，从树叶上滑下来又滴落在马车顶篷上的雨声，使人感到一种莫可名状的羁旅的孤单忧郁。
> 骞先生一时搞不清楚是自己正坐在那驾马车里，还是他看见了一驾马车正在驶来。前天散步他就仿佛见到

一驾马车了，现在则感觉得更真切。

却又更恍惚迷离。

"骞先生"的感觉，就是我的感觉。刚进校的时候，我在开学典礼上听一位化学系的老师讲过，他当年在汉口的老火车站下了车，就是坐着一辆老式马车来武汉大学赴教的。

不记得在哪听到一个说法，把珞珈山的原名改为"珞珈山"，是当时在校任教的诗人闻一多先生的意愿。

"珞珈"者，美玉也。以美玉名山，当然是风雅了。但也许是基于接受大学教育的强烈初衷，给一家文学杂志写稿，落款的写作地点我写成了"落枷山"。

我的想法是：以人生智慧的角度，求知其实是一个解脱的过程——从无知带来的迷妄乃至枷锁中解脱，在纷繁复杂的世界中获得最大限度的精神自由。我因此把求得解脱的愿望寓于"落枷山"。

小说发表出来，杂志把我写的"落枷山"仍改回"珞珈山"。这自然出于编辑的好心和责任感。我本想跟他们说这样做大可不必，作者落款的写作地点完全可以虚拟，无须泥实。但想想这是另外的话题，遂作罢。

2019年夏，参加一家报纸组织的采访，有机会乘车沿武汉东湖的湖滨大道从珞珈山下经过，从车窗打量武汉大学严谨而崭新的围墙和建筑，陌生而疏远。三十二年间，院内的变迁不得而知，只有围墙挡不住的山坡上的树木依旧茂密而亲切。默默在心里祝愿当年所有尊敬的师长岁月静好。

脑子里忽然冒出崔颢的《黄鹤楼》"昔人已乘黄鹤去，此地空余黄鹤楼"，不由感慨系之，随口凑出四句：

> 一梦东湖卅二年，
> 风流几许已成烟。
> 多情只有珞珈树，
> 依旧纷纷下咏笺。

不意不到半年，武汉大难临头。我在第一时间给报纸写了《心香一炷望江城》：

> 北望江城，一炷心香。
> 苍生何辜，遭此祸殃？
> 志士赴命，天佑我邦。
> 春日已至，樱花将旺。
> 白云悠悠，不见黄鹤。
> 龟蛇犹在，可期永昌。

终会有"江城五月"，终会有"黄鹤楼中吹玉笛"（唐·李白）！

武汉，一个平庸但真诚的学子，无论在任何地方，永远会为你祝福！

长江红叶

1985 年，我进武汉大学插班学习，次年暑假，长江文艺出版社让我参加他们举办的长江笔会。旅途是往返三峡。

船上没有别的去处，晚上餐厅有舞会。我对跳舞的态度特别虚伪：心里蠢蠢欲动，嘴上满是不屑。之前去看过几次舞会，站在一边胡说八道跳舞始于"动物界的求偶行为"、是"水平愿望的垂直表现"云云，人笑"舞蹈理论家"。

那时候，多数人其实也放不下面具。第一个勇敢者是河南作家张一弓，他创作的《犯人李铜钟的故事》，获得首届全国优秀中篇小说奖，自己也颇有英雄气。舞曲一响，他就在围观的人群中挑了个女孩，很优雅地领到场子中间。那女孩直发披肩，结实而健康。

那是一支慢节奏的曲子。他们缓缓移动，仿佛来自远古。欣赏这样的跳舞，很享受。

接下来响起了劲舞的曲子。张一弓继续投入舞池，那女孩没有再出现。

黑暗中的江水无声涌流。这里应该是巫峡了。忽然想起"巴东三峡巫峡长，猿鸣三声泪沾裳"。

没有想到，船到奉节后，当地派来的几个导游中有那女孩。

她穿得比在船上朴素，大家还是一眼就认出了她。那天的日程是游览白帝城、古栈道和夔门石刻，但给大家留下最深印象的是和这女孩的谈话。

她叫小静，家就在奉节，高中毕业，父亲让她顶替自己上了绞滩站，绞滩站的工作就是把下游的船从急流中牵引上来。她正在休假，跟着做导游的中学同学来玩。她就业的那个绞滩站，庄稼地像碎布一样挂在山壁。山上曾经出过一个美女，让许多人不辞劳苦去看她，直到后来变成了一个干瘪枯槁的女人。

绞滩站只有小静一个女孩。航道上三个工种：绞滩站、航标站、信号台，最苦的是绞滩站。

"喜欢文学吗？"我岔开话题。

她"咯咯"笑起来，说她只是喜欢胡思乱想。

晚饭后，她跟着几个导游女孩来我们住地送行，我们第二天去巫山，她明天也要回绞滩站。她带给我一张上级主管局办的报纸，上面有她写的一篇散文：

儿时的我，每遇下雨，总爱趴在窗口，静静地看雨。飘逸的雨，滋润馨香的花草，洗沐葳蕤的树木，荡涤繁华的城市，但给我无尽的遐想的是落进江里的雨。大雾中，小雨纷纷扬扬，无声无息地在江面上变成无数圆圈。曾有多少诗人赞美过浩浩荡荡的大江，可有多少人为小雨滴动情呢！"千根线，万根线，掉进水里都不见。"小时候我总是缠着外婆念这首儿歌。而今，我坐在孤独的绞滩站的窗口，看着小雨飘落，然后失去了自己。这是多么的不公平。小雨滴，它也是有蓝色的理想的呀。

有些稚嫩，却是真情实感。

我想象着穿着工作服的小静在绞滩站的样子。那工作服的宽大简单抹杀了一切妩媚。峡谷格外的凄清阴冷。亿万斯年，有多少美丽的生命在深深的峡谷里自生自灭。

回到学校，我写了小说《巫山有神女》，发表在当年秋季的《青年文学》上，编者在小说后面写了一段话：陈世旭离开小镇后，又把我们带到了长江峡谷的深处，用一支变得纤巧的笔，拨开神女峰的迷雾，让读者领略巫山神女的风采并体验她的情感，理解她的追求，咀嚼她的欢乐、她的愁思和悲哀……通过它，作者凭吊已经毁灭的美和正在消逝中的美……

我被编者的理解感动。他准确地把握住了我当时内心的感伤。

然而，像长江一样奔腾流动的时间和生活却证明着，我的多愁善感不仅多余，甚至有几分可笑。

小静不知从什么地方看到了我的这篇小说，给我来了信。信里说，她很惊喜我写了绞滩工，觉得我如果有机会应该真正地到绞滩站深入生活。信里夹着一片红得没有一丝瑕疵的枫叶——现在是他们绞滩站最美的季节，满山都是这样的红叶。

她并不像我想象的那样忧郁。在长江上游深深的峡谷中，青春的生命连同满山的红叶，正像火一样燃烧！

很多年后，小静成长为长江航道一个部门的负责人，家很圆满：丈夫事业有成，儿子聪明健康。

而那片一直夹在我书中的长江红叶已经深红。

月球上的小屋

那一年，中国作协组联部通知我与几位作家一起去青海深入生活，主要任务是采访上世纪五十年代末内地"援青"的邮电职工。

将近一个月，我们在地广人稀的青海，白天行车，晚上访谈。来自繁华的江南城市，戈壁的空旷、辽阔、静谧，令我震惊。

只有在戈壁，才真正可以见到天似穹庐，才真正可以看到弧形的地平线。公路把地球劈成两个半圆，在阳光下闪闪发光，永无休止地伸展在视野里。寂然无声的茫茫戈壁，除了风蚀和地壳运动之外，似乎没有任何变化地存在了亿万斯年。寂寞像时间一样永恒。在这里，最起码的愿望常常成为一种奢侈——哪怕需要的只是一片刚能遮住脑门的绿阴。强烈的紫外线无情地扎进面部，留下血红的烙印；戈壁风沙如同锋利的雕刀在脸上刻下粗糙的皱纹。

这样说，并不意味着我们的旅途只有苍凉，也会有意外的惊喜。

那一天，夕阳在风沙里沉浮。起先还不时地能见到骆驼草和红柳丛、嘛尼堆和经幡。后来，远远近近就只有红色的砂砾和铁青的岩石了。茫茫天地间除了我们这辆车，连一丝生气也闻不到。

忽然，远远的地方出现了一幢小屋，孤零零的就像是月球上的一个黑点。

这是一个邮电线务站。屋子里，简朴而整洁，电话交换台竟是用石块垒的。只有一个瘦削的年轻人，黝黑，但眉清目秀。

线务站不在预定的访问日程里。但这次偶然的访谈，却是我这辈子最难忘、最撼动心灵的一次访谈。

……

在西宁搭的便车整整走了三天，把我留在去县城的岔路口一片扬起的尘土里。

父亲背着邮包迎面向我走来：

"我代表我们全局子来迎接你。便车搞不好就出岔子，说不准时间，怕你到了见不到我，我昨天半夜就从局里出发了，在这里等了你一整天。"

之后他把我的行李小心地放进一辆手扶拖拉机的拖斗：

"上车吧，我们还有很长的路要走。"

我不知道是不是值得高兴。几天跑下来，我的心情坏透了。我有点想哭。我听说过，有过像我一样从邮校毕业分配到基层的人，从西宁出发两天就说什么也不肯再往前走了，转身搭便车返回。

我们在半夜以后到达县城。一条不足两百米的街子，两边是轮廓硬朗的藏房。有几星昏黄的亮光从黑暗中透出来。父亲说那是寺院的酥油灯。无意中他还说了一句让人印象深刻的话：这地方，只有酥油灯和邮电永远是醒着的。

这个夜晚到达的并不是目的地。为了让邮电同酥油灯一样永远醒着，我将要去的那个线务站，离县城还有一百公里。

县境平均海拔四千米，年平均气温零下十五度。严寒使人的心结冰。父亲之前的几任局长，没有一个在这里干到任满。父亲说，除非上级另有需要，他会在这里一直干到退休。

父亲来青海后，最初是乡邮员。几十年，他在这里的山地、草场和戈壁上走瘸了两条腿。他喜欢这里，说这里空气稀薄，但干净；人烟少，但人心近；牲畜野，但跟人亲。

两天后，父亲开着手扶拖拉机，把我送到线务站。

临行前夜，向当地牧民买了一头羊。帐篷里一只大大的塔夸——就是牛粪灶，烧得热气腾腾。几个牧民帮着宰羊，灌血肠，熬杂碎，煮手抓，揪面片。全局十来个人都坐在地上，给我留了个马扎。

我当然明白父亲的苦心。他那张写满了期望的脸就像一面镜子，照出了我的未来。他一口一个"老了"，他的样子的确比内地七十岁的人还老，可他还不到五十岁。看着他那张脸，我不寒而栗：五十岁以前，我就会这样老了么？

每个线务站之间，相隔差不多上百公里。我一整天一整天地对着空旷无边的戈壁发怔。

我常常抓紧双拳——想要攥住什么——声嘶力竭地叫喊。声音不管拖得怎样长，都很快被荒原吞没，没有回应。

我同青海不可分离的命运，在我父母结合时就注定了。他们来"援青"后就再没有回过老家。我在西宁的邮电中专毕业，又按照父亲的意愿，回到县里。

那次班车经过湟水河边的扎藏寺，有人说那就是给王洛宾的《在那遥远的地方》带来灵感的地方，我的心里一热，但"卓玛"只是我的梦想。

在线务站，除了局里同事隔些日子给我送一趟粮食、煤和维修零件，其他的大部分日子里我见不到一个人，看见的只能是太阳和月亮的换班。今天和明天完全一样，就像念珠串上的两颗珠子。

在我之前，这个站连续九年一直是全省的模范线务站，那位线务工出席过全国的先进表彰大会。他在这里一待就是九年，退休离开的时候，差不多已经失去了语言能力。人们在他留下的工作日志上一再看到这样的句子："太难了……什么时候有人来啊……对不起，我实在坚持不住……不行，一定得坚持住……局里人还有几天就来了……"

跟初来的时候比，我习惯多了。习惯了不刷牙、不洗脸、不洗澡；习惯了没有蔬菜只有手指粗的黑薯条、浸泡软了才能煮食的咸肉干；习惯了酥油灯照明、干牛粪擦碗、手抓代替筷子。但我不知道自己能支持多久。

仿佛是对我的怜悯，有天早上我忽然听见了鸟叫。我疑疑惑惑地从床上爬起来，疑疑惑惑地推开窗子。

真的有一只鸟，就在窗外不远的线杆上做窠。

我慌慌张张地扑到门外，兴奋得全身发抖。

以后的日子，我每天查完线路就是全神贯注地看着那只鸟，飞出去，又飞回来，从不知什么地方衔来了干草，衔来了土块。于是荒滩上，有了两个窠：一个是鸟窠，一个是线务站；有两个生命：一个是鸟，一个是我。

我们相依为命了。我把拌炒面的曲拉和最新鲜的烤饼都留给了它。我一声口哨，它就飞到我的窗子里来，在屋子里神气地走来走去。我出去查线或是查线回来的路上，它会出其不意地从我身后一下子扑到我的肩膀上。

却从县局来了电话：

"线路上是不是有鸟窠？"电话里传来父亲吵哑的声音，"得捅掉它。鸟窠里要是有铁丝什么的，会给线路造成短路的。"

"不！"

我抛下电话。

第二天，我被鸟的凄厉的叫声惊醒。鸟拼命地扑打我的窗户。

窗外站着父亲，他已经把鸟窠从线杆上捅下来了。

"要不，你会下不了手的。"

他满脸惭愧地看着我。

父亲退休的时候，省局在西宁为第一代援青人盖了宿舍。但他不肯去住。后来去世，也葬在县里。

……

我们这拨人一片静默。有泪水滴落的声音。

从青海返回，我在一星期内一口气写出三万字中篇《青藏手记》，很快就在《人民文学》刊发。

直到今天，我脑子里都常常会出现一个幻觉：一只不知名的小鸟，在前面不远的地方一掠而过。像是精灵，引领着我的人生。

冶力关的歌声

去赤壁峡那天天气很好，早晨清冽的阳光刺眼地照着峰巅，使峡谷显得愈加深幽。赤壁峡是冶力关风景区的著名景点之一，属于丹霞地貌。深谷两边的万仞绝壁，或如屏风排列，或如古堡耸立，或如大佛颔首，或如巨龙盘踞。一行人进去，即被肃穆吞没。谷底的清流几近隐秘，但足以掩盖一行人的脚步声。于是连空谷足音也都不存。

却在不知什么地方响起歌声，那声音遥遥的，袅袅的，细细的，脆脆的，时隐时现。驻足四望，只有如画的群峰。那歌莫非是这些山、山上的树和树下的草唱的？要不，就真是山里的精灵唱的？

第一次来甘肃是在十年前，沿着河西走廊历经沙漠和戈壁。甘肃留在我的印象中的真正是"大漠孤烟直，长河落日圆"。回来，梦里尽是骆驼、关塞，以及那些向沙漠宣战的倔犟的身影。有朋友告诉我，这并非甘肃的全部，去了甘南才会对甘肃有完全的了解。我于是对甘南充满了想象。一听说中国作协组织去甘南的临潭采风，我便欣然参加。

事先我在网上查找有关临潭的资料才知道，临潭就是古洮州。耳边立刻响起一片金戈铁马的撞击声："大漠风尘日色昏，红旗半卷出辕门。前军夜战洮河北，已报生擒吐谷浑。"也许是古来征战太恶，才把风起云涌的"洮州"改成了安谧宁静的"临潭"吧。

甘南果然是另一番景象：地肥水美，青山连绵，愈往南行植被愈密。临潭就像一块晶莹的玉深藏在这片浓绿中。方圆几百公里的冶力关风景区，奔瀑咆哮，奇峰林立，原始森林漫无边际，神山神湖飘散着经幡和香烟，尖锐高亢的"花儿"留着千年的古韵。"冶力关"原来叫"野林关"，虎豹出没，令人恐惧。"公社化"时改名，为的就是让人不至于视为畏途。因其幽深，充满了神秘。当地人言之凿凿：逢大旱，将少女赤身供于赤壁峡半山腰的妖魔洞口，余者在山下顶礼膜拜，必有大雨降临。至今亦然，山真是有灵！

但那唱歌的却并不是精灵，而是一群放羊的孩子，而且唱的是藏族作家扎西达娃专门给西南航空作词的《向往神鹰》。他们一直尾随着我们，争先恐后地想让我们注意，渐渐近了，到了我们中间，却又一律嗫了口，像一群小羊似的挤成一团，背对着我们。偶尔有一个调皮的回头看一眼，马上就扭回去，然后就缩了脖子，很厉害地抖动着肩膀，味味地笑。

我有些惆怅：无论是在国外还是在国内的旅游区，我都见到过穷困的孩子成群地追着围着磨缠着，要求施舍。

"接着唱吧，"我们喊道，似乎是作为一种交换，又说，"我们给你们照相。"

这些山里的孩子！忽然严肃起来，窃窃地商量一阵之后，歌声重又嘹亮地响起。一支接一支，都是些难度很大的歌：《青藏高原》《神奇的九寨》……但他们唱得一点也不吃力。他们的嗓音清亮得就像岩缝里涌出的泉水。

这些山里的孩子！衣裳很破旧，身体很瘦弱，临潭毕竟是国家级重点贫困县。但是他们骄傲，唱歌的时候，他们一直背对着我们，扭来扭去不让我们拍照。只让他们的歌声飞出人丛，直上晴空。故意问他们怎么学的歌，他们说都是老师教的，说完了又赶紧接着唱，好像怕耽误。他们是希望我们知道：他们学了很多，他们拥有很多，他们富有。

这些山里的孩子！我们返回的时候，他们一个一个羊似的跳过谷底的溪流，跑上那面山坡，在一块巨大平整的岩石上齐刷刷地站成一排，扬起头，更大声地唱起来，送我们远去。现在，是他们面对着我们的背影。他们的歌声在群峰中间萦绕回荡，越传越远。我不时留恋地回头。我想，那歌声还会传得更远更远。冶力关的这些孩子，他们真是大山的灵魂，是大山的希望和未来。

告别大楼

悄悄的我走了，
正如我悄悄的来；
我挥一挥衣袖，
不带走一片云彩。

——徐志摩·《再别康桥》

别了，大楼，谢谢你这些年来的容留。

说起来，我们的缘分是从我的少年开始。那时候我是一个贫穷人家的儿子。而你是这个城市的骄傲。我对尊贵和富裕并无向往，我向往的是你的艺术气质。高大的树和碧绿的草坪烘托着堂皇而庄重的俄罗斯风格——我那时是那样地崇拜俄罗斯的诗人和作家。每个周末的夜晚，你的最多容纳四五百人的小影院放映二轮的外国影片。为了能看这些影片，我常常在不上课的时候，守候在马路上坡的地方，揽给上坡的板车帮车的活，每次得到几枚分币，一旦积攒得够数了，就投进你的售票窗口。然后，在夜晚的昏暗光线中，小心地掩紧衣服上的破绽，局促、紧张、忐忑不安地进入你的挂着厚重窗帘、铺着柔软地毯的小影院。我并不是害怕自己的寒碜，而是害怕亵渎了你的高贵。我的文学的理想就在你的让我怯生生的很快又聚精会神的怀抱里一天天成长。我记得最清楚的一场电影是《漫长的路》：爱情，强权，抗争，生离死别，蔚蓝的大海，忧郁的灯塔，西伯利亚黑暗的雪野上孤独的驿站和马灯，在狂暴的大风雪中渐渐消失的马车和绝望的呼号。我当时完完全全地进入主人公的命运世界，在痴迷的状态里迷失了自己。现在我知道了，那条漫长的路其实就是对我的终生的文学生涯的一种预示。

别了，大楼，谢谢你这些年来的容留。

与你的最早的那段接触太过短暂，大约是一年半，最多两年。初中一毕业我就下乡了，我知道母亲不仅无力供我升学，而且我必须独立谋生。远离了我生长的这座城市，远离了你。有将近二十年时间，我只能在回家探亲的时候，偶尔路过你的门前。我的日子很糟糕，血吸虫病和"文革"的煎熬让我形销骨立。而你也一天天在丧失当初的容颜。我一次比一次更多地发现你的衰老，就像我一次比一次更多地发现母亲的衰老。你的曾经那么鲜亮的墙面一年比一年晦暗，你的曾经那么坚挺的轮廓一年比一年残破，你的曾经那么茂盛的花园一年比一年凋零，你的墙头居然长出了枯草，就像我母亲的头颅啊，君不见高堂明镜悲白发，朝如青丝暮成雪。

别了，大楼，谢谢你这些年来的容留。

因为千载难逢的历史机遇，我有一天居然有幸成为了受你荫庇的人们中的一员，而且持续了将近二十个年头。我将永远怀念那个时代，那个鼓励创造、鼓励个性、鼓励独立见解的时代，那个为国家和民族带来无限福祉，也使我个人有限的才华得以纵情发挥的时代。我还将怀念所有那些对在这座大楼进行的工作抱有善意的读者，任何稍稍清醒的作家都知道，读者的认可、关注包括批评，才是对自身工作的最高奖赏，其他的虚荣都无足轻重。我因此还将怀念文学。文学使我安于寂寞，安于淡泊，使我一再提醒自己不要过于庸俗，使我的心灵始终向往着最大限度的广大、充实、光明，使我曾是那么执拗地像疯子堂吉诃德似的想要在一片喧嚣的市声中为文学的灵魂寻求一块净土、一片绿洲、一处家园。

遗憾的是我留下了太多遗憾。随着我的离去，这些遗憾将被带走，取而代之的是我的于事无补的惋惜，还有或多或少的惆怅。

我知道有人憎恨我，因为我的率性、偏执、刚愎自用。但我依然想向他们道声好。即便他们并不属于这问候，对之嗤之以鼻。

我知道有人厌恶我，因为我的孤僻、散淡、疏于逢迎。但我依然想向他们道声好。即便他们并不属于这问候，对之嗤之以鼻。

我知道有人蔑视我，因为我的才疏、学浅、名不副实。但我依然想向他们道声好。即便他们并不属于这问候，对之嗤之以鼻。

我当然更知道有人始终在努力支持和帮助我。我为他们祝福，相信他们也乐意接受这廉价的祝福。

别了，大楼，谢谢你这些年来的容留。

是时候了，是从容辞别的时候了。这一次该是我们永久的分别。此后，除了私人事务，再没有主动进入的理由。有位政治家说：不要走近不再属于你的位置。这是睿智，也是品质。我不是政治家，但我崇敬这睿智和品质。很多年前我就懂得了，一个人要在社会需要的时候能够激流勇进，也要在社会不需要的时候能够急流勇退。这才是真正进退裕如的人生；很多年前我就读懂了曹雪芹的《好了歌》，既要尽可能完美地为他人做嫁衣，又要在落幕时毫不迟疑地及时下场；很多年前我就懂得了公共权力并不全等于权力拥有者个人的价值，人们对权力的尊敬、畏惧和趋附，并不全等于对权力拥有者个人的尊敬、畏惧和趋附。一旦卸去权力的铠甲，个人便只剩下躯体的重量和人格的质量。

别了，大楼，谢谢你这些年来的容留。

你承载过我的文学理想，承载过我最重要的一段人生。我们曾经那样地共着休戚，在我将要离开的时刻我深深地为你的未来祈祷，尽管这也许多余。有一天你终会从地面上消失，而我肯定会消失得比你更早。我会比你更早地在焚尸炉里化作一缕青烟。我已经交代过我的亲人，到时候不要惊动至亲至爱者以外的任何人，不要操持任何仪式，不要在讣告、悼词、花圈、挽联、坟茔、墓碑一类事情上费神。我太渺小了，太不值得郑重其事了。因为这渺小，我要越过庄子的世界，他以"天地为棺椁，日月为双璧，星辰为珠玑，万物做殉葬"，仍不免拘泥于物。我要干干净净地从这个世界消失，好让这个世界因为这干干净净的消失而少一点污垢。而你，即便消失，也必将像凤凰涅槃一样再生。任何人生的历程都有终结的时候，唯有人类文明的薪火永续。

客粤信札

一

此次在贵地参加活动蒙您郑重邀请加盟签约作家，非常感谢您的抬举。因为您的郑重，我也就格外认真。回来思忖再三，还是不敢受命。原因有四：

一是最近几年，我的主要精力恐怕会用在照顾幼年的小孙子。儿子儿媳都在打拼的年纪，早出晚归，无暇顾家。请保姆，我们又不太放心。说来让你见笑，我做家务的本事——包括做饭、带孩子，远超我写作的能力。在这一点上我敢说在我认识的同行中还真不多见。

二是胸无大志，散漫惯了，随意性很大，写作常是即兴而为，从来没有过计划，想到哪写哪，写到哪是哪。因为知道自己不具备相应的先天才华，从不敢妄想当大作家，写大作品。最怵的就是在聚光灯和众目睽睽下高调亮相。我的人生态度属于消极的一类，在人世这个大剧场只愿也只能做观众。致使至今不成气候。到了这年纪，已不适合凑"作家村"之类年轻人的热闹，该懂得收敛，懂得消停，懂得静穆是最好的状态。多年来，我在实际上也已淡出文坛，脱出三界外不在五行中。而加盟签约等于重新给我加了一副已经放下的耕牛轭头，我怕是承担不起了。

三是生性懦弱，不喜惹事。从小父母就谆谆教我无事早归，葫芦挂在脖子上不如挂在墙上。我自己也一向崇尚简单生活的原则。在职时我除了工资所据的公职外，从未担任任何社会兼职，当过几天评聘全省作家职称的负责人，听说这是个有可能收礼受贿的位子，瓜田李下，赶紧辞了。退休后就更没有必要让总算轻松下来的生活复杂化。这几年，老家和客居地偶有几个县市刊物和社团让我兼职"顾问"之类，我都婉言谢绝。我深知自己的影响极为有限，这种空头的名义于邀请方没有任何实质性的益处，于我却多了一份完全可以不存在的牵挂。有副对联我很喜欢："自知性僻难谐俗，且喜身闲不属人"，我没有"难谐俗"的清高，"不属人"的清闲却是真喜欢。

四是水土不服。这其实是我最最担心的。市场经济显示了金钱的伟大力量，国内好几个大城市都在用高薪、闹市区的房产"购买"名作家，贵地请作家签约应该也是这"购买"的一种形式。既然签约了那就得"食人之禄，忠人之事"，倘不能如购买方所期望的有所作为——对我来说，这几乎是可以肯定的，那就不如事先知难止步。我可能有一点死心眼，相信"一方水土养一方人"，并且认为写作的人就更是这样。离开了自己成长的土地和熟悉的生活圈，连语感也摸不着，何谈写作。继续老家题材，对不住你们的佣金；开拓贵地题材，又找不着北；把人生从头再来一遍，那是神话。当然，才华非凡的作家不受所限，只是我没这本事。

唉，陈某不才，辜负了您的好意，但相信您是理解的。顺寄拙作一册，都是些庸常日子的浅薄杂感，便中请批评，没兴趣弃之可也。

祝您快乐！

二

这次旅行途中有些话要对你说，一直没有合适的时间。你视我为友，无论如何我都是高兴的，没有人会拒绝别人的善意。但真正的友情应该建立在相互了解的基础上。

我第一次见到你，你的外向给我留下了颇深印象。我向来害怕心机城府藏得很深的人。后来为你写评介文章，这是缘故之一。

也许出于谢意，也许出于尊重，你再三约饭局，约出游，这些好意我都心领了。在你那一面，这是一种可贵的热情。在今天，这样的热情是越来越难得了。但是，在我这一面，却深觉为难。因为所有这些，都与我的习性不合。虽然别无选择地进了文坛这样的名利场，但我一向拘谨，对官员老板名流敬而远之。我深知自己是吃几碗饭长大的，从不敢以所谓"文化名人"自居，偶尔碍于朋友情面逢场作戏是有的，但绝不敢当真，平时能躲开就尽量躲开，避之唯恐不远。我阅世阅人不敢说太多太深，至少是早没有了非分之想，类似你说的建工作室、参与办学、去给老板剪彩拿红包等等，你姑妄说之，我也就姑妄听之，只当作是你的一番好意，并不当真。一个人极力要争取本不该得到或别人并不打算给你的东西，那结果只能是自取其辱。这次旅行，我看得出接待方对你的敷衍，很被动很勉强的。这种事挺傻的，下次千万别干了。

那天你朋友开车送我回广州，路上闲聊，他问我的手机号。

我告诉他后，他为我惋惜，说那个号码限制了我的官运、财运，有些自称朋友的人只是为了利用你，不时还有小人加害，而且大多是你一心一意善待过、帮过他们大忙的人。所以他知道我是个穷书生，不富裕，最好把那号码换掉，等等。我听了，笑笑，说我对我的现状很满足，没有得到的那些是我不该得到的。我认命。命里只有八角米，走遍天下不满升。至于小人加害，也无所谓。一个人如果参透了利害，参透了生死，谁能加害他呢！

我和你的社会行为方式正好处在两个极端：家居生活上，我力求简单，清心寡欲。做家务，写作，是我最大的乐趣。在岗的那些年，除了好友，各类接待的饭局我能不参加的都尽量不参加；社会交往上，朋友不多，仅有的几位都极真诚，从不轻易许诺，一旦许诺就言必信，行必果。这些，与你的交际活跃，朋友满天下完全是两码事。

每个人按自己的性格、自己选择的方式生存，并没有对错、优劣之分，相互懂得、相互尊重就好了。我喜欢实实在在，不喜欢虚里吧唧，并不等于我有多么高尚，我一样有我养家活口的责任，一样重视自己的劳动和心血。比如，我可以无偿给你写那则书评，但如果作书的序言，那你就一定得让出版社给我支付稿酬。他们不是个人，更不是朋友。这是劳资关系。

你当然可以按照你的方式生活，作为长辈，我唯一想奉劝你的是犯不着那么狂放，即便是有意仿效李白，也犯不着。毕竟不是李白那年头了。如果口水诗、打油诗都能让被许多人推崇为"大师"的名家慨叹堪比唐诗，你又何苦要赶上李白呢？而今实利风行，到处都在讲"文化"，文化已经被"文化"得毫无文化了。说句你可能不受听的，包括你那些牛气冲天的宗庙三颂跟"文化"

也其实没有太大关系，如果有也不过在政治广告的范围，跟李白就更沾不上边了。因为介绍我认识你的朋友我极敬重，又觉得你至少对文学的热衷是真诚的，那则书评说了许多溢美的话，或者说打气的话，你若当真会很"二"的。相信你不会。

你尊我为前辈，我很感谢。但我在生活中是个非常刻板的人，这一点你可能不了解。你说我是个有脾气的人，大错特错。"有脾气"是要有资格的，我在文坛这个江湖上算不得什么角色，没那资格。作为另一个极端，你有你生存的需要，并且根据这需要选择自己的生活方式，我无意否定，但你也应该理解和尊重我的生活原则。下面几条，请你一定记住：

一、我初中毕业下农场谋生，除了儿时借看同学的小人书引起的对故事和文字的兴趣，别无爱好，多年的务农也没机会学习别的手艺，只能折腾最简单方便的笔和纸了。但几十年下来，活儿做得极平庸，对文坛上那些高大上的理论更是缺乏认识，但也就是缺乏认识而已，并不等于什么"非主流"，我压根闹不清理论家们的那些"主流""非主流"是什么意思，也就说不上"是"与"非"的问题。早年有位著名评论家说我的一个小说"主观唯心主义"，我很傻×地荣幸了好久。如果你不是有意歪曲我，就请永远不要再在任何公开场合议论我的这种艺术上的无知。

二、在此地文学界，除了我熟知的写作的同好，我不想有更多交际，也决不介入任何是非。你那天拉了几个你显然用得着的当地文坛头面人物来，我差一点就不辞而别一走了之，只是出于礼貌才待到最后。这种事不会有第二次。你有需要你尽可以与任何人交往，但请别拉上我背书。我客居此地，只想安心当我儿子家的全职保姆，凭一点雕虫小技赚一点补贴家用的零钱。过多的应酬实在奉陪不起，家务和爬格子都要时间，每天早上五点半起床，忙到晚上九十点钟，困得不行。偶尔消遣一下可以，多了我吃不消的。加上孤僻惯了，人一多，闹哄哄的就头痛。

三、尤其不要因为我去勉强你的朋友，尤其不要拉我去硬充"名人"，还要建什么"名人工作室"，岂不搞笑吗？你可能觉得是尊重我，但我的尴尬你知道吗？这次去的那个城市你那几位朋友都很热心，但他们并没有相应的权力，你让他们多为难哪！我后来主动写了对那座城市的观感，纯粹是为了不白吃白喝人家的。我这辈子最害怕的事情之一就是欠人情。人情大似债啊。虽然人微言轻，不像大师们那样走一趟题个字就能给一座城市增光，但秀才人情纸半张，总是尽了心意，算是两清了。

说了这些，并没有责怪的意思，只是希望让你了解。

谢谢你关心我内人的健康。她这几天的状况还算平稳，不到十分必要我们不想求人，也不能让你因为我们欠人情。再说，尊夫人要临产了，别为这些小事分心。这个城市我们固然陌生，但我们没有公务，所有的时间都是自己的，足以应付网上挂号和窗口挂号的漫长等待。我们还是愿意相信白衣天使的良知，花了高价挂专家号，对方总不至于一点不负责任吧。

不多啰嗦了，就写到这里。预祝你们添丁大喜！

《八大山人传》后记

撰写八大山人传记，是一个十足冒失鲁莽的决定。等我意识到这一点，事情已经难以改变了。我是在那之后，才知道了如下事实：

瑞典学者喜龙仁在他编著的《中国绘画史》中说："八大山人是中国绘画史上那些最具吸引力的特殊人物之一，这类人物是难以把握和明确地予以分析的，因为他们是被他们本人的怪癖和作品的鲜明特性所组成的令人眼花缭乱的传奇色彩包裹着，历代围绕这类人物编织出来的传说和故事，使他们显得更为扑朔迷离。"

历史很势利，从来不会记下它们当时认为卑微的事物。作为明宗室子孙，清初的杀戮和清廷对宗室的镇压以及扼制，使得八大山人一生隐逸颠沛于民间，尽管在下层官吏和文人士子中拥有广泛的仰慕者，但无法在官方典籍中得到与之相应的地位。有关八大山人的真相也就大多遗落在那些早已湮没的历史中。

然而，三百年间，八大山人的幽灵始终徘徊不去，纠缠着无数膜拜者在历史的缝隙里竭尽最大的心力寻觅他的蛛丝马迹。不断有人试图对其身世进行考证，或对其生平进行探索，或对其艺术展开讨论、阐释和研究，不遗余力地寻找最可能接近真相的线索。然而，在相当长的一段时间，他却被叙述得矛盾百出。

三百年来八大山人研究成为显学，尤其是近几十年来，海内外有大量的研究成果，奠定了八大山人研究的基础。论著基本上可分为两大部分：

一是研究八大山人的名号、身世、生平与交游。1960 年，《个山小像》的发现，揭开了考证八大山人的序幕。这幅画和画上的题跋，成为八大山人身世的最可靠的血缘蓝本，构成八大山人研究的一个牢不可破的坐标，使得后世得以有一个可靠的依凭来就其生平家世、作品真伪等进行较为系统的考证乃至争论，从而不断排除谬见的迷雾，使人们逐渐对八大山人有一个较清醒的认识。

二是研究八大山人思想、艺术成就。历代有关其艺术风格的感悟性、鉴赏性的评语可见于一些作品的题跋及传记中，但作为理性的较为科学的研究论文，赋予现代意义的阐释，始于二十世纪六十年代。这半个世纪以来，可以说是八大山人研究极有收获的时期，研究领域在不断扩大并向纵深发展，从而带来了勃勃生机，成为八大山人研究再度中兴的时代契机。由此，八大山人的研究，从中国逐步走向了世界，在世界范围内形成了一门独具特色的八大山人研究学科。

研究者不少是海外学人，特别是港台地区、美国、日本的学者较多。有的穷毕生精力于此，成就卓著。至于鉴定专家，多又集中在北京、上海两地。一批老专家为八大山人研究作出很多努力，但年事渐高；进入二十一世纪，新一代研究八大山人的专家崭露头角，在资料的进一步发掘整理方面，在字号、身世方面，在作品的解读方面，继有不少创获，且个人研究专著也陆续问世。

支离的身世，怪诞的画面，禅偈般的诗文，天书样的题款，似哭似笑、非哭非笑、太多的迷惑和不解，一个孤苦而睿智的灵魂哭笑颠狂间为我们设下一个个悬疑，也留下无尽猜想的空间。仿佛黎明前的黑暗天幕下那一颗最耀眼的孤星，伴着沉落的残月，幽远而寂寥地闪烁。三百多年后，投射到我们身上的，是他那穿越时空、被稀释被剥蚀之后的微茫的清光。

今天，当我们想要还原八大山人那闪烁的热力和辉煌时，唯一可依凭的就只有那一抹依稀而灿然的光亮。在那抹光亮的引导下进行跨越时空的透视，这是我们可以找到的最接近历史真相的一种方式。人们从各类支离破碎的卷帙中烛幽发微，将尘封的点滴史实连贯串并起来，打破文献与文献之间的藩篱，使其中的相关性和紧密性能在同一个事件中，融会贯通于人物、事件的生发与结果，从而尽可能地接近事实，发挥其最大的历史价值，依据雪泥鸿爪，梳理出八大山人身世与生平的大致脉络。严格地说，这部或可称作"传记"的文本只是一部关于传主幽深曲折的艺术思维生成、变化、发展的心理过程的叙述，而且因为传主作品散失的过多而过于粗疏简略。萦绕在八大山人这个名字上的谜，有的也许我们永远无法解开，我们可以做的是尽我们所能，剔除那些明显错误的认识，改变一些无稽的谬传。

研究八大山人最可靠的文本依据，是我们今天可以看到的他本人的诗作、信札、书画题跋，以及他同时代人与其交往的各类文字。后者中最有现场感的当数几位与他有直接交往的文人写的他的传记。我所知道的一位是邵长衡，一位是陈鼎，二者皆有《八大山人传》传世。此外，有清一代关于八大山人的完整文字还有龙科宝的《八大山人画记》和张庚的《八大山人》。

上述作者留下的八大山人的传记文字，因作者本人所具有的较高素质及其与传主为同时代人，无疑成为研究八大山人最重要的文献之一。

数百年来，八大山人研究日益丰富，日益精确。八大山人的身世逐渐浮现于模糊昏暗的历史卷帙的表面。这使得人们有可能凭借这些研究成果逐渐了解八大山人的一生，依据其思想、画风与书风，以其师承渊源、选题立意、内容主题、造型构图、笔墨形式并联系画家的主客观条件，廓清八大山人书画的阶段特色和递变轨迹，最大限度地接近八大山人的本来面貌。如此，才使得今天笔者这部抛砖引玉的纪传性长篇文本的写作以及今后学养深厚的大家更为精致的大篇幅传记的产生有了可能。

可以肯定地说，后人对八大山人的研究难免有推测、想象甚至杜撰的成分，但主流是严肃的，审慎的，负责任的。这也就是今天八大山人研究中，许多悬疑正在被一一破译的根本原因所在。随着八大山人研究的日臻科学，对八大山人艺术的诠释，将更加切合史实。

依据以传主的人生经历为"经"，以传主的艺术表现为"纬"的总体构思，我为这部传记所做的工作，除了充其量调动我自己极为有限的生活积累和知识积累，便是综合诸多学者的研究成果，做进一步的分析、鉴别、比较、选择、采信，力避牵强附会，剔除蓄意作伪，尽最大可能用八大山人和他同时代人的文字说话，杜绝所谓"合理想象"。宁可为未曾发掘的可靠史料留下空间，为尊重历史、尊重艺术、尊重八大山人的读者留下想象的空间，也绝不以轻薄平庸甚至狂妄的杜撰演绎而使谬种流传。从而在此基础上阐述我对八大山人的认识并借以表达我所崇尚的艺术精神。

从这个意义上说，这部传记应该是一个巨大的群体工作的成果。借此机会，对所有在八大山人研究工作上作出巨大贡献的海内外学者表示由衷的敬意。

任何一部传记都不可能做到也没有必要做到面面俱到。拙作有选择地忽略了对传主许多个人生活场景的挖掘，更无意以所谓奇闻异事、风情流韵吸引读者眼球，注意力只在梳理传主的人生与其心理、人格、内在创作机制之间的关系，为一位伟大艺术家及其伟大艺术的产生，找出尽可能令人信服的证据。从而写出诸多有世界影响的艺术家中的"这一个"。

使数百年后的我们最感欣慰的是，八大山人存世的作品虽数量有限，但却极为深刻地展示出他的心灵是充盈的、完整的、确凿无疑的、瑰伟绝特的。

当然，由于我个人的才疏学浅，对典籍和史料的孤陋寡闻、生吞活剥、望文生义，甚至张冠李戴，造成的误读、错讹和硬伤在所难免，受到衮衮诸公"拍砖"几乎是必然的，这些只能由我个人承担无知之责。敬请方家及读者见谅，并予批评教诲。我想，这也会是对八大山人研究的一种有力推动吧。

追寻八大山人八十年的人生历程，敲下最后一个句号的时候，就像插队时背负超过我当年体重一倍以上的货包，颤颤巍巍地走完好几里泥石路，终于可以放下，我长长地吁了口气。成与败，臧与否，都只能听凭裁决了。我唯一还想重复的是三十年前我在写完第一部长篇小说《梦洲》时用过的一个句式：

终于开始了，终于坚持了，终于完成了。

我已尽力。

是为记。

去看姐姐

成都的文学期刊《青年作家》刊发拙作《江洲的桃花》，按例让我写创作谈。我写了如下一个故事：

2005 年，随中国作协代表团访美，与大连作家邓刚同住一室。因为老是更换住处，他睡不好。我则因为没心没肺，到哪儿都是倒头便睡。他后来形容我每次倒下去就像中了枪一样一下就睡死了。我听出他对自己失眠的焦虑，有天半夜睡过一个囫囵觉后，我听他还在翻来覆去，便起来拧亮床头灯，说：我不睡了，陪你说会话吧。他从床上一跃而起，站在两张床之间，给我复述了杰克·伦敦的短篇小说《我去看我的姐姐》。

邓刚说话充满了激情，有力地挥着手，语速越来越快，音量越来越高，脸和脖子涨得通红：

"我去看我的姐姐……"

这是小说每一个自然段的开头。在每一个自然段里，逐渐展开"我"去"看姐姐"路上的一个个画面，逐渐展开"姐姐"的一个个侧面：她的美，她的善良，她的温情，她对"我"的各种好……我被小说，也被邓刚的激情牢牢抓住，眼睛一眨不眨地盯住他，等待着"我"与"姐姐"见面的那个高潮澎湃的时刻。

"姐姐的家就要到了，就在前面，就是那个看得见的村庄，我就要见到我的姐姐了……"

邓刚的手向远处指着，突然停住了叙述，静默了好几秒——我觉得那几秒是那么漫长——突然说：

"我没有姐姐。"

我一下怔住了。

泪水毫无出息地汹涌而出。

邓刚显然也被杰克·伦敦和自己感动了。以他惯常的幽默打趣说：你小子原来也会哭啊。

很多年过去了，我一直没有找到这个小说的中文译本。邓刚也记不清他当时看到的是哪本杂志。我不能保证他复述的准确，但上面的情节已足以撼动我的心灵。那个夜晚，我忽然明白了一个也许浅显也许简单却值得记住的道理：

"姐姐"可以是真实的，也可以是想象的；"姐姐"也许遥不可及，也许根本就不存在，你却一定会去看她。我相信，我的每一个认真的文学同行，心里都一定有一个这样的"姐姐"。

"姐姐"，是真、善、美的化身。

对我来说，文学的路，就是去看"姐姐"的路。

第二辑

永远的雨

1980年4月的一天，我带着一个未见过世面的外省乡镇人的胆怯和拘谨，走进北京，来领第二届全国优秀短篇小说奖。颁奖的会场空旷如苍穹。我找到自己的座位呆呆地坐下。身边有一个人忽然微微倾过身体，轻轻地问我：

"你要上文讲所的，是吗？"

我"嗯"了一声，瞥见了桌上她的名字："茹志鹃"。之前读到这个名字，是在中学的课本上，我立刻一阵从头到脚地紧张。慌张中我听见她说："我女儿也去，她叫王安忆。"

见到王安忆，是大约一个月后的事情。

上世纪五十年代初期，中国作协开办文学讲习所，几期后停了。现在恢复，许多新人从四面八方聚到了一起。其中的大多数人在读者中已经相当知名。好在班上也有几个像我这样刚发了一二个短篇的人。王安忆填的表格里，发表作品一栏就只填了一篇《谁是未来的中队长》，儿童文学。这使我有了同病相怜的感觉。分了组，又分座位的时候，我走到她旁边的空位上坐下来。她选的那个位置在第二排，显见是要认真听课的。我选择跟她同位，则主要是因为那可以使我多一些自信。

我向来刻板，走到什么地方都希望那里整整齐齐，一尘不染。

这是我缺少灵气的一个突出证明，却也许给了王安忆一个好印象，以至淡化了因为生疏和性别形成的隔膜。这使我们上课的时候很轻松。我常拿些老掉牙的古诗词去扰乱王安忆听课。结果发现，她知道的比我多得多，且都滚瓜烂熟。我却是捉襟见肘的。便改了教她写字——我觉得她写的字不如我。

王安忆很快就让我知道，字写得怎样，跟一个作家是否成功，完全没有关系。

不久就读到王安忆的《雨，沙沙沙》。我实实在在地呆了：我的浅薄和轻率是怎样的可笑。但《雨，沙沙沙》仅仅是显露了她的才华的端倪，冰山一角而已。

我忽然觉得恐慌。很长一段时间，什么也写不出。王安忆后来打趣我嗑瓜子把灵感吃没了。而其实我却是因为没有灵感才去嗑那些谁也不要嗑的东西的。

王安忆开始为我担心。她在文讲所资料室看了我新发的一二个短篇，对我说，你还是该写《小镇上的将军》那样的。哪张报上登了一则关于我的评论，都是好话，她显然是否定的，问我：你觉得好吗？

所幸的是我的惰性。每遇困厄，我总能找到躲避的地方。妻子寄了刚满周岁的儿子的照片来。我想，这应该是我无可争议的一个成功。儿子出生的时候，几位老人都给他起了名字。外公起的是"炀"，就是火一样旺。"炀"是隋炀帝的"炀"，此人是风流天子，我也希望儿子能有快乐的一生；我母亲悄悄找了算命先生，说儿子五行缺水，火旺了更不得了；我父亲于是起了"洛川"，把火旺改成了水旺，且喻鲤鱼跳龙门。我嫌那传说俗气，便留了"川"字。"川"者，三水并行，水旺得很。就定了。

王安忆却断然说："川"字不好。一个人把眉头皱起来，就成了"川"，那是苦相。

我赶紧给妻子去信，把"川"字改掉。

文讲所这一期四个多月就结业了。散的时候有些兵荒马乱。我同屋的北京青年作家瞿小伟每天领着我抓紧时间逛皇城。在北京住了将近半年，我连故宫还没有去过。王安忆什么时候走的，怎样走的，我一点不知道。这使我事后很难过。看看鸟兽散后已显空荡的屋子，心里起了一种类似悲伤的惆怅。此后，我要回到没有可以求教的挚友的寂寞中去了。

从文讲所出来，许多人如日中天。一部一部的作品让文坛一阵一阵激动不已。王安忆更是用一次又一次的文学爆炸，让人们一次又一次地目瞪口呆。一些人先前对她的疑虑，转成嫉妒，终至于不服气不行。那正是文学如火如荼的年头。我也跟着得了便宜。回到小镇不久，就被调到省城"专写小说"。

环境的重大改变和社会的莫大期望，对我形成巨大的压力。

我恐慌到极点。

在这些日子里，给予我最大安慰的，是王安忆的来信。她是个细心的人，在文讲所，她就注意到我的窘迫，时常跟我聊我儿子，她知道那是我唯一的骄傲。现在，她一再给我出主意，劝我出去走一走，最好是去青藏，最好是孤旅，最好是……。她对我充满了信心，似乎我有一大堆封闭着的才气，只要触动一个什么地方，那才气就会像液化气一样冒出来。

后来在什么地方读到陈村的文章，说王安忆写信是极吝啬的。我这才知道这些信是怎样的珍贵。

那一年，我总算在《人民文学》发了短篇《惊涛》，王安忆仿佛捕获了我的一线生机，便在关于我的印象记里写足我的绝望之后，以此作为我临难生还的一种证明。但那其实是一部并不怎样的作品。王安忆用意当然只在让我有所鼓舞。五次作代会，我去向王安忆讨教。她说，你该写自己。我讲了农场的经历。她说，那你为什么不写出来？我后来看到她关于小说的格言："我的人生参加进我的小说，我的小说又参加进我的人生。"

那时的王安忆正在写《小鲍庄》。她横跨太平洋转了一大圈回来，人生观和艺术观都有了极大的拓展："要使我的人生、我的生活、我的工作、我的悲欢哀乐、我的我，更博大，更博大，更博大。"

与王安忆那次谈话的结果，我写出了长篇小说《梦洲》。但小说出版后，却如泥牛入海。王安忆还是写了信来，说，前面部分写得还是蛮自然的。

那时候，已经开始议论纷纷作家"断奶"。写作的窘迫之外，又多了生存的忧虑。我又开始做改行的打算。王安忆却比我镇静得多，来信说：有什么可担心的，不会饿死你一个。

我就这样跌跌撞撞、灰不溜秋地在日显暗淡的文字生涯中挨到今天。没有包括王安忆真诚的友情在内的种种拉扯，早就落荒而去了。

文讲所之后，除了两次全国性的文学会议，还有二三次在上海的匆匆路过，十几年来，我和王安忆再没有别的见面机会。我对她的了解，除了信，主要是通过她的小说和其他著述。对她创作的恭维多如潮水，但我对她的理解，完全基于我自己的认识。

在她写出的全部文字里，我读出的只有两个字："体贴。"她安静（不是冷静）地、敏锐（不是尖锐）地、细致（不是细腻）

地、精确（不是精致）地、真实（不是忠实）地摹写了一幕又一幕人生场景，一个又一个生命历程，从中透露出她对于在多变而又呆滞、浮泛而又凝重、喧嚣而又沉闷的生存情境中顽强忙碌或听天由命的各色人等的深刻的精神苦痛的莫大悲悯；其中更多的是对于庸常的、弱小的、卑微的、孤立无援的、被人忽视甚或受人歧视的人们的生命以及精神欲求的深切关怀。她聚精会神、心无旁骛地做着这些，仿佛履行着神赋予的使命。她说："任何虚伪与掩饰都是深重的罪恶。它必要你真实。"面对着这样的真实，除了随之陷入对人类命运的深长的沉思，你还能怎样？

很长时间，我对她的音问荒疏了。王安忆带着她的作品走遍中国，走到海外，走到世界的许多地方。她的世界像星空一样那么广大。我和当初同她一道走上文坛的许多平庸的朋友只能像仰望星空一样感受她的思想、她的存在。认识她当然是我的一种骄傲。但她毕竟那么遥远了。

却意外地接到一家刊物的电话，他们开了一个关于作家话题的栏目，说王安忆点名让我写关于她的文字。

岁月削弱了、磨灭了、淹没了、废弃了许多东西，却没有改变王安忆的真诚，对人的关怀的真诚。

而今，当我拿回忆往事打发日子的时候，面前时常会亮起《雨，沙沙沙》里那一片橙色的灯光，灯光照耀下的那一片迷蒙而又明亮的雾一样的雨，雨中那一把伞，伞下面那一个人，人的那一颗温暖、智慧因而优美的心。

永远的雨。永远的"沙沙沙"的雨。

白鹿原上风

五月的白鹿原，漫山遍野的樱桃熟了。

陈忠实蹲在白鹿原上，身前身后是熙熙攘攘的人流：大筐小篮叫卖樱桃的庄户人；大车小车停得横七竖八采购樱桃的商贩；扶老携幼来乡村观光的城里客，夹杂其中的是一堆堆的泡馍摊，上面搭着花花绿绿的塑料布。陈忠实蹲在黄土的坡沿上，我稍一转身就找不着他了。

我之此来，践的是陈忠实的约，怀的是朝圣的心情。之前访问台湾，我们一路同住一室，分别时他约我来年樱桃熟时去白鹿原摘樱桃。

西安是圣城。汉唐气象弥漫在庞然连绵的楼群间，阅读路牌就像阅读史书。

白鹿原是圣地。到了白鹿原才知道，"原"就是没有石头的山峦，就是俯瞰平野的高台。远古的某一天，有位君王见白鹿跃于原上，名此地"白鹿原"。之后，有位将军统兵扎寨，是为"狄寨原"。而今，因为陈忠实的《白鹿原》，白鹿原回归最早的名字。整个关中是亘古不断的文化堆积，这堆积一直活着，孕育着新的烂漫生命。新的白鹿原，就是这新的烂漫生命。

陈忠实是圣者。农民的儿子，从小割草拾柴。穿着没有后跟的烂布鞋投考中学，三十里砂石路把脚板磨得血肉模糊。每周从家里背一周的馍步行去上五十里外的中学。馍夏天长毛，冬天结冰。高中毕业回乡，像祖辈一样刨土挖地的同时热望成就文学。把墨水瓶改装成煤油灯，熬干了灯油即上炕睡觉。冬天笔尖冻成冰碴儿，夏天的蚊虫令人窒息。几十年过去，所著颇丰，但没有一部让自己满意。将临五十岁，"清晰地听到了生命的警钟"。在处于创作思想成熟并且极为活跃的高峰时期的作家心里，"一个重大的命题由开始产生到日趋激烈日趋深入"，那便是"关于我们这个民族命运的思考"。

当时的文坛，"各种欲望膨胀成一股强大的浊流冲击所有大门窗户和每一个心扉"。已经成为陕西作协主要负责人的陈忠实静静地收拾了自己的行囊，带上他认为必需的哲学、文学书籍，以及他之前收集整理的史料，静静地回到已经完全破败的祖居老屋。

新年的艳阳把阴坡上的积雪悄悄融化，强烈的创造欲望既使人心潮澎湃，又使人沉心静气。当陈忠实在草拟本上写下第一行字的时候，整个心便没入父辈爷辈老老老爷辈生活过的这座古原的沉重的历史烟云。

这是1988年4月1日。陈忠实负了写出民族秘史的沉重使命，开始穿越一条幽深漫长的似乎看不到尽头的时空隧道。

三十年后重新蜗居老屋，避开了现代文明和城市喧嚣，连电视信号也因为高耸而陡峭的白鹿原的阻挡而无法接收到。最近的汽车站离这个孤单的不足百户人家的村子还有七八里土路，一旦下雨下雪，就几乎出不了门。陈忠实重新呼吸的是左邻右舍弥漫到屋院的柴烟，出门便是世居的族人和乡邻的面孔，听他们抱怨天旱了雨涝了年成如何之类。

除了思想，他完全绝对地封闭了自己：不再接受采访；不再关注对以往作品的评论；不参加应酬性的活动。从 1988 年春到 1991 年深冬，他全部记忆中最深刻的部分是孤清。冬天一只火炉，夏天一盆凉水，每天趴在一张小圆桌上，"连着喝掉一热水瓶酽茶，抽掉两支以上雪茄，渐渐进入了半个世纪前的生活氛围"。白嘉轩、鹿子霖、朱先生、小娥、黑娃……形形色色的人们从黑暗的纵深处一个个被召唤到他的面前，进入他的笔端。唯一的消遣是河边散步，院里弄果木，夏夜爬山坡，用手电筒在刺丛中捉蚂蚱，而冬天，则放一把野火烧荒：

> 我在无边的孤清中走出屋院，走出沉寂的村庄走向原坡。清冷的月光把柔媚洒遍沟坡，被风雨剥蚀冲刷形成的畸形怪状的沟壑峁梁的丑陋被月光抹平了。我漫无目的地走着，走到一条陡坡下，枯死风干的茅草诱发起我的童趣。我点燃了茅草，由起初的两三点火苗哧溜哧溜向周围蔓延，眨眼就卷起半人高的火焰，迅疾地朝坡上席卷过去，同时又朝着东西两边蔓延；火势骤然腾空而起，翻跃着好高的烈焰；时而骤然降跌下来，柔弱的火苗舔着地皮艰难地流窜……遇到茅草尤其厚实的地段，火焰竟然呼啸起来，夹杂着噼噼啪啪的爆响……我在沟底坐下来，重新点燃一支烟。火焰照亮了沟坡上孤零零的一株榆树，夜栖的树杈里什么鸟儿惊慌失措地拍响着翅膀飞逃了。山风把呛人的烟团卷过来，混合着黄蒿、薄荷和野艾燃烧的气味，苦涩中又透出清香。我沉醉在这北方冬夜的山野里了。纷繁的世界和纷繁的文坛似乎

远不可及，得意及失意，激昂与颓废，新旗与旧帜，红脸与白脸，似乎都是另一个世界的属于昨天的故事而沉寂为化石了。

整整四年，陈忠实领着《白鹿原》上三代人穿行过古原半个多世纪的风霜雨雪，让他们带着各自的生的欢乐和死的悲凉进入最后的归宿。

一切都像庄稼从黄土里长出来一样自然。《白鹿原》以其对民族命运和文化心理的空前规模和深刻的揭示，登上了当代文学的巅峰。对它的成就和影响，再苛刻的人也难以漠视和否认。

而陈忠实，像野火一样呼啸着，燃烧了自己。像古往今来所有的殉道者一样，向文学奉献了自己。

而今的白鹿原，丰腴肥硕，草树葱茏，早不是当年的贫瘠荒凉；而今的陈忠实，形销骨立，瘦削苍黑，早不是当年的强健明亮。

陈忠实蹲在白鹿原上，身前身后是熙熙攘攘的人流。有个乡邻发现了他，送上满筐的樱桃。陈忠实抽够了雪茄，站起来，给我们指点他的家园。

莽莽苍苍的白鹿原北坡，遥遥的对面，是骊山，骊山那一面，埋着中国的始皇帝。原与山之间，由东向西倒流的灞河从秦岭逶迤而来，在迷茫的云烟中闪闪烁烁，到白鹿原西坡，跟那儿的浐河一起注入渭河。陈忠实祖居的老屋，就在我们站立的坡沿下面，白鹿原是靠背，灞河流过门前。

陈忠实说，灞河最早叫滋水，有位君王想要成就霸业，把它改作了霸河，后人觉得过于张扬，给"霸"加了三点水。在《白鹿原》里，陈忠实把浐河写作了"润水"，以与灞河最早的称谓"滋水"对应。他的愿望是"滋润"，滋润文学的想象。而文学滋润的，是民族的心灵。

正午，起风了。白鹿原上绿浪翻滚。白鹿原繁荣过："飒飒风叶下，遥遥烟景曛。"（初唐·长孙无忌）白鹿原衰败过："丘坟与城阙，草树共尘埃。"（晚唐·马戴）但白鹿原上的风，跟千百年前一样。

那位把滋水改作霸河的君王是谁，陈忠实说了，我没有听清，即便听清了也记不住。但陈忠实和他的《白鹿原》，我会永远记住。

所有的帝王都会连同他们的霸业消亡，唯文明的薪火永恒。

就像白鹿原上风。

小说三人行

阿成：豪华落尽见真淳

早年有位在大学教书的同乡从国外访学回来，跟我说起一个外国同行对书店的观感：要翻越性器官的崇山峻岭，才能找到你要的那本书。

因为职业敏感，我联想到自己的读书，同样的句式完全可以描述我对某些当代名著的畏惧：

要翻越囊括天地、包罗万象的古经今典、鸿篇巨制，乃至祖传秘方、时尚八卦的崇山峻岭，才能明白作家到底想说什么。

叠床架屋地掉书袋，铺天盖地地晒学问，炫知，炫技，显示全知全能，恨不得真的是前不见古人后不见来者，最低级的是所谓"语言狂欢"，在一个名词前面加上十个、二十个乃至数十个定语。总之是云山雾罩，深不可测。让人肃然起敬，同时也不寒而栗。

由媒体知道，这是一种新的潮流，新的小说美学。为高文化层激赏。只是让文化程度偏低却又疏懒浅薄的读者视为畏途，望而却步。

好在世上总还是有作家出于对后者的体贴，写出引人入胜却又平易浅显的故事，让读小说不至于像服苦役。

阿成就是这样的作家之一。

我很偶然地在网上图书馆读到他的两个短篇《春雨之夜》《除夕的夜》。

一个漫长的雨夜，一个中年丧妻的寂寞男人，去见另一个终生未娶一样寂寞的残疾男人老驼。前者是"知识分子"，后者是锁匠。他们因开锁"成了无话不谈的朋友"，交往"有十年的老景"。哪怕一两年不见一次面，"但见面的时候却都能清楚地记得上次见面时的话题是从哪儿结束的，还能把这个话题重新接起来聊。"

男人细致周全地买了老驼喜欢的酱肘子——"眼前出现了老驼吃肉时那副津津有味的样子"、红肠、高度白酒——一般的，"高级的他也喝不习惯"、一条"两撇胡"（大前门牌香烟）、两个打火机——"我这哥儿们经常丢打火机，看他浑身乱翻找打火机的样子，急人。"

"有些朋友是受时间限制的，就像看一场电影，电影结束了，不但故事结束了，友谊也结束了。"

"我"和老驼不是。

然而，在这个春雨没完没了的夜晚，他们十年的交往戛然而止。

快两年不见的老驼死了。

老驼生前的房东说："他一直靠胰岛素活着，可是，打那种玩艺儿得有钱撑着才行……开锁这个行业……生意寡淡。可他又不会干什么别的。"

男人把食品袋挂在老驼租住的那间房子的门把手上，当作祭品。

《春雨之夜》写的是友情。

《除夕的夜》写了亲情。

"漫天的大雪下了差不多整整一天，整座城市变成了雪国。"

老伴重病住了半年多医院，医生已经尽力，只能"尽人事，听天命"了。除夕，住院的病人绝大部分都回家过年去了。老两口回不了家，只能在病房里守岁。

"往年，家里的年过得总是热热闹闹的。我是一个爱张罗的男人，除夕的饭菜都是由我来主厨，丝毫不马虎，一样也不能少，灿然锦色、红红火火"，现在，"我本想包点饺子，再拌个凉菜（这都是老伴儿爱吃的，也是东北人除夕夜的必备），简简单单把这除夕夜将就过去（即便是最贫穷的时候，也没有这样简单过）"，又猛然想，"无论如何也要过一个像点样的年啊。设若这是老伴儿的最后一个除夕呢？想到这儿，我决定出去碰碰运气，看看街上能不能有开门的饭店，买几个炒菜回来。我知道老伴儿已经吃不下东西了，但是哪怕是摆摆样子，让她看一看，享受一下也好啊。"

"我"踏着雪一个人在街上走。街上空空荡荡。偶尔见到一个惆怅茫然的女孩，几个蹲在地上烧火锅的流浪汉，一个买了烧酒想找人说活的男人……在街的尽头，"我"看到了一家小饭馆。"我"擦净泪痕推门进去。

眼睁睁地看着亲人在自己面前慢慢终结生命，"我"除了暗自落泪，内心深处依然心存幻想，巴望着奇迹的发生。

……

在病房里，我把从饭馆买来的菜一样一样地摆出来。

病床上的老伴儿很高兴，也很感激的样子。

她说，大年三十儿还有饭店开门？

我说，这是托你的福，吉人天相嘛，说明你的病很快就要好了，好事就从今天开始啦。

老伴儿听了也蛮高兴的，她竟然慢慢地坐了起来，看着一桌子的菜说，真好，喝点儿啤酒吧。

病人本是不能喝酒的，老伴儿平时也不能喝，但是，难得她高兴，又是除夕，我给她倒了一点点。她哆哆嗦嗦地拿起杯子浅浅地呷了一口，然后痛快地"啊"了一声说，真好。

我举起啤酒杯说，祝老伴儿健康长寿！

她苦笑着点点头。

放下了酒杯，我说，年轻的时候，咱们就是一张白纸，两个人哪共同画了一间房子，房子里面有两个人在一块儿过家家，唉，后来又多了两个人。十年、二十年过去了，房子里有的人嫁走了，有的人去了远方，这张画里的房子越来越显得空啦……

老伴儿一边听，一边默默地流泪。

我说，好了，不说这些。来，干一杯！

零点的钟声响了，我们老两口儿都举起了酒杯祝福彼此。

隔壁的病房里传来了哭声。我知道，那个人没有挺过这个除夕夜。我和老伴儿都默默地听着，脸上凄凄然。过了一会儿，我说，来，老伴儿，喝酒！你尝尝这鱼，挺新鲜的，味道真的不错。你再尝尝这个菜，是你平时最爱吃的，可好吃了。

老伴儿点点头，眼睛里闪动着泪花，拿起筷子说，难为你了。

我说，嗨，别这么说，我愿意，高兴着哪。

老伴儿说，好好活着。

我说，什么？

老伴儿说，你一定要好好活着。

为了准确地传达小说的语境，我较多地摘录了原文。不说古道热肠、悲天悯人的底层关怀，也不说大悲无声、大哭无泪的节制隐忍了，仅是这种直接呈现生活本身的表达，这些自然质朴得像生活本身一样的文字，已足以令人心碎。其字里行间洇润的人生喟叹，个人对社会人生的独到体验与理解，将人情人性升华为一种庄重的"神性"。

阿成经营小说数十年，佳作甚丰。他的人生感悟和艺术积累就像北大荒大地，广袤而深不可测。读他的小说，我们能感受到一股扑面而来的东北风：辽阔与苍茫，豪爽与忧伤，纯粹与美好。而在述说这一切的时候，他是不动声色的，他的画面甚至是不着色的，就是那样干干净净，轮廓分明的素描。显示出强大的内心和莫大的自信。他找到了可以发挥自己艺术气质、才情优势的题材和主题，以及仅仅属于他的鲜明独特的叙述方式。他的语体意识极强，讲究冶意炼字，文字极其生动流畅，既雄浑老辣，也笃情柔美。然而读之却如老友交谈，亲切平和，绝没有暴发户炫富式的炫知炫技，无心的表象下深藏慧心。

庄子说：朴素而天下莫能与之争美。以之言小说亦然：任何涂脂抹粉，忸怩作态，虚张声势，吓人战术，都是绝对无法与朴素争美的。

储福金：古松流水闻棋声

结识储福金久矣。温文尔雅，谦谦君子，白皙的脸上常是佛陀般的眯眼惺忪，笑容可掬。虽异地远隔，不常得见，但时在念中。牢固的媒介是他的写作。真正的文如其人，长期保持着一种平稳宁静，不惊不乍。天生的纯净，淡泊，唯美，让他的单纯的风格化叙述有着诗的韵律。语言典雅纯正，遣词不逞机智，各个句子毫不出奇，通篇看来则和谐且富弹性。不滑不腻，似水浸过，晶莹盈润，透出一种沉静澄明，缓缓注入人心深处。

我是那么仰慕福金的文字。数年前在一个文学活动上见到他，知道他居然从来没有拿过全国性的文学奖，大为惊讶，很是为他抱屈。获奖固然不是写作的目标，评奖遗珠却无论如何是一种憾事。好在当时他的短篇《弃子》正被广泛转载，坊间一片好评，我为之高兴不已，满心以为一定会在即将开始的那一届鲁奖上榜，不料又一次失望。

福金是常人，有常人一样的喜怒哀乐。屡屡与奖失之交臂，在获奖者众的江苏，他应该难免落寞。但这并没有影响他的写作。多少年来，他独有的思想基调、叙事风格一如既往，毫不动摇。也许是在围棋里消解了太多的心术、凶狠、险恶、猛烈，在他的小说世界里，看不到英雄登高、豪强呼啸，看不到剑拔弩张、杀机戾气。他笔下人物多是升斗小民，在生存的种种压力和不幸中逆来顺受，被动于命运的安排和捉弄，却又有着承受痛苦与不幸的韧性。他用几十年的不懈坚持着他的文学表达——用不变的方式处理多变的对象：现实的人生复杂多变，故事的人生却单纯淡定，通过个性化处理，在纷繁复杂的浮躁的世界寻找心灵的净土。

在评家看来，储福金的作品读起来并不难，品味其间的妙处也不难。但要说出点更深的道道就不那么容易了。好作品总是让人无法一下子望到头，总是让人不断能读出新内涵。许多人都注意有些奇异的储福金现象：在一个剧烈变化的时代多少作家的创作心态会随着现实观念的变化而调整，并且是较大幅度的调整。但是在储福金小说的情节安排以及人物关系里，很少直接触及那些看起来深刻的社会矛盾现实冲突，他似乎在有意绕开所有的重点、热点、痛点。即使是那些具有破坏性的重大冲突，也似乎没有影响他写实的闲庭信步，没有给他带去任何叙事上的风险与挑战。文坛上眼花缭乱的领异标新二月花、城头变幻大王旗、各领风骚三五年，隔三差五的一窝蜂跟风，绝对看不到他的身影。他在文坛似乎是一个特异的存在，让我总是会莫名其妙地想起戴望舒的《雨巷》，那个打着油纸伞在悠长、寂寥、寒漠、凄清的雨巷默默彳亍的独行者。

那么，他追求的是什么呢？

我在他的《棋语系列》里发现了答案：透过现实的表层，看到生活深层的动人之处。他写实功底极深，却常常让写实带有非写实的韵味。他对人生、对艺术有超常的悟性，常常会更多地描写神秘的个人情感，他真的不想直面那样惨痛的人生，而宁可多一点人生梦幻。在黑白再无彼此的那一刻，痛苦几乎消失殆尽。诸般念头，种种悲喜，最终化为一片慈善祥和的柔光。

这是储福金的艺术气质，也是他的文学理想。

这样一种对现实的文学回应，独特而深刻。认识这种独特与深刻需要时间和耐心。

储福金下围棋是有段位的，其小说海内一品也早有定论。作为一个颇负声望的写作者，他的文学经历及成就，始终都与围棋相关。即便爱情小说，也常是因棋结缘。小说标题"弃子""见合"直接就是围棋术语。他把显而易见的寓意落到生活和棋枰的细微处，用真切扎实的细节和棋理，讲述人生的棋局，却不落编造痕迹，似幻似真。有论者指出：他的两部长篇《黑白》和《黑白·白之篇》，在中国小说史和中国围棋史上，都是绕不过去的标杆。他在棋语小说中，由棋而道，由物及人，以自己同时作为围棋高手与优秀作家的难得机缘，通过借助棋枰的文学写作，完成了对于一个个理想世界、理想人格的想象与建构：世相纷纭，得失利钝原本无序，惟有洁净身心才具有真实的参照性。他的小说与围棋，倘借他擅长的围棋论，是一种见合；倘借他同样见解甚深的佛学论，是一种圆融。

围棋无疑是一种智力运动，表面的简单黑白因其规则而千变万化。一黑一白，包罗万象，大千世界，尽在其中。令我极感神秘又心向往之。偷偷地学了几次，一再证明了自己的愚笨，终于却步。

然而，围棋在传承中早已超越智力竞技、智力游戏的层面，而与主流哲学、文化紧密关联。古人有大量作品把棋与琴、棋与酒、棋与山水园林等置于一处吟咏，借棋言理、借棋悟道，把围棋与人格、胸襟联系到了一起。庙堂上以棋理喻政军外交，战争中以棋喻将帅风度。《晋书》在刻画东晋谢安的"雅量"时，主要借助了弈棋的细节：大敌当前，"京师震恐"，作为大都督的谢安，若无其事与人对弈，身处危局而"矫情镇物"，信手一枰间，血腥的厮杀就在咫尺之外；而文人们则以棋喻时局，"闻道长安似弈棋"（杜甫），"由来国手算全棋，数子抛残未足悲"（钱谦益），之类。但我更喜欢围棋的另一个向度，即作为一种纯粹的精神生活，超然于功名利禄之外。宋人喻良能有一首《弈棋》诗："睡余无俗役，信手一枰间。胜负何须较，神情政欲闲。"称与朋友弈棋是与"俗役"相反的雅事，根本不在意胜负，追求的只是"神闲""信手"的潇洒人生。

弈棋固然需要强大技艺，但只有在其追寻棋道的过程中达到物我两忘，方是至高境界。一如谢安，沉稳，内敛，胸有丘壑并不张扬，内心温润如怀抱琼瑶，白衣卿相，名满天下，堂堂南渡第一流人物，一生只为潇洒而来。这样的人，可以在山中隐居，却无法从世人眼中淡出。

苏东坡"素不解棋"，但其名篇《观棋》中的"独闻棋声于古松流水之间"，何等清幽脱俗。而"胜固欣然，败亦可喜"，更是道出了围棋超越竞技的文化属性。因此缘故，我特别喜欢"坐隐""手谈"这类围棋的别称。也更加明白，人生的许多事，胜与负、成与败、得与失并不是最重要的，最重要的是能够始终保持一种安详——尤其是在一个崇拜权、名、利，蔑视清、廉、耻的世态中。

时运莫测或如棋，心境淡定可似水。

愿以此感悟贡献于福金兄。愿他徜徉于粉墙黛瓦、卷帘闲窗，于翠微回旋中，阐释棋道与人生的盈冲消长。又或者陶醉于黄花翠竹、薄酒淡茶，于或婉转或激越中，勾勒出一颗颗鲜活的棋魂、一幅幅令人过目不忘的人生图景，漫过文本的思绪跨越时空，连最微小的细节也散发芬芳。

葛水平：人伦物理在乡土

除了具备特异的才华、特异的想象力，对于一般写实的作家，最大的财富无疑是自己的人生经验。

2005 年春，中国作协组织作家采风。出南昌，往赣南，八百里路，除了绿还是绿。欠发达的江西，唯一可为外人道的只有这点生态好处，却听后排的葛水平跟同坐的名家陈忠实嘀咕这绿似乎单调而沉闷，不若西北如何如何。

我一向没有家乡观念，觉得哪儿好，都绝对乐不思蜀。曾随陈忠实访问台湾，见他只用从陕西带出来的烟、酒、茶，很是惊奇。相对于陈忠实，葛水平是新生代，她的嘀咕流露的乡土情结，与前辈一脉相承。也让我认识了一个道理：乡土观念乃是一种根器，一个大作家必有极深的根器，也就必有极深的乡土观念。我的写作所以不成气候，没有乡土观念，根器太浅无疑是一个主要原因。

我不止一次去过北方。对我来说，北方更多的是一种空旷的面积：大平原、大草原、大戈壁、大沙漠，大森林、连连绵绵的千沟万壑。而对于葛水平，北方则是血肉、筋骨、精神、品格、激情和灵感赖以生长、不可或缺的沃土。

葛水平的处女作是《甩鞭》：

> 一堆篝火，一个甩鞭人，一杆长鞭在月亮即将退去的黎明前甩得激扬……生命的春天，一切都因为那鞭声，那一声心尖尖上的疼……故乡对天地的爱如此大气……一个嫁到窑庄寻找幸福的女人，爱到老，依然会扯着皱

褶重叠的脖颈仰望那一声撕裂的鞭声。

然后是《喊山》:

> 太行大峡谷走到这里……瘦得只剩下一道细细的梁,
> 从远处望去赤条条的青石头儿悬壁上下,绕着几丝儿
> 云……梁上的几户人家,平常说话面对不上面要喊,喊
> 比走要快。一个在对面喊,一个在这边答,隔着一条几
> 十米直陡上下的深沟声音倒传得很远。

葛水平把我们带进了一种亘古的生存状态,把那里的“撕裂
浓黑夜空”、让“月亮失措”、让“山下的植被毛骨悚然起来”的
生命的喊声传达给我们。

葛水平喜欢北方大山;喜欢大山里的乡村;“喜欢坐在一棵有
着大的树冠的槐树下,望山、望日、望月、望人”,她倾听他们,
然后她写他们,要他们看自己的人生是“何等的春华秋实,何等
的林木阔叶野茂纷披”。她在倾听着他们的时候也听到了自己“血
液疾缓的流动声”。她与他们共着血脉,共着性情和人生的态度,
同是那方贫瘠、荒凉、闭塞、蛮野却悠远、淡泊、宁静、安详、
“比城市更多些温柔善感的慈性”的山水养育出来的灵魂。她的充
满灵性的小说似乎不是写出来的,而是从她脚下的粗粝的坚实的
泥土里生长出来的。让我们听到来自大地的浑厚、强劲的律动。

沁河,发源于葛水平的故乡。她“沿着它的源头寻着它走”。

沁河岸边的村庄,逶迤于自然的河流形态,两旁端庄的老旧
建筑曾经风情气韵激荡……拖拽着明明灭灭的故事……灰黄墙壁

夹出一路青苔，漏出一枝绿树……你可以去交往，去拜神，巷子的长度是你满足的长度。

走过无数的村庄。遇见一位早年从山东逃难上太行山的老人。他爷爷挑着担子上太行山，一头是他奶奶，一头是家什，出门时是大清，走到邯郸成了民国。"一个掰扯不开甚至胡搅蛮缠的想法闯入了我的脑海"：就写村庄，写那些生命和土地的是非，写他们在物事面前丝毫不敢清浊不分的秉性，写他们铺陈在万物之上的张扬，与土地目不斜视的狂欢。

于是有了《裸地》。

去年读到《空山草马》：

> 无边无际的寂静来了，他站着不动……不知什么时候村庄里的人就走失了，留下的一些石头房已经少了屋顶，少了屋顶的房子等于是张口要喊魂了……老人无话，没有多余的人可说话，除非和狗。阳光停留在黑山背上空……山是庞大的，大地是宏阔的，老人是它们之间卑微的填充物……他长叹了一声说：我吃饭是为了好生出力气来死啊。

老人给塌落的和没有塌落的屋门都贴上红红的对联，对联上没有写字：

> 只要村庄有一个人在，黑山背就得有个村庄样子……

旧有生存方式被历史遗弃的挽歌，纯净、低沉、忧伤、暗黑、凝滞。谁也无法更改的人类生存演变让人叹息不已。

从《甩鞭》到《喊山》到《裸地》到《空山草马》，葛水平一以贯之。她对乡土的描述纤毫毕现，气息弥漫。

葛水平行走在北方。北方对于葛水平不只是一种地域，更是一种气质和格调。北方的乡土磅礴而血性。她生于斯，长于斯，她的表达从一开始就充满了一个健全生命的强大底气与活力。没有献媚取宠，没有搔首弄姿，没有张扬跋扈，没有无病呻吟。有的是博大的爱与善性，以及足够的从容和自信。

乡土，质朴而博大的乡土，是葛水平的宿命、信仰、宗教。

在一个以"产业化"为文化政策导向的时代，一个指望莺歌燕舞、插科打诨安抚社会神经的时代，一个用"富豪榜"评判作家优劣的时代，一个靠代笔、抄袭即可风靡天下的时代，有人问葛水平，你会不会有失落感？如此现状会不会影响你对认真的乡土小说写作的坚持？

葛水平平静地回答：土地上长着一棵庄稼就会给乡土作家希望。

多年前葛水平跟父亲在坡地上刨红薯，一提一大串，大大小小，阳光下诗情画意般的回头，那些红薯的藤蔓柔软而坚韧，红的茎绿的叶，在天黑前他们挑着它回窑。那些清晰连贯的画面，在眼前彰显着逝去的欢快与悲伤……"我不能够放弃我的村庄，我一生要支付给它们的是我的文字，我的文字有土地给我的温暖，有我姓氏给我的亲缘。"

葛水平像她笔下那些人们一样，活在北方的泥土、水和空气里。

也许正因此，葛水平对城市不无抵触甚至偏执。她说她进入任何一个城市都没有方向感，只有回到北方，哪怕听到简单的方言，心才会安稳下来，重新找回踏实的自信。

这是一种生活姿态，也是一种文学姿态。与别的生活姿态和文学姿态相比并无高下。我们从中看到的只是作家的价值取向和审美取向，及其给写作带来的色彩。但对于葛水平，北方乡土却有着决定性的意义，绝对是一种绝对的优势。如果说是作家让北方乡土成为了一种可供阅读的文本，不如说是北方乡土成就了一个个性鲜明的作家。

浅薄如我，生在城市，漂若浮萍，凭小聪明编造故事，既无分量亦无趣味。对乡土养育的作家，唯有羡慕。

城市是梦，会醒；是花，会谢；是轻薄的人，会变。城市是第二自然，需要根基。而乡土本身就是根基。有乡土并且挚爱着的人有福。有乡土，就永远有牵挂，有寄托，有眷恋，有依靠，有归宿。除非山岳颠覆，河川变易，故乡的乡土始终就在那里。身体走得再远，灵魂也不会慌张。

而一个作家，就有永远不会枯竭的汹涌激荡的灵感源泉。

（附注：三人行，必有我师。所读三位作家纯粹出于即兴，受教有三：去雕饰；非功利；执真情。）

江南西道数枝梅

深秋，从客居多年的岭南回到阔别的城市，无暇于秋水共长天一色，落霞与孤鹜齐飞，几位晚辈女性小说家，风采各异，绰约有姿，让我凝神。

阿袁的穿透力

阿袁是教授，高校自然成为她才情纵横的舞台。

中篇《婚姻生活》的题材再常见不过：两棵"分属不同科目""彼此有着完全不同的属性"的"植物"结合，不同的喜好、情趣、价值取向暗中对立公开迁就。

巴黎大学的设计专业硕士周黍用"被动的主动"的套路，让理工男海归博士季尧不知不觉陷入了她的圈套，一步一步接受了她的"其实不喜欢看书"，看家居用品像看博物馆文物一样专注；接受了她"在食馔方面的一掷千金"，挑选桌旗、餐具的极尽精致和"对待一口汤锅忠贞不贰"；接受了"书房被周黍变成了餐厅厨房的一部分"，放弃了自己对一间朝南的光线好的书房的向往；接受了她把家里变成了隔三差五宴客的场所，放弃了"我与我周旋"或"我与书周旋"的"最喜欢的生活状态"。

季尧内心有过挣扎，甚至"简直有点儿憎厌她的贤慧"。但他"一边憎厌着，一边又沉溺着"。直至被"一种魔法般的神奇美和力量，把他变成了桌边一棵长了根须的植物"，习惯了过"只负责吃"的婚姻生活。不仅认可了"婚姻生活总会把男人变得没教养的"，而且发现"没有比活在别人的尊敬里更累的事了"，"比起让别人尊敬，他情愿别人不把他放眼里。"周黍"用蠹虫蚀书的方式，几年如一日的，终于把他从一个学者，变成了一个酒囊饭袋。"

一场没有硝烟的两性战争以双方都满足的结局告终。没有失败者，只有胜利者。

与此相照应，阿袁同时绘声绘色入木三分地写到了其他几对高知夫妇的婚姻生活，庖丁解牛般地揭开了婚姻生活的重重曼妙绡纱，裸呈出生活的本来面目。"却又不失温情"（李敬泽）的张爱玲式的辛辣讥诮比比皆是，领悟之精到堪称格言。然而所有这些，不过是项庄舞剑意在沛公的，其中另有玄机存焉。

比较《婚姻生活》中的"周黍天生的牝性"，《左右流之》中的周荇世俗得更为彻底。

周荇住进八号楼之前，单身男老师周二晚上一般都在"众女嫉余之蛾眉兮"的女教师苏小粤的房间扎堆。这是一个精致的沙龙，"有一种很小众很精英的虚荣，是有魏晋风度的东方的布鲁姆斯伯里"。谈文学，谈音乐，谈绘画，谈电影，整个就是一部《谈艺录》，连喝茶也是艺术：你们不觉得看花草茶在玻璃壶里慢慢盛开的过程，就如听了一曲《还魂记》？

不知从什么时候开始，单身男老师们一个个像候鸟一样，迁徙到了周荇的房间。

周荇其貌不扬，二流大学毕业的研究生，身上有一种家庭妇女的气质：房门门腰用图钉挂块花布，总是穿拖鞋，捡零碎，在"诗意"的栗子树上拴上尼龙绳，洗洗晒晒，走廊桌子上是一长溜煤气灶、油盐酱醋各种调料的瓶瓶罐罐，谁都可以把调羹或筷子伸进她盛菜的碗盏或锅里。

　　男人在苏小粤那里的教养，一到周荇的房间就全没有了。渴了自己倒水，饿了就去翻她的书架——最上层有几本书，其它几层，放的全是杯盘碗盏，常常会有剩菜，几块红烧肉，半碗腌萝卜，撩开布帘，"哇哇"大叫，端出来直接用手就解决了。

　　吃饱喝足之后，继续待着，或躺或坐东倒西歪，有的就在她"床上坦腹卧"。

　　周荇"面软，从不逐客"，"始终带着佛殿里观音似的笑意"。她有求必应，身上有一种"人为刀俎，我为鱼肉"的软弱。

　　高雅的文艺话题早就不谈了，原来在苏小粤处那种"一觞一咏"意味的聚会，现在变成了"一饮一啄"。

　　八号楼彻底沦落，变成了小市民的窝。

　　周荇后来没嫁给已经把她追到手的博士后陈亥，却嫁给了电工，后被抛弃。搬到了学校后面"又破烂又危险"的后街、也叫堕落街上。大家谈起她的时候，语气唏嘘：如果当初嫁给了陈亥，现在就住在清华园了。从陈亥家到朱自清写过的荷塘，不过十来分钟。

　　但独身的周荇仍然是"爱得我所"的安乐欢喜，她"真是太能繁衍了"，"那么丑那么破烂的房子"，让她一住，就有一种"老树着花无丑枝"的情态：阳台水泥栏杆上好几花盆开着洋葱嫩黄色细花朵，水池边的木桶里，养了黄豆芽。她的"面色也好得出人意料，是那种粉白的珍珠色"——也许因为她"是圆脸，圆得像荸荠的叶子……看着喜气，是福相"。

至此，小说的指向图穷而匕首现。

周荠是以塑造人物为中心的小说谱系中一个没有引起特别注意却值得探究的形象。她没有心机、算计、防范、求索，没有怨怼、沮丧、感伤、遗憾——干脆说，没有自我；她只有付出，不期待交换；她不伤害任何人，任何人也伤害不了她；她从不凄凉，无需怜悯；她随遇而安，随物赋形，参差荇菜，左右流之。她从不琢磨别人，别人却必须琢磨她。她没有人生哲学，她本身就是一种哲学。

两部题材相近的小说，没有大悲大喜，大善大恶，却让人觉得无由地扎心。

以一般的认知，知识分子常常不屑于世俗、市侩、烟火气，而乐于标榜层次、品位、格调。但阿袁小说对此的揶揄显而易见。

"对我而言，小说是哲学层面的事情"。阿袁以女性的细致、机敏和含蓄地向我们展示了一个特定群落的无从简单定义的复杂样貌：高雅与庸俗，深刻与浅薄，自负与无聊，温情与冷漠，喧嚣与空虚。与其说其中有着某种"反知识分子品质"，莫如说是一种对人的存在、对生活本质的重新审视。

正是这样的审视，让我们看到阿袁犀利的穿透力及其洞察丰富人性的深度。这样的穿透和洞察，是我早年涉及高校题材写作时远不具备的。

我尤其羡慕阿袁的写作姿态。她喜欢小说到了"没有小说你可怎么活"的程度，与此同时，她又说写作是"游于艺"，"吾爱小说，吾更爱生活"。2001年处女作发表，之后每年发表的小说的数量"只在二个到四个之间","从没有很多作家有过的井喷式写作"。

这多少有一点玩票的做派。这是才子做派，云无心以出岫的那种飘逸。在文坛多年，我见识过不止一位以勤奋刻苦著称的作家：他们带着狠巴巴的心劲儿，把写作弄得像是一场复仇，咬牙切齿要靠写作出人头地，耀祖光宗，为此特能吃苦，特能玩命，这辈子要闹不出个石破天惊的响动，进了棺材都不踏实。结果英年早逝，令人扼腕。

然而，即便是"游于艺"，这些年来，阿袁出版的长中短篇小说以及散文，数量已相当可观，且质量上乘，几乎一出即被各种选刊转载，上各种排行榜，获名刊大刊的各种奖，广受好评：

阿袁"以才学入小说，充满了书卷气"，"她的风格和写法有一定的阅读门槛……同时也在文学读者、文学爱好者中积累了很多粉丝。"

作为前辈的同乡同行，听到这样的肯定，我打心里高兴。

杨帆的远航

杨帆仿佛是为文学而生的。一生倾心小说、文论的父亲给她留下的基因，让她从大学美术专业毅然转向小说写作。我供职省作协召集青年作者笔会见到她的时候，她还是大三学生。那之后，作为她父亲的故交，我收到过她关于文学的来信。我自然是居高临下地谆谆教诲，话须通俗方传远，语必关风始动人之类老生常谈。

将近三十年后，出现在我面前的杨帆已然是一个备受赞赏的成熟的小说家：

> 杨帆的小说仿佛一份现代危机生活中人的精神"心电图"。她的笔触那么细腻，感觉那么敏锐，一种"惘惘的威胁"不期而遇，又在温情中被悄声化解……作家在投注人世以深刻的凝视后，又给予了温柔的抚慰。

> 它有一个美好的肯定和指向……是我愿意看到的不那么简陋和单一的"正大"之作——那些有志于宽阔的、平易的、温暖的、良善的乃至道德的写作，也许可以从中得到参考。

> 就语言来说，杨帆是一个"华丽的暗杀者"。

> 杨帆的笔墨简洁，克制，近乎素描。她目光冷峻，剥皮剔骨，用一种外科医生般的精确，来发现他们的日常与他们衣服下的不堪。

> 杨帆从情感方面入手，可以说找到了一条路径……在处理和掌握这些人物关系上，拿捏得很有分寸，而且每个人性格都很鲜明。

> 杨帆是一个很特别的作家……感觉非常丰富和敏锐……她有强大的感性思维……不满足于客观讲述一个故事。这样的小说才真正能成为小说。

我之所以如此详细地引述诸多方家对杨帆的几乎是众口一词的肯定，有我个人智力上的原因。

似乎是从上世纪八十年代中期开始，我的保守的、陈旧的小说观念逐渐固化，以至于对新锐的新鲜的新颖的充满朝气和异样色彩的小说失去认知能力，阅读逐渐无法进入当下的小说世界，越来越不能清晰地把握包括杨帆在内的这一代作家作品的表达和内涵。

每次回复杨帆时的满满的自信下面，是隐隐的不自信，只是我不愿意承认罢了。

近几年，历经不止一家刊物的连续退稿，我的写作被一再证明已经无法进入读者的视野，以至湖南一位八零后小说编辑很委婉地向我推荐了一些当下公认优秀的作品，以便对当下的阅读有一些新的认识，我终于清楚地知道，是放下前辈和教师爷身段的时候了。

我在杂冗的俗事中静下心，首先读了被激赏为"2021年最好的短篇"的《欢乐宾馆》、小说名家"前后看了三遍"的《瞿紫的阳台》。我不得不承认，杨帆小说叙述的飘忽，"其过程复杂、暧昧、含混，充满了黏稠的陌生经验"对我的阅读经验是极大的挑战。感觉像是坐上杨帆驾驶的航船，进入迷雾笼罩的海面，礁石、岛屿、灯塔、飞鸟、岸线、城市的轮廓、过往的船只和人影，明明暗暗，隐隐约约，时有尖利的风、寒冷的浪花扑面而来。需要加倍地振作精神以不至迷失。

杨帆"是任性的，她向往的空间有许多自由的小飞侠。她清楚自由这硬东西非强者不能消化"，"她将感性思维发挥到极致……关注那些非正常的人物情感……叙述上讲究非口语写作……""小说承载着所有真实的痛苦，也包容着梦幻的失落……"

杨帆同时是坚定的。对自己所选择的叙述方式毫不怀疑。她最早的专业是绘画，对造型和色彩有着专业的敏感和训练。这给她的小说带来了无可忽视的影响。形象的夸张，变形，扭曲，错位，色彩的朦胧，神秘，晦暗，明亮，正满足了她异常丰富的感觉和擅长的情感性表达。

在《欢乐宾馆》中，当歪小姐的生活被抽离后，接下来所有的情节，都是在一张"梦的画布"上完成的。梦里没有声音，只有黏稠密实的图像，所谓"声音"只是梦境引发的感官想象而已。画布上堆叠而起的颜料就像一个个沉默的精灵，在歪小姐梦境巡游的道路上层层铺染出精准的底色。先是普蓝，那是希望的颜色，是沉静中的辽阔，是无边无际的大海和天空，是歪小姐对对先生"船长"角色的先验预设。而后是或深或浅的黄。

《瞿紫的阳台》是一部有关疑难和追问的小说。一群心理有毛病的人出没其中，大家的疑难在于破不了那个"执"，背叛者永生"背叛"，失爱者无力再得，救赎者总是错过了机会，恍惚的人死得不明不白，人心的乱象仿佛原罪如影随形。所以这个世界动荡、可疑，所以人人自危找不到安全感，所以他们不懈地寻诊和自救，他们希望能追问到"为什么"。

杨帆是关心时代的，她崇拜托尔斯泰的"宽阔"，她的创作谈说"我不确定处于一个什么时代"，恰恰表明她对时代的焦虑。只是她把自己的目光集中在那些常常被无视的人群身上，努力去听这些声音，并试着发出声音，与那些声音发生回响和共鸣。"我看到的，正在发生的，引人忧思的，势必成为我创作中回避不了的死角。生意人，乞丐，手工艺者，小偷，艺术家，诗人，体力劳动者，发廊妹，心理医生，交际花，忧郁症患者，我想写买房的人，身染绝症的人，中年不得志的人，老年想成家的人，想写车床工的歌唱，陪护工的自我救赎……我能写到他们的地方，也是我目前能体会到他们的地方。"

"杨帆笔下的色调看似偏于灰暗，方向却是善意的，她试图抚摸心灵，在灰暗中燃起一丝光亮。""表达自身，发现疑难，照亮那些幽暗未知的角落，深入我们自身可能具有的复杂性。在这个意义上，疑难和追问比认同更可靠，它们才是文学宽阔的保证。"

本文接近收束，读到杨帆刚刚完成的新作，不动声色的叙述中，静水深流惊心动魄。标志着她的写作进入一个更加开阔、更加饱满、更加扎实有力的全新阶段。很是为之振奋。

杨帆扬起她的有些异样的风帆，在茫茫的人世间漂浮，冷静而执拗，让我想起莱蒙托夫的《孤帆》。她不喜欢热闹，但她并不孤单。许多人在热切地瞩望着她的远航。

（附注：本文引号中的文字均摘自相关的评论文章）

陈蔚文的灵气

好多年后我才突然发现，那个从来都是无声无息地走过院子、上楼下楼的邻家小女孩接近了文学。之前，与我同在一个系统就职的她的父母从来没有跟我提起过他们的这个女儿以及她的文学爱好。

那次她是来帮外省的一家文学刊物让我答题：什么是幸福？我不记得我回答的具体文字，但清楚地记得当时的明显没好气的情绪，绕来绕去不得要领。

我本来应该是特幸福的：一篇小说的发表，结束了我的乡镇生活，回到阔别将近二十年的省城，去时尚是少年，回来已拖家带小。崭新的道路就在脚下，但是我却举步维艰。面对"专业写作"之名，却难有写作之实。万般无奈却又无可逃逸。人生面临着巨大的压力。这个关于"幸福"的提问，仿佛是对我的一种嘲弄。

我以为她只是一个受人委托的"文学志愿者"，而且我也认定，一个花季少女面前有无数花团锦簇的道路可以选择，不至于选择文学这样一条艰辛、险恶、充满了嫉恨和无谓争斗的逼仄的羊肠小道，我自己就坚决不让已经上中学的儿子有一点点从文的念头。很快就忘记了这个瘦弱苍白腼腆应该尚不谙事的黄毛丫头。

再次郑重地听到陈蔚文的名字，是在王安忆那儿。至少是六七年后吧，我出差路过上海，王安忆夫妇留我午饭，席间她很认真地问我：认识你们省的"陈蔚文"吗？很详细地说起在《上海文学》上看到的陈蔚文的一个小说，很肯定地说：她很有灵气。

我知道王安忆不会随便这样夸人，心里颇欣慰，毕竟江西的文学没有多少值得这样骄人的话题。

那时我在省里的文艺社团供职，诸事杂冗，不如意事常八九，泥菩萨过河，遑论其他。等到陈蔚文也调进那里，我已经退休，远徙他乡。

这时的陈蔚文，早已羽翼丰满，在文坛声誉鹊起。数百万字的小说、散文广见于《人民文学》《十月》《钟山》《天涯》等重头刊物，收录于多种选本并获多种奖项，出版个人专集十多本。

陈蔚文的小说多写城市人或者生活在城市里的人。

这是一个有着明显难度的选择。

城市，规模经济的连片地理区域和网络系统，欲望与利益的共同体。高塔入云，大厦如林，车水马龙，熙熙攘攘，衣袂蔽日，挥汗如雨，人面千般，风情万种，文化多元，水火兼容。坦途与坎坷，追求与失落，欢乐与悲伤，智慧与愚蠢，奋发与颓废，成功与失败，美好与丑陋，光明与阴暗，善良与邪恶，温暖与冷酷……构成无数人各自不同的命运图景。千百年来，城市不知打动了多少敏感的心灵，在世界文学中留下了多少天才的篇章。

然而，因为乡土文学相对稳固而深厚的传统，以及改革开放带来的城市发展的巨大变化，对其进行准确把握和立体呈现的难度，如何开掘城市现实生活这座文学富矿是一个难题。很长一段时间，当代文学中卓有影响的作品，多出自乡土文学，而少有城市文学作品。这种状况近年来有了很大的改变，不少作家尤其是青年作家，推出了不少表现城市生活的力作。城市已然成为文学书写的一个颇为突出的新焦点。

陈蔚文是其中之一。不同的是，她写城市，其实是别无选择的。她在城市出生长大，她的创作主体只能是城市题材。"城市像一个复杂的巨型装置"，个体极其渺小，只能作为一个零部件存在于这个装置中。"我的生活半径很小，单位——家——健身房，主要是这三个地方。我个人经历也平淡，那么如何从平淡中去提取、书写我眼中的这个装置呢？更多是从小部件着眼。"

短篇新作《磨损》篇幅不长，情节也并不复杂离奇。相反，非常日常：一家裁缝摊，住着一家三口。摊主是位寡言的大姐，有个大学生儿子。从走进那间幽暗简陋的屋子的那一刻，陈蔚文脑子里就有了《磨损》的雏形——"在繁花锦簇的城市里，这样一个家庭过着怎样的生活？贫与富会给不同人群带来什么样的命运？财富真像人们奉行的那么孔武有力，具有拯救一切的力量吗？""也许这些都是无意义的追问，而我总容易陷在这类'无意义'中，我不能忽略这些。那些无意义，总会莫名刺中我。"

这种电光石火般的"刺中"，这种独特的感悟、审视和思考，显现出陈蔚文的"灵气"。

陈蔚文依凭这种"灵气"，从日常出发，在琐细的经验中思考包括人的孤独、疾病、死亡与存在的种种形而上问题，揭示城市迷宫中多元化生存的具体的人，呈现人与城的内在契合和独特关联，经由个体映照出普泛的人的处境与命运。写出"人"的城市：传统沦落，新旧变迁，阶层隔阂，贫富差异，体面背后的孤独，愿景的达成与生活的悖谬，等等，相比于某些宏大的现实，更注重微观的现实，更在意那个可感知的自我。她认定好小说无关乎长短规模，无关乎"时代关键词"，无关乎"主义"标签。表达内容才是核心。正因此，她笔下的城市文学气质鲜活生动真实。

"长篇也好，短篇也好，只要是特定的人物和事件相互影响，最终会构成有深意的叙事……有些人，他们一开始就不想写故事，而是想为某个抽象的理念搭架子。他们关心问题，却不关心人，关心宏大议题，却不关心每个人存在的肌理。关心历史上的案例和所有能引起社会反响的事件，却不关心真正构成人类在世上的处境以及那些切实的生活细节。"（奥康纳）

而"我更愿关注那些幽微的、普通的世情……我希望成为那种可以小中见大的作家"。

陈蔚文有足够的自信，不急功近利："如果你的才情注定不是天马行空、怪力乱神那类，那就老老实实地去表达你最关注的人与事。"

"真正的好小说只关乎是否质实。即使是只麻雀，但它温热，有颗在小胸脯下跳动的心脏——小说的灵在那里！"

陈蔚文以她的"灵气"，发现了"小说的灵"，让她的写作同样成为了一片耀眼的风景。

结　语

　　江西的文学，是一片似乎悠远的田园。正是这样的地方，产生了《桃花源记》。人们自在地耕耘播种，作物自在地开花结果。几位女作家尤像勤勉的主妇，操持文学如同炒菜做饭，洗衣浆衫，不焦不躁，不趋不时，无意浓妆艳抹，讨好卖乖，忠实于生活，忠实于内心，执着，沉静，从容，一如"非常和平的田园诗人"陶渊明前辈，"还是'采菊东篱下，悠然见南山'……这是何等自然。"（鲁迅《魏晋风度及文章与药及酒之关系》）

　　"沉舟侧畔千帆过，病树前头万木春。"探究四位女作家写作的过程是一个颇受鼓舞同时受益良多的学习过程。

　　几位女作家有许多优秀的共同点，最大的共同点是纯正。这是她们能够走得长远、不致为过眼烟云的重要保证之一。

　　本文杀青，时已入冬。忽然想到梅花，总是放于寂寞之地，萧瑟之时，因以为题。

软汉，还是硬汉

上世纪八十年代的一天，有一位头发蓬乱、面色苍白、从很偏远的县城来的年轻的中学教师跟我说，他将和同伴去闯海南。关系路子是一点没有，钱只有仅可买车票的几文。他们做了最坏的打算：白天打零工，夜里睡海滩。他们从地摊上买了几本印制极劣、错讹百出的相书，预备或有可能，就摆摊算命，赚钱糊口。我只有默然，在心里为他们祝福。

他们一去杳若黄鹤。一年多后的一天，我忽然接到一本从那个偏远县城寄来的《收获》。扉页上只有一个签名：丁伯刚。

这期《收获》刊发的丁伯刚的中篇《天杀》引了鲁迅《野草·墓碣文》中的一段话作"题记"："有一游魂，化为长蛇，口有毒牙，不以啮人，自啮其身，终以殒颠。"其中人生体验的惨痛，可想而知。很快我就在一张地方报纸上读到他就这部作品写的文章：

"……此次生病，实在是宣判了我这一生的死刑……我现在所能有的，一是贫穷，二是疾病，除此而外再无其他。回顾童年少年时的饥饿，长期营养不良造成的体质虚弱。读书时所有的，便是自卑、屈辱和被外界的形形色色激起的强烈自尊，及自尊遭蹂躏后的痛苦。毕业后出来工作，又是极度的生活重担，为家庭、为社会，让自己的青春时光都在沉重的负荷下度过。等到个人事业刚有点点转机，便又是疾病和因身体的病残而来的对整个一生的绝望。"

于是，"只好退守文学"。

那年夏天，正是我以为他在海南闯荡着、进取着的时候，他却"在海口市中心的大陆三角区，寄身于一个小饭摊上，闲时便无聊地翻一本《海明威传》"。"看着身前身后漩涡般的人流和车流，我深深感到这个世界不是属于我的。""海明威是个硬汉，写了一大堆硬汉人物，讲了一大堆硬汉的话。我呢，正好相反，一个典型的软汉。"于是他决定返回故乡，回到那个偏远的县城，并且去写小说，写与海明威不同的"软汉"小说："这是一种天命，我想我只能如此。阿Q说：'我是虫豸，还不行么？'"

谁能断定，这是软弱还是顽强？是消极还是积极？是怯懦还是抗争？评判这些并不重要，重要的是没有怀才不遇的愤世嫉俗，命乖运蹇者的怨天尤人，有的只是"退守"，将一种事业作为人生的支撑，从而将现实生活中的一切不幸承担下来。在那之后，他的写作一发不可收，不断地有作品在《收获》上发表出来。我当时在社团主持工作，多方筹措了经费，要给他开一个研讨会，以扩大他的影响。没想到被坚决拒绝了。他低声但毫不含糊地说，他之所以写作，只是为了得到一种精神的满足，而他已经得到了，这就够了。其它一切都属多余。

我很震动。看着他依旧蓬乱的头发、苍白的面色，我仍只有默然，这样的人，再乖蹇的命运也是压不垮的。这样的人，不是软汉，是硬汉。

落花人独立

出江西省城不远有个文港镇，以生产毛笔出名。很多年前，当地一位加入了省作协的文学青年经营毛笔的生产和销售，前店后厂，用他自己的名字命名了笔庄。制笔的手艺是祖传的，自己也是极认真的人，笔庄经营有方。为了扩大影响，定期印制了一本小册页，有他自己不错的文字，也有他设法联系上的一些作家的赠言、寄语和短简。有一次他给我来了一封信，请我写些介绍文字在报刊上发表。为了表示诚意，预先寄了数百元润笔费。

就是这番诚意，让我同样诚恳地拒绝了他的请求：我那时正对写毛笔字发生兴趣，也正想写点关于毛笔的文字，其中自然要说到文港镇，说到农耕笔庄，说到一个以制笔、售笔为业同时热爱文学的同行。但有了"润笔"，文章就变成了交易。我不是清高的人，并不拒绝交易，但绝不至于跟同行做交易。我退回了那笔润笔，没有做任何解释。因为有些事越说越说不清楚。文章自然也没有写。之后我特地去过一次文港，拜访了农耕笔庄，希望以此表达我的善意。见面很和气，双方都没有提到那件尴尬事，但我心里一直没有放下。二十多年后，我写了短篇小说《临江笔庄》，曲折地表达了我对一个勤勤恳恳的手艺人同时是有着精神追求的同行的敬意。

自秦蒙恬造毛笔于湖州，后安徽宣笔，蜀中川笔，湖南湘笔，河北侯店笔，河南太仓笔……名笔纷纭。而中国最会写毛笔字的王羲之在当时辖文港的临川做过官，喜用文港毛笔，以至《滕王阁序》里有"光照临川之笔"。

文港一千六百多年前就做毛笔，是名副其实的"毛笔之乡"。此间山清水秀，牌坊下面的镇街铺着麻石条，街两边老砖老瓦老门板的笔庄鳞次栉比。

我写的临江笔庄，祖传世代制笔，狼毫羊毫鼠毫鼠须紫毫各种兼毫齐全，适合各种字体的笔一样不少，都是手工制作。工艺扎实，用料考究，狼毫用的是纯东北辽尾，光泽和触感内行一眼就能看出来。选料、配料、结头、择笔、刻字工序一百二十多道，光是笔杆选材的工序就分了木质、竹制、牛角、陶瓷一百多道，所有流程的标准写得明明白白，绝不欺客，不满意就退货，你什么担心都是多余的。笔杆刻字，别家用机器，省时省力大批量。他们始终都是用人工，笔画有粗有细，龙飞凤舞，机器刻的根本没法比。笔匠不图挣快钱，只图中规中矩。守行规如同女人守妇道。你去买毛笔时，他们会教你闷住气，把笔尖放在嘴里，先湿润，然后舌尖轻轻把笔锋慢慢抵散，然后在掌背或掌心慢慢旋转，试笔锋杀纸的力度，要是力度不够，笔锋就会散开。据讲早年的老秀才都这样当场试笔。试笔不满意，放下就是。

笔庄编有小册页：

老手艺代表着一种生活态度。

现代社会追求效率，不知有多少老手艺退场，带走了不知多少珍贵的生活细节。

甘愿处在卑微的人生边角，以最纯的匠心守护手工的原汁原味、烟火灵气、淡泊诗意。

以老手艺的沉稳，对老手艺的审美表达敬重。这种表达也许无足轻重，却是一方水土的品格。

宣纸，尺牍，右下角印着行草的"临江鱼素"，册页内文小楷娟秀纤巧。页面素净，文字颇有深度，宜于文艺青年佐酒茶。

应该说，他们不只是做笔，是做一种文化。

笔匠祖上出过两个大文人，一父一子，晏殊晏几道。当时人说晏几道有"四大痴"：不傍贵人，是一痴；不赶时髦，又一痴；搞得家人节衣缩食，是三痴；从不记恨害过自己的人，是四痴。

笔匠既是晏家后人，骨子里就有一种文化遗传。

临江笔庄正堂板壁上刻了晏几道的《临江仙》：

……
落花人独立，
微雨燕双飞
……

临江笔庄一直就是那栋老屋，只是到处收拾得锃光瓦亮。笔匠闲时写了文章，妻子就用毛笔小心抄出，印上册页。一双神仙眷侣。

晏词乃怀人之作，笔匠亦然。所异者，前者仅怀美人，后者所怀还有文学：他始终是文学最痴情的恋人。

致一位评论家

尊作拜读，引起若干感慨，不揣浅陋，择要录下，以期加深了解：

文学的边缘化。尊作重点谈到"文学的边缘化"，这是个老话题，早就是不争的事实。但我也许有些极端：边缘化并非文学的不幸，反而是文学之幸。文学回归本位，才有可能获得独立的品格。偶然看到一种说法：把小说还给小说，表现的正是这样的一种回归。

所谓"把小说还给小说"，我的理解就是小说家对小说艺术的回归：小说的文化内涵，不过是作品自然生成的意义。他只是恪守于自己的个人化体验，努力经由一个又一个活生生的文学形象，展示一种尽可能真实的社会存在和人生图景。正是在这里，小说逼近了文学的本质，同时也就在真正意义上逼近了历史与现实的真实，丰富了小说的文化内涵。

然而，在一个媚俗成风的浮华时世，这样的叙事显然难以发生轰动效应。而一个真正忠于艺术的小说家，会保持足够的自信。

《汉书·艺文志》的"小说家者流"，圣人即使不以为然，也不能不承认"虽小道必有可观"。千百年来，经历了种种变异的小说有一点始终未变，即小说是一种揭示：人世间的真、善、美，尽在其中，假、恶、丑无可遁形。是一种评判：任谁遮掩、涂改、歪曲、矢口否认、蓄意抹杀，公道自在人心；是非功过，水落石出。是一种良知：无论怎样光怪陆离的表象下面，永远有一颗为最多人认可的坚固的价值内核。是苦海沉浮的罗盘，是世道人心的晴雨计，是民间的旌表，是历史的耻辱柱。

从这个意义上说，只要葆有基本的自尊和起码的人格，"小说家者流"在社会中虽然是一个边缘人群，但绝不是一个卑微人群。真正优秀的作品，绝不会被有素质的读者忽略。反过来，有的作家为了不被边缘化，极力去蹭热点，但因为对文学本位明显的游离，依旧得不到读者的肯定，甚至有可能反感，得不偿失。

不久前我读到一位作家的几个短篇，其结构的精彩、语言的鲜活、人物的立体感，让我看出自己与小说艺术的莫大距离。我随即写了评论发表出来。这位作家正好把中短篇结集出书，提出将该文做书的序言，我欣然同意。不料也许是出版方出于扩大发行的考虑，书出来，拙序被加了一段话，对一篇我根本没有看过的这位作家的新作大加赞赏。如果是必要的补充，未尝不可，我本来就乐于为朋友摇旗呐喊。问题是拙序的主旨未必适合作家新作的追求。徒呼奈何之余，我不禁感叹：一个作家要固守自己的艺术立场是多么不易！

所以如此痛切，是因为我自己一样不能免俗。我发在《十月》上的知青题材小说《最高的山墙》，就基于种种顾虑，临发稿前删去了最重要的结尾部分，根本颠覆了一个沉重的话题。正是在这些地方，我意识到文学独立品格的意义，也由此意识到所谓文学的边缘化，就作家自身而言，其实是一个伪命题：在很大程度上可以说，边缘化是作家自己造成的。

类型化。尊作提到了评论家对作家的归类，别具慧眼：一个作家早期的作品单纯清新，随着年龄的增加、阅历的开阔、思想的成熟，写作的选材、内容、角度、对社会人生的认识逐渐有了相对深刻的变化，但在有些评论家眼里，他早已定型：如果他笔下的人物比早期的扁平有了复杂、比早期的单纯有了丰富，他们不会说他的思考有了深度，而会说他写了一个反面人物，在"鞭挞"这个人物。这样的好心，与作者的原意南辕北辙，对于一个渴望理解、渴望知音的写作者，这是莫大的悲哀。

单纯过就不会复杂，天真过就不会深刻，赞美过就不会反思，这样的定型化，只能让受到肯定的写作者比受到批评更沮丧。这不只是写作者的悲哀，也是满腔热情地"鼓励和支持"写作者的评论者的悲哀。

甘于寂寞。作家甘于寂寞应该提倡，但笼而统之地说寂寞是出作品的保证，恐怕靠不住。前提还是要有才华。有才华的作家甘于寂寞潜心创作无疑有可能收获硕果。而类似我这样的资质平平者，寂寞就只能收获寂寞。从小到大，常常看到一种很奇怪的逻辑——态度好结果就好。但事实满不是这么回事。我在中学里最崇拜的一个同学，因为家境贫寒，从来就没有课本和作业本，平时也没少跟我们一块调皮胡闹，但他的学习成绩始终在全校名列前茅。从事写作后，我看到过不止一位同行在大会上侃侃而谈他连续几年甘于寂寞在基层深入生活的体会，领导大加表扬，媒体大加宣传，他本人一再受到提拔，但就是只听楼板响，不见"人"下来，始终看不到他"深入生活"的硕果。当然也的确有真正地实在地"扎根生活"并且写出了巨著的，但给文学留下的却是一声叹息。一个写作者没有作品或是作品毫无影响甚至是失败之作，却高调宣示自己"甘于寂寞"，其实是一种让人怜悯的作秀。写不出就是写不出，就该老老实实安于而不是"甘于"寂寞。至于评论家的美化，如果不是别有所图那就只能是水准的问题了。

人民性。人民性是由作品的接受主体决定的，不在于自我标榜或客观树立。文学史上，无论画山水还是抒人文，也无论唱赞歌还是发悲鸣，那么多千古绝唱的作者，都没有自封为人民的代言人，也没有御赐旌表，但是谁能否定他们的人民性？

时兴多年的各级各类文学评奖对于推动文学繁荣无疑有着积极的作用，但评奖只是一种标准，不是唯一的标准，更不是最高的标准。文学的最高标准奖是时间和读者。在将近半个世纪的写作生涯中，我有幸认识一些卓有才华的作家，他们从来没有获过任何奖项，但并不影响他们受到大量读者的喜爱。而多年来被遗忘甚至根本就不被注意的获奖作家作品不知几许。不久前在一个经济发达地区参加文学活动，当地一位同行提及本地的另一位作家连续获过三次某全国性的著名文学奖，一众外地作家都一脸懵圈，闻所未闻。这样的获奖就不如不获奖，以免难堪——我因为常常遭遇这样的尴尬，刻骨铭心。

我们唯一可以肯定的是：具有"人民性"的作品，一定是被最多的艺术接受者认为表达了他们的心声的作品。一些标榜"人民性"的作品，其实跟人民无关，只跟编创者、表演者、制作者的名利有关。如同利用认知力、判断力的衰退，以及智商缺憾的广告，打的不过是"人民"钱袋的主意。

墨点无多泪点多。常常看到对某部作品的如下评论：掩卷之余，我热泪盈眶、老泪纵横……不管是不是真的，是不是廉价的甚至是被收买的，作为读者对某部作品的读后感，不失为一种表达方式，但作为评论语言，就未免苍白了。

评论家更重要的是说出所以感动的道理。情绪是平面的，内涵才是立体的。评论家所以被写作者和读者敬重，并不是因为泪腺发达，而是有思想力量。小时候我的邻居里有位大妈，戏园子里只要有苦情戏，她就一场不落，每次第二天早上都见她双眼哭得艳若桃李，还在"可怜可怜"地嘟哝不停，继续眼泪鼻涕一大把。但她始终只是邻居大妈，不是评论家。

煽情是娱乐活动的初级手段。艺术如果仅仅停留在让人泪奔或傻笑，那么塞万提斯、拉伯雷、莫里哀和卓别林就最多是出色的滑稽明星，而不是世界公认的经典作家艺术家。

清初画僧八大山人题画诗中有一句"墨点无多泪点多"的夫子自道。绘画是具象艺术。文学评论若以"泪点"代替"墨点"，只能是一种思维的懒惰。

感人肯定是好作品的要素之一，但好作品并不一定都感人。鲁迅的《阿Q正传》，我就没有听到谁说自己"看哭了"——尽管它是那么值得一哭乃至痛哭。

人品与作品。我对您所推崇的那位前辈的品德（主要是从您的介绍知道）毫不怀疑。但作家的价值主要由他的作品决定。"德才兼备""德艺双馨"最好了，并不等于二者成正比。孔子说的"有德者必有言"跟认为有言者必有德同样荒谬。古今中外人品高尚作品一般和人品低下作品出色的例子并不鲜见。人品归人品，作品归作品。有一致的，也有不一致的。古人讲不以人废文，不以文废人，同样地，也应该是不以人美文，不以文美人。

人情与理性。中国是一个人情社会。我充分理解您对乡党作家、对评论对象的深情乃至偏爱，我也充分理解谁都不愿意轻易否定自己曾经肯定过的一切。然而，创作需要勇气，评论更需要勇气。既要有勇气面对写作家，又要有勇气面对自己。

所谓评论，就是说长道短，需要鞭辟入里的理论分析。理论需要的是科学理性，而科学理性常常是冰冷的解剖刀，评论家必须有自己坚定秉持的公认原则，并以这种原则去臧否他人。

当然，这样的话，说起来容易，做起来却难。对评论家而言，其实是一道人性的考题。我因为笨拙，写小说常常要用原型，为了避免引起对号入座的意外纠葛，常常把自己发表过的文字加到满是丑行劣迹的小说人物身上，姓名的设计也尽量跟自己靠近，让人觉得那个人物就是我本人。但评论家对评论对象却必须指名道姓，没法含糊躲闪。在这一点上，评论的确是一个吃力不讨好的职业，很多时候，迎合了读者，往往惹恼了作家；讨好了作家，往往得罪了读者。因为同样经营了多年小说、散文之类，我绝不敢面对这样的考题。除了偶尔谈论自己喜欢的作家作品，最多能做到对有成就和影响的大作家不巴结不沾光，绝对回避在任何公开或私下的场合谈论他们。这是有深刻教训的。一次跟几位早年到特区打工的老乡座谈文学，举了一个我亲眼见到的例子说明大作家也有跟我们常人一样的烦恼。一位公司老总忽然起立，严肃说：绝对不可能有这样的事！我一时瞠目结舌。顿时醒悟：除了赞美，自己根本没有随意谈论大作家的资格。

年轻时曾有过血气方刚的冲动，日子长了，见识多了，就有了世故，自己做不到的事，或一样有可能做的事，绝不敢指责他人。市井上的那种阴阳怪气、尖酸刻薄、冷嘲热讽、嬉笑怒骂只能用来对付自己。同走一条路，落后并不是因为别人走得快，而是自己无能。偶见资料，发现有过一个时候，同行攻讦同行，竟比外行更狠，必置对方于死地而后快，尤感悲凉：古老的文人相轻、相妒乃至相害，鸡争狗斗，深文周纳，落井下石，卖友求荣的因袭负担，何以如此深重？

曾经在网上看到一位作家对写作是谋生手艺的说法极其鄙视，我耳热心跳，涩然汗出。因为我就属这一类。李国文老师很多年前就说我没有了锐气，我很认可。特地写过短文《自己的原则并不适合他人》发表。正因此，我特别钦佩那些正气凛然、直言不讳又有理有据的评论家。

您是宽厚长者，您对评论家善解人意的看法我非常赞同。许多时候，给予作家充分的理解，也是评论家的一种优良品质。调省写作之初，陷入困窘，报社朋友约我写稿，让我时有稿费收入。有评论家目为不务正业，诘问：你还缺钱吗？我无言以对。上有老下有小，兄弟姐妹大多下岗待业，我当时的月工资四十二块，而一则千字文的稿费五十块，岂是个小数目？但"作家应有社会责任感"，不该说"著书都为稻粱谋"的，只好暗自叫屈。像我这样低水平又低效率的写作，当然可以以"精神贵族"自慰，无奈到底不是圣人弟子，达不到箪食瓢饮的境界。

人与人的境界是不同的，作家与作家的才华更是千差万别。伟大是一种人生，渺小也是一种人生。追求伟大很可敬，承认自己伟大不了也未必可耻。要求作家目标远大、创造辉煌完全应该，但似乎也应该宽容有的作家的平庸。只要他对文学还怀有起码的真诚，不自以为是，自吹自擂，招摇过市，更不是趋炎附势，献媚取宠，说谎造假，我觉得评论家就不妨放宽尺度，笔下留情。毕竟，尊重个人选择，是现代意识的题中应有之义。在一个群体中，杰出者总是少数，多数是凡夫俗子。评论家立于道德高地，倡导和弘扬对崇高卓越的追求，很让人敬仰，但置身于人间烟火，理解和体恤平凡世俗，也会予人一种温暖。

去年年初发生的疫情，成为我人生的一个转折点。从那之后，我开始检点平生，陆续写了些自省文字。希图经过这样一种远未深刻的自我解剖，尽可能地揭示内在的真实，摈弃曾经的迷误，放下非分的念头，最终让自己得到实实在在的心灵的平静。写了大半辈子了，我最渴望的就是这种平静。

拉拉杂杂，说了许多，该打住了。您是评论大家，这些其实轮不到我赘言。不当之处，请不吝指正。作为后学，愿您快乐，健康，长寿。

致一位青年作家

犹豫再三，还是决定给你泼这瓢冷水。之前你告诉我有个中篇会在一个大刊物上发表，我很是高兴——客居外地，听到老家的晚辈同行取得好成绩，很是提神。但没有想到我读到之后的看法会这样负面。

直接说吧，你这个中篇我很不喜欢，我甚至想建议你不要发表，至少不要在那个有重要影响的刊物上发表。辉煌的舞台可以展示一个天才，也可以毁掉一个尚不成熟的天才。对我们一般的写作者而言，就更要注意尽可能地避免展览自己的不成熟。这其实是我写作一辈子最深的痛。

依我看，这稿子最大的问题是设计和编造的痕迹太过明显。小说当然都是设计和编造出来的，但设计和编造的目的却是逼真。好的小说把虚构的故事说得跟真事一样，而蹩脚的小说则把真事说得像虚构的故事。很显然的，你并不熟悉你写出的这些人物，以及他们的生活。或者你有所接触有所了解，却在写作时为了事先设定的目标背离了那些实实在在的可信可感的真实生活的脉息和温度。小说的语言、文字、叙述、描写，看起来都有新意，有年轻和前卫气息，但小说里的人物，形象，性格，心理，想要表达的社会、人生意义或者是无意义，都处在一片朦胧的雾气中，尤其被许多不必要的炫知、炫技的笔墨障碍着，让人（或者仅仅是让我）不得清爽，不得要领——我不知该怎样表达这种感觉——有点像摄影没有找准焦距，照片不清晰，也就没有了视觉冲击。

你在创作谈里说到你要努力让自己由"狭窄"转为"宽阔"。有追求固然是好的，可宽阔还是狭窄是必须转换的吗？对小说的优劣来说，这其实是一个伪命题。"小女人"就一定不如贴胸毛的"大男人"？"小男人"就一定不如咋咋呼呼的"女汉子"？写作的核心价值是你写得是否精彩，是你描写的小女人小男人或女汉子大男人是否真是那么回事，是你揭示的生活本质是否被广泛认同。眼界和胸怀宽或窄的作家都写出过好作品。美国女诗人狄金森的生活和写作的内容都够狭隘了，但谁能否定她的文学存在？艺术永远是求异的，绝对排斥标准化。作家个人的成功是写出了可以与别人相区别的特点，表达技术上则是把自己熟悉擅长的叙述方式尽最大可能发挥到最佳状态。最强烈的内心感受和最切实的个人经验，永远是写作者最可依赖的靠山。

一个写作者是应该有点偏执的，不受或少受这样那样的"标准"和流行时尚的影响。有个我曾经非常钦佩的作家，乡土小说写得那叫一个扎实精彩，后来去大学深造，回来写"魔幻现实主义"了，却再也没有超过先前影响的作品发表。让人不禁想起邯郸学步的故事。

你读了很多书，我远不如你，你提到的那些作家作品我都闻所未闻，我能做的只是提醒你切忌轻易臧否。不要像现在网上的有些文章，说起中国外国的大师和经典，轻佻刻薄，就像说他们家的抹布，谁也不在他们眼里。你千万别沾上那样的轻狂气。你崇拜托尔斯泰，对卡夫卡不以为然，作为一种阅读感受，这无所谓对错。但作为一种价值判断，就有点轻率了。卡夫卡和托尔斯泰我们都只能仰望。对我们来说，他们是相互无可替代的高峰，你我都只有仰望的份儿。

托尔斯泰的经验和博大，谁也不能复制。他写作的意义已经超越了文学，远不是我们可以企及的。虽说是取法乎上得乎其中，但我觉得，就你现在的写作来说，不妨关注一下周围的、与你年龄相近的优秀作家。偶然在手机上看到几位青年作家的短篇，其叙述的沉稳，文字的干净，情绪的节制，直让我五体投地。这样的小说，对你生活经验的开掘和写作表现应该会有直接的启发，毕竟这样的作家就在当下，就在身边。

上面说的并不完全符合你的实际，我不过借这个机会表达我的一些看法和某种心情。我从中也很悲哀地看到了我自己——写作缺乏生活的质感、对大师的生吞活剥或妄加非议、急于发表不成熟的平庸作品以支撑自己的文学存在，等等，是我长期以来一直在努力解决却没能解决的问题。在我，这是才情所限，已不可能有所作为了。在你，还有的是上升的空间。你先天的灵气比你父亲和我都强，这是你可以秉持的信心所在。

我说话本来就直率，加之你父亲在世时与我的友好，我更不会虚与委蛇地说违心话。因为望之殷，所以语之切，相信你的理解力和承受力。我说得不一定对，很怕误导了你。写作是见智见仁的，我的看法与那个刊物的看法出入那么大，也许是我太苛刻了。提供你作参考吧。评论我这次就不写了。把那些话公开发表出来，对你显然没有任何好处。

你很纯正，这是最让我欣慰的地方。缺乏自信，正是这纯正的一种表现。你面对的文学生态与我刚走上文学道路时已有巨大变化，文学从社会瞩目的位置走到极度的边缘化。对有些人这可能是一种沮丧，对有些人则可能是一种纯粹。像你这样潜心其中的人反而可以获得一种独特的心灵享受。你在文坛的阅历渐渐多了，保持一定的不自信，某种程度是好事。在这个以自我张扬为主流价值的世态中，总要有几个人还知道敬畏、知道世上尚有"羞耻"二字在。

真心希望我的这些陈词滥调不致让你的信心和锐气受到挫伤。你一直以来，心无旁骛，潜心写作，这是我很为你也为你父亲高兴的。以我一生的经验，写作很难说是一种好职业，它对一个人的心理和生存能力常常是一种挑战。但随着岁月的增加，人是会磨练出来的。不要急，不要跟风，不必追求数量，不必追求走红，扎扎实实写自己的感受，尽力把每个作品都敲打得结结实实，给自己一种可靠的寄托、一种平静的慰藉，是完全做得到的。只要坚持，一定会有轻松的那一天。

致老友

见你微信发来的短句"现实碾压小说，商家碾压作家"，形容文学今日的惨状。颇感慨。遥想当年，兄在大学纵论文学，兄之文章见诸课本，是怎样的神采飞扬。与今日的视文学若敝屣，判若二人。

刚巧前两天，一位与我同辈的外省同行，也在微信中讥诮而今根本就没人读小说，办刊物，写小说纯属犯傻。我同样想起他的当年，获全国小说奖，从一个乡镇调入省城，进而从政。不料偃旗息鼓多年，却听说他已经改行书画，将齐白石做了目标。在世人有眼无珠，只认名气，不认笔墨的当下，我不由替他捏着一把汗。

恕我直言，我有一点为你们难过。一位同行转述过作家韩少功的笑谈：许多骂作家的多是想当作家没有当成的人。写作作为一种智慧劳动，不是谁轻贱就轻贱得了的。以无视、贬低甚至咒骂来代偿失落，其实让人怜悯。以一个老友的直觉，我深知你们对文学其实深怀着痴心，或是环境变化，另有诱惑；或是心力脆弱，不耐辛苦；或是——才华所限，无力再搏，无论如何，如果还能写、写得出，你们都是断不会这样带着恨意鄙视以至抛弃文学的——这样的恨，跟男女之恨完全类似——乃是一种爱。

有许多无论成就和人品我都很尊敬的同行，他们在上了岁数之后，都最大限度地摆脱了名利的羁绊，对文坛上的各种热闹处之淡然。我很敬重他们。写作其实只是一种内心抒发的需求，与别人无关。可以获取功利，也可以完全无关功利。只要自己决意，谁能左右？最根本的是与生命力相关。写作能力某种程度上是荷尔蒙水准的一个指数。法国作家雨果在八十岁的时候写出了他一生最重要的著作，同时拥有充分的情感生活，就是一个鲜明的例证。

　　一生行将过去，落幕的时候就要到了。我常常站在高楼的阳台看落日：静穆，温暖，安详，从容。那是我最欣赏的境界。退休那年，我写了《告别大楼》，许多朋友看了，给我打电话，说很难过。但那不是我的原意。"大楼"是比喻一度担任的公职，不是文学。我的原意是像庄子一样获得生命的超脱。退休后我移居广州，一面是为照顾儿子的家，一面也是想要摆脱原来的人文环境。在那之后，除了极少的知己，我删除了绝大多数电话和微信。人生很短暂，就怕入了迷局，退一步海阔天空。讲不清的理，不讲了；听了不舒服的话，不听了；见了会不高兴的人，不见了；改变不了的事，不操心了；有名人要人的场合，不往前凑了；该晚辈出头露面的地方，不挤在中间了。再也不必上班下班，不必赶车赶飞机，东奔西跑四处流窜了。前几天微信给朋友几首打油诗，其中"马嘶萧萧车辚辚，争先恐后起红尘。江山风月无常主，有闲便是福中人"，有的朋友赞同，有的朋友觉得是出于无奈。显见各人的志趣。在我看来，决定幸福感的是自主的程度。一个人能衣食无忧，只做自己喜欢的事，夫复何求？

　　广州这边，人品极好的挚友去世，让我觉得失去了一座城市。

平时我更愿意宅在家里忙家务、爬格子，锅碗瓢盆消永日，鼠标键盘送流年。有位朋友提醒我，埋在家务里会消磨意志。我暗自高兴。因为在我这里，家务恰恰就是写作过程的一部分，后来形成文字的许多句子，都在刀俎锅铲中蹦出来的。虽不可能有大作为，至少不易得老年痴呆。

我希望我这番话会是一剂药，给你们一些激发，有所振作。当然，如果精力实在衰弱了，那就听其自然，该失去的就让它失去，待之以平常心，放下纠结，远避烦恼，颐养天年。只要身心健康，就是福气。

第三辑

天真出《国风》

很多年前，父亲告诉我家族渊源在河南颍水，并嘱日后或可一行。这成为我特地去了一趟河南的缘由。

我对流行的"认祖归宗"不以为然。我不觉得一个平庸的后人能给祖先带去什么荣耀，也不觉得九泉之下的祖先会喜欢这种打扰。宗族绵延的命运，其实都只能是一种缥缈的想象。在内心深处真正吸引我的，是先祖原始的质朴的健旺的生命活力。

我在淮阳平粮台遗址盘桓，想象着遗址下的宛丘古城，那是当年的陈国国都，天下陈姓的发祥地；我举目四望，想象着陈国当年毗邻着郑国的原野，原野上隐约响着歌声，圣人责曰"郑声淫"。一个"淫"字，引起多少遐想。音乐不是固体，无法用国界截然分开。继先圣说的"郑声淫"，后圣朱熹为了大批判方便，改作了"郑风淫"，那么与之相邻的"陈风"呢？

陈国当年的文化领袖是皇后。"太姬妇人尊贵，好祭祀用巫"（《汉书·地理志》）。陈国于是四季巫舞不断，"击鼓于宛丘之上，婆娑于枌树之下"，而"男女亦亟聚会，声色生焉"（《汉书·地理志》）。

祭祀日是狂欢日：腊日祈丰收，上巳求繁衍，"谷旦"祭生殖。神祇高禖主婚姻和生殖。《诗经》收入《陈风》十首，是文学的反映。承续着"太姬歌舞遗风"(《汉书·地理志》),多半与性爱有关。显著区别于其他风诗而与郑风同调。郑风中绝大部分是情诗,郑国的溱、洧二水是男女聚会之地,郑国的上巳节就是男女交欢的节日。

数千年之前,陈国与郑国同是情欲燃烧像日月经天江河行地一样自然的纯真时代:

《宛丘》之上,鼓缶声声。巫女从坡顶舞到坡下,从寒冬舞到炎夏。神采的飞扬,野性的奔放,不加矫饰的激情,令现代社会的我们也能感到扑面而来的冲击。

《东门之枌》下,女儿舞婆娑。"谷旦"最是好时光,哪有心思搓麻绳,奔去野外会情郎。

《衡门》外,泌水岸,月上柳梢,情侣密会。"饥"者性饥也,"鱼"者"侣"也,"食鱼"者,男女合欢也。"鱼是繁殖力最强的一种生物"(闻一多)。

《东门之池》上,漂洗苎麻的男女嘻哈调情。这种快活,直至早年在乡下插队时仍然是我们每日必修的功课。

《东门之杨》下,夏夜如梦如幻,启明星已高高升起。心上人哟,你在哪儿?

《墓门》是斩截顿挫的斥责。性并不等于爱。没有爱的性,即使在那个蒙昧的时代,也会遭到断然的拒绝。

《防有鹊巢》啊,如此美人可别被人蒙骗(侜)去了呀!爱情的折磨,微妙而又淋漓尽致。

《月出》时怀人是那么旷远:"佼人"独徘徊,一任夜风拂面,晨露沾衣,直让人愁肠纷乱如麻,怅恨柔婉缠绵。

《泽陂》上那个男人啊,硕大,挺拔,令人向往而心惊!思念辗转难眠，泪如雨下湿了枕头。

《株林》是一幅几近喜剧的画面：君臣皆为风华绝代的美姬疯狂，一大早车马辚辚驰向株林，只为"朝食于株"。"朝食"者何？性爱也。《毛诗序》论及此诗，一改庄肃："《株林》……淫乎夏姬，驱驰而往，朝夕不休息焉。"不像反感，倒像心向往之。

上古的陈国天真无邪。没有圣人批评"郑风淫"，没有理学家编织伦常密网，没有去势者的嫉恨和诅咒。民间的爱情，率性而敞亮；人们的意识，自由而奔放。比之后来的道学不知少了多少庸碌、多少世故、多少僵硬和酸腐。

对孔子说的"郑声淫"，历来学者们有各种说法，我倾向于认同"郑声"是"郑风"之曲，不合《韶》乐；"淫"则指音乐形式起伏变化，不重节制，有违其主张的"以乐修身""中和之美"而已。否则就无法理解同样是他老人家说的"诗三百，一言以蔽之，思无邪"。

不管怎样，礼制、教化、圣人批评，终究束缚不了世俗社会对美和快乐的需求。给人带来无穷愉悦的民歌，生命力比作为礼制象征的雅乐要强盛得多。艺术，说到底，满足的是情感的抒发。

世间历千年而不改易的，唯有人性与人情。唯天真，才有最纯的诗歌。

文心雕龙

　　一千六百多年前的那个早晨，应该是一个平常的早晨。钟山定林寺那个清幽的院落，应该像平常一样寂然。周遭的寺庙钟磬相闻，院中的佛堂香烛相依。是在哪一间禅房，哪一扇窗下，刘勰像往常一样，展开了纸墨？

　　早早地成了孤儿，随沙门僧长大，纵然是博览群书，精通经纶，纵然是有幸遭遇了酷爱文学的太子，那个震撼了千古的命题，是怎样来到了他的笔下？

　　三十二岁，是人生的好年纪。多少人早已娶妻生子，功成名就。孤独的清廉朝臣，孜孜不倦埋首在孤独的书案。

　　日出日落昼夜交替，月盈月亏斗转星移，寒来暑往四时轮回，五年光阴，只在瞬息之间。

　　中国第一部系统文学理论巨著悄然分娩。十卷五十篇，观照古今，纵论文学。道与文、情与采、志与气、真与奇、华与实、风与骨、隐与秀，通与变，因与革，"擘肌分理，唯务折衷"。形式与内容、气质与涵养、继承与革新、创造与鉴赏，形象特征与审美本质，平衡、对称、变化、统一、结构、剪裁、叙事、修辞、含蓄、韵律、对偶、用典、比兴、夸张……既有理性的阐释，又有言证、事证。那么详尽的归纳，周密严谨，面面俱到；那么宏大的视角，笼罩群言，洋洋大观；那么深入的洞见，切中肯綮，理定辞畅；那么精到的论辩，剖情析采，鞭辟入里；那么新颖的创见，灵光闪烁，振聋发聩。难免蒙上的经学色彩，无法掩盖才情横溢的真知灼见。三十五年前我在现代大学的课堂上接触到如此"体大而虑周"、后人无从出其范围的皇皇篇章，是如此惊异。

难以想象，是什么支撑了寒门书生羸弱身体的坚韧？是什么催生了仕途过客敏感心灵的激情？是血脉中黄海波涛万顷的广阔渊博？是浮来三峰的鼎峙而拱卫相连，还是晨钟暮鼓青灯黄卷的寂寥磨砺？

最初遭际的是当时名流的轻蔑，只能求助有真才实学且品行端正的大家。

沈约，尚书令兼太子少傅、南朝文坛领袖，何其尊贵。刘勰"无由自达"，于是背着自己的心血之作，"状若货鬻者"，守候在沈约府外。终得沈约赏识："大重之，谓为深得文理，常陈诸几案。"（《梁书·刘勰传》）

这是刘勰的幸运，《文心雕龙》的幸运，从根本上说，是文化的幸运。千百年间，不知有多少天才被埋没在冷漠阴暗卑污的浊流。

刘勰主张"为情而造文"，不"为文而造情"，特别标举"风骨"。他以最大的热情赞赏建安诗文的"雅好慷慨，志深而笔长，梗概而多气"！

我读《风骨》，荡气回肠：

> 《诗》总六义，风冠其首，斯乃化感之本源，志气之
> 符契也。是以怊怅述情，必始乎风；沈吟铺辞，莫先于

骨。故辞之待骨，如体之树骸；情之含风，犹形之包气。结言端直，则文骨成焉；意气骏爽，则文风清焉。(《文心雕龙·风骨第二十八》)

文贵风骨。

作家要有作家的风度和骨气，诗文要有诗文的风采和骨力。文情与文气相随，文辞与文体相并。情动而辞发，因内而符外。文心如玉，文笔锋利，才有作品的文采如锦。

历史的天空，一只又一只风清骨高、光彩照人的鸣凤刚健高歌，飞遏行云。

文之为德也大矣，与天地并生者，何哉？夫玄黄色杂，方圆体分，日月叠璧，以垂丽天之象；山川焕绮，以铺理地之形。此盖道之文也。(《文心雕龙·原道第一》)

文章和天地一起产生。日月有如重叠的璧玉，显示高天的形象；山川好像灿烂的锦绣，显示大地的纹理。这些都是大自然的文章！仰望天空，日月耀眼；俯瞰大地，山川多彩。人与天地相配，孕育天地的灵性，成为万物之灵，实为有思想的天地之心。有了思想，语言随之确立，语言确立，文章随之鲜明。推及万物：龙凤以五彩显示祥瑞，虎豹以斑斓勾勒雄姿；云霞缤纷，胜过画工的巧妙；鲜花草木，不需工匠手艺的神奇。风吹山林，谐和有如吹竽鼓瑟的乐调；泉水击石，犹若扣磬鸣钟的和声。形体确立，声韵激发，文章自然出现。无知的自然之物都富有文采，有心智的人怎能没有文章？

夫文心者言为文之用心也。（环渊《琴·序志》）

刘勰的"文心"远远超越了文学理论的范畴，而成为民族文化的骄傲。

鲁东丘陵上的莒县东莞镇，为"莒国故郡"。刘勰的祖籍，在这里的大沈庄，沐风栉雨一千三百多年的银杏，似乎可闻斯人脉息。

天才与庸才

西湖边的苏小小墓很显眼。西泠桥头，墓上覆六角攒尖顶"慕才亭"，老远就能看见。与她在古来脂粉阵中的地位颇相称。据说，"生在西泠，死在西泠，葬在西泠，不负一生爱好山水"，是苏小小的遗愿。

"湖山此地曾埋玉，花月其人可铸金"。天堂山水之于小小，犹小小之于天堂山水。

苏小小，南齐人，生于富家，长于风景。娇美兼才华横溢，多情而放达不羁。油壁车后蜂狂蝶乱，松林楼前车水马龙。来往尽浪子，唱和皆书生。一旦消殒，千古嗟叹。

> 妾乘油壁车，郎跨青骢马。何处结同心，西陵松柏下。

南朝民歌《苏小小歌》始载于《玉台新咏》。香车宝马，纵情飞奔，西陵松柏下的男欢女爱，朴素直白，气韵夺人。继而《乐府广题》、地方史志、传奇戏曲歌之不绝。杭州刺史任上的白居易曾"若解多情寻小小"，乾嘉诗坛将领袁枚更是引以自豪："钱塘苏小是乡亲。"时至今日，苏小小仍是文人喋喋不休的话题。各种辩白，各种比附，各种探究，苦心孤诣，却不免迂阔。

最真挚深沉的是跟苏小小一样短命的唐朝诗人李贺。

> 幽兰露，如啼眼。无物结同心，烟花不堪剪。草如茵，松如盖。风为裳，水为佩。油壁车，夕相待。冷翠烛，劳光彩。西陵下，风吹雨。

李贺笔下不乏"鬼"诗。这类诗色彩冷艳，意境新颖，构思新奇，想象奇特，风格诡谲。《苏小小墓》是其中最有代表性、最优异的篇章。千百年来，举凡名士慕名姬的吟唱，莫甚于此。

苏小小死时不及桃李年华，她对情爱执着，对死亡恬然，给后人留下了永远的凄美：

幽兰带露，是含泪的眸子。阴阳两隔，无可绾结同心。野花如烟，已不堪剪摘。绿草如茵，青松如伞盖，春风是衣袂飘飘，泉水是环佩叮叮。只有油壁车，还在等她去赴约会。为相会而设的翠烛，照着一片冷清，空劳了光焰。西陵松柏下，唯有风吹雨。

空寂，阴冷，孤单，怅惘，幽冥世界的苏小小，不敢有所期待，却又不忍割舍。天长地久有尽时，此恨绵绵无绝期。

全诗仅二十二字，绮丽，浓艳，凛冽，冷俏。笔笔写景，实笔笔写人。眼如盈，气若兰。文采天赋，诗心自铸。张扬青春，在斜风中起舞；天真忘情，换却多少青眼如炬。绰约多姿的江南才女，如妖如仙；凄凉唯美的绝代佳人，似真似幻。飘忽而近在咫尺，迷茫而呼之欲出。令读者浮想联翩，感慨万千。

倾心倡优的名流士夫，古来衮衮不绝。红拂、梁红玉、鱼玄机、柳如是，是多少绮梦中的情人。落魄文人借红颜薄命，叹怀才不遇；纨绔弟子借痴心多舛，掩轻佻薄幸；峨冠博带的道学家，或编排始乱终弃的艳史，或树立"贤媛"名号，装腔作势，把率真动人的美女涂抹成楷模化、标签化的概念僵尸。对于他们，苏小小不过是一个符号，一种工具，一个男人世界的另类文字。

苏小小一生匆匆，只为情来。官员命入府邸，庭外有梅，她信口"梅花虽傲骨，怎敢敌春寒？"绵里藏针；对心仪的穷困书生，她慷慨赠以百金。现代文人说她是"中国茶花女"，牵强附会，令人失笑。茶花女有她的唯美，却没有她的超逸。中国文人歌吟过的名妓，跟人渣较劲，为朝廷操心，一派俯就男权的拘谨。唯有她的绝俗，映照出男性世界的卑下猥琐。她不需要虚名和怜悯。爱是她的追求，不是她的伤痛。活就活个痛快，死就死个洒脱。如流光一闪，如昙花一现。她的美无须衍化，就是她的生命本身。自她之后，一方山水有了美的神韵。她的才情和美貌，以及与道统相峙的姿态，为湖山增色。

最懂苏小小的是李贺。他歌吟的，是苏小小的精魂。

自古以来，好事者分才华为天才、地才、人才、鬼才云云，其实枉费心机。才华之辨，唯庸才与天才耳：

把活人写死，皆是庸才；把死人写活，便是天才。

李贺把在他出生前将近三百年就已死去的苏小小写活了，所以是天才，何以"鬼才"名之？

《滕王阁序》乱弹

　　我开始上学是在"滕王阁小学",学校就在传说的滕王阁遗址边上。滕王阁兴废据说二十多次,现今这个几十层楼高的庞然大物那时候还没影儿。那一带是城市贫民区,居民多是靠水吃饭的船夫、码头工和对岸进城的农民,没人觉得这里一千多年前住过王公贵族自己有什么荣幸。我父亲虽然没事会嘟嘟囔囔地琢磨古体诗,也会在节假日领着我到处去看有名没名的风景、似真似假的古迹,但从来不跟我说什么行万里路读万卷书,更不会逼我背古诗古文。他好像提到过王勃写《滕王阁序》的故事,我只隐约记得一个十几岁的小孩挺神的,人家本来是想让姑爷露一手,他抢了风头。

　　真正认真读《滕王阁序》是好多年以后。滕王阁又一次兴建,成为景点,是许多大人物视察时就便观光的首选,且常常当众朗朗吟诵《滕王阁序》。滕王阁及《滕王阁序》一时大热。我所在单位是文学社团,文人们对滕王阁自然更是趋之若鹜。因为常有接待陪同参观滕王阁的任务,没读过《滕王阁序》说不过去。

　　我对到处重建古迹的做法实在很不以为然,觉得"古迹"而至于"重建",不免荒诞。钢筋水泥的假古董,气魄再"瑰伟绝特",也难以让人生发思古之幽情。

至于《滕王阁序》，一篇谀词，成为古今公认的千古绝唱，无疑是一个文化奇葩，不是我这种人可以轻薄的。但不知为什么，无论我怎样咬牙切齿地下决心，怎样费了九牛二虎之力，就是背不下来。

　　《滕王阁序》由介绍地理、物产、人文、赴宴宾客开始，到写景，到描写宴会，引出人生感慨，到自叙遭际，告别"知音"，由地及人，由人及景，由景及情，脉络清晰，丝丝入扣，层层扣题。其中写景尤有特色：精心构画，灵活多变，近观远眺，浓墨重彩，写尽了滕王阁壮美而又秀丽的秋日景象。不过，可能是因为对当地环境太过熟悉的缘故，我总觉得文字比实景要好很多。那时候我还不懂得文字经过组织，就有了独立的生命。

　　我心里最犯嘀咕的是作者对人生的感慨：诸如"时运不齐，命途多舛。冯唐易老，李广难封"，诸如"孟尝高洁，空余报国之情；阮籍猖狂，岂效穷途之哭"之类。读的时候，总是忍不住想：一个小小年纪的人，怎么会如此懂得奉承，又怎么会有那么多委屈心酸？

　　关于王勃写《滕王阁序》时的年龄，有两种说法。一种是唐五代《唐摭言》说的"时年十四"；一种是元《唐才子传》说的二十岁。不管是哪一种，王勃的才华都很惊人。因为有才，他从十六岁开始就挺讨主子欢心的。两次被贬，皆咎由自取。他在《滕王阁序》里哀叹"时运不齐，命途多舛"，难以让人同情——错了就是错了，扯不上"请缨无路"，报国无门。最让我没法起敬的是里面通篇充满的对功名的渴望，对权贵的艳羡。

　　就像爱与死是西方文人永恒的主题一样，"怀才不遇""报国无门"是中国文人永恒的主题，几乎见于历代大多诗人的作品。

站在这些人的角度，有一肚子才学却老也得不到赏识任用，的确有一点憋屈。他们需要赏识，就像精心梳妆过的小妾需要宠幸，虽然顺理成章，但不知为什么，我总觉得有一点贱。

春秋之后，中国文人渐失独立品格，对权力的依附，深入骨髓，成为他们的传统人格。但似乎也有例外。我少年下乡，恰好在陶潜故里。以我对他的诗文和人格的了解，倘若天假陶潜以年，让他活到唐朝滕王阁落成的日子，即便受到"诚邀"，他大约也不会受宠若惊，恭逢其盛的。如果他也像王勃那样乐于"今兹捧袂，喜托龙门"，"幸承恩于伟饯……是所望于群公"，我们今天也许就读不到那些"一语天然万古新"的诗文，也就不会有我们今天喜欢的陶潜了。

《滕王阁序》与陶潜诗文，无疑都是天才之作。不同在于，前者华丽，后者质朴；前者人格卑微，后者有一颗伟大的灵魂。

文人的运气

古邑萧山，钱塘、浦阳、富春三江交汇处有渔浦潭，北望杭州，西依云峰。有虞舜渔猎的远古传说，是商旅往返两浙的交通中枢。那年我在义桥小镇墙头读到孟浩然的《早发渔浦潭》，回望钱塘江烟波浩荡，舟楫出没，山明水秀，鸟兽得时，真是倾倒：

> 东旭早光芒，渚禽已惊聒。卧闻渔浦口，桡声暗相拨。日出气象分，始知江湖阔。美人常晏起，照影弄流沫。饮水畏惊猿，祭鱼时见獭。舟行自无闷，况值晴景豁。

这是很典型的唐诗，跟说话一样，明明白白。

孟浩然摆脱了初唐应制咏物的狭隘境界，给开元诗坛带来了新鲜气息。其山水诗描写尤其逼真，正是包括他在内的一批唐朝诗人，奠定了唐朝山水诗的文学史地位。

> 八月湖水平，涵虚混太清。气蒸云梦泽，波撼岳阳城。欲济无舟楫，端居耻圣明。坐观垂钓者，徒有羡鱼情。

《望洞庭湖赠张丞相》是孟浩然最好、影响也最大的山水诗篇章。

秋水胜涨，几乎与岸平，水天含混迷茫与天空浑然一体。云梦大泽水汽蒸腾，波涛撼动岳阳城。

真是歌咏洞庭的千古绝唱。一句"气蒸云梦泽，波撼岳阳城"，唯后来杜甫的"吴楚东南坼，乾坤日夜浮"或可当之，若论声调的雄壮，恐怕孟诗更胜一筹。

然而这却不是一首单纯的山水诗，其中有深意存焉。

诗题的前半部分曰"望洞庭湖"，后半部分曰"赠张丞相"。所谓张丞相，有说张说，有说张九龄，都是大宰相、大文豪。诗里含蓄地夸了天子圣明，国家有道，又夸张丞相的能量巨大，是渡人过河的舟楫。把洞庭湖写得如此辽阔浩渺，气势磅礴，只是借题发挥，说出自己想渡水苦于找不到船与桨，不甘在圣明时代闲居，空怀一片羡鱼之情，看别人临河垂钓，希望自己能像鱼一样被"张丞相"钓起来。

句句不离湖水，又处处不显寒酸。出仕做官的愿望与对洞庭湖的描写衔接紧密，自然过渡，不露痕迹。

作为洞庭咏，冠盖群伦；作为投赠诗，声名入于朝堂。

然而，丞相乃至皇上似乎并未为所动。孟浩然仍只有在渴望中沉浮：

听说唐玄宗到了洛阳，立即前往，伺机上进。滞洛三年，无果。

三十九岁、四十六岁两次赴长安科考，皆不第。中间曾留长安献赋以求赏识，太学赋诗，名动公卿，一座倾服，为之搁笔。

李白、王维、张说都记载过一个传闻，说他与唐玄宗不期而遇，玄宗命自诵其诗。按说这是个极好的表现机会，结果他拿"不才明主弃，多病故人疏"（《岁暮归南山》）扫了皇上的兴："卿未求仕，朕未尝弃卿，奈何诬我？"皇上显然不知道他的两次落第。设若当时背的是"气蒸云梦泽，波撼岳阳城"，他的命运或许又是另一个剧本了。

此后，襄州刺史韩朝宗打算向朝廷举荐，他没有如约赴京；荆州长史任上的张九龄招其入幕府，他去了几天即走人。显然已心灰意懒。

在《与诸子登岘山》中，他写道：

> 人事有代谢，往来成古今。江山留胜迹，我辈复登临。水落鱼梁浅，天寒梦泽深。羊公碑尚在，读罢泪沾襟。

吊古伤今，感念身世。

如此看来，孟浩然的运气是够糟糕的了。

好像天才都会遭一个魔咒：时乖运蹇。孟浩然也没有避开这个魔咒。他让人敬重的是在求仕不遇的痛苦中，尚能自重，不媚俗世。

五十出头，孟浩然与受贬路过襄阳的王昌龄纵情宴饮，背上本来快痊愈的毒疮因食鲜疾发而亡。

"吾爱孟夫子，风流天下闻。"小孟浩然十二岁的李白对这位忘年交极是倾慕。孟浩然的一生其实是值得的：书香之家，锦衣玉食，四海漫游，吟诗作赋，有才华，有名气，有高朋，穷山水之胜，尽人文之秀。仕途于他何足道哉？如果这样的人生还不算圆满，那就正应了网上一句话：有的人不幸福是因为总想过别人的生活。又如同三十多年前我在长篇拙作里引用过的一位外国哲学家的名言：我们四处寻找的好马其实就是自己骑着的那一匹。

竹林·兰亭·诗峡

文人是一种复杂的社会角色。古代有一种世俗的层级划分："七匠八娼九儒十丐"。其中仅排在乞丐前面的"儒"指的就是文人。虽然如此没有地位，古代的帝王将相却颇有以文人自居的。文人遭了厄难，在民间总是能得到最多的同情，比如古代遭贬流放的官员，只要是有名的文人，到哪都活得其实挺滋润的，又比如戏文里的"书生落难，小姐偷情"之类。不过，说是人五人六，更多的时候，有权有势的权贵还真不怎么拿他们当回事。高兴的时候，让奴才给你脱靴，让贵妃给你磨墨，需要你给他装点门面的时候待若上宾，捧到天上，用不着了，弃之如敝屦。

文人因此常常失态。得意起来目空一切："举觞白眼望青天"，"天子呼来不上船"。倒霉起来撕心裂肺，要死要活："瘦影自临秋水照"，"一片伤心画不成"。

然而也有另类文人，他们完全不在意世俗的成败得失，只关心身心的两安俱足。他们的快乐来源于他们的心理素质，总是自我感觉良好，总是自得其乐。

这种快乐很简单，木屋竹篱，净几明窗，笔墨纸砚，琴棋书画，酒杯茶盏，荒野深林，曲水怪石，残叶枯藤，幽径丛花，群鸟孤舟，闲云淡烟，都能让他们获得愉悦。

东汉末年，名士清议转为玄学清谈，遂有竹林七贤，"越名教而任自然"。少时即以文章闻名乡里的向秀，与嵇康经常在柳树下打铁自娱，嵇康掌锤，向秀鼓风，配合默契，旁若无人。

去过绍兴名胜兰亭。遥想当年，郊外水边，林木繁茂，清溪如带，群贤毕至，列坐其侧，曲水流觞，饮酒欢宴。晴明爽朗，和风习习，极尽耳目视听的欢娱，胸襟大开，忘记衰老的终将到来，真可以说是人生的一大乐事。

唐诗人杜耒的朋友，于寒夜出门访客，不在乎有酒无酒，与主人围炉煮茶倾谈。炉内火红，壶中水沸。屋外寒气逼人，屋内温暖如春。明月照在窗前，透进阵阵梅香。主客以茶代酒，深情款款。

宋朝的敝同乡黄庭坚是个香癖，称香可净气，闲来无事，放下俗务，精致的小铜炉置于香几，燃香一炷，闭目静坐，身心安然。

总之，一炷香，一卷书，一壶茶，都可以去浊气，观物趣，慰心灵，只要恰当，有度，就是理想境界。

古时文人的快乐，更像是一种精神，于今又何尝不然。

当代作家邓刚退休后喜欢开车远游。六年前携夫人从东北出发，千里驰驱至南方海滨，回程时把我捎上，中途在福建三明小住一夜。当地文友盛情相待，次日特地领我们去到他们时来聚会的一个馆舍。

馆舍在郊外森林，沿途峡谷被他们命名为"诗峡"。树下草中，泉间石旁，点缀着书于木牌的八闽诗人诗作。其中令我印象最深的一首是：

你也找诗，她也找诗，来到这里，诗歌就在不找中。

馆舍在山溪纡曲处，实木结构数间，上有平台，环观云霞，四面绿荫，招摇清风，中有孤松，可挂明月，山岚沁入窗户，苔藓贴在墙脚。书屋有经典名著，茶室有茶乡精茗，白米饭、农家菜，堪为美食。闭门在深山，读书即净土。

一个相对独立的精神空间，让日常中的躁动、纠结甚或感伤置之度外，心情随之变得恬淡，如一泓波澜不惊的深潭，任凭日出月落，清新而朴拙，有了超越尘世的从容。

闲情逸致，是文人的快乐，也是文人的情操。

人生不在于富贵贫贱，在乎心境是否安然；生命不在于老少长短，在乎品质是否精粹。毕竟活得最有意义的人，不是活得最风光的人，而是能感受生活情趣的人。

无名广场

南方滨海城市。

我穿过峡谷般的楼群去看海，却在不期然间，见到这座广场。

高大发亮的灌木带后面，绵长的花圃，硕大的花朵在冬日里烂漫如火。广阔的大草坪，边际的尽头似乎遥不可及，让巨型建筑失去了高度。

大草坪海浪般起伏，是一片会呼吸的土地。旋转喷头肆意迸发的水雾，让生命的气息喷薄而出。

一个又一个微微隆起的草坡上，匍匐着粗粝的巨石，像是时光的背影。珍贵的亚热带树木，独立的一株，或是相拥的一簇，挺拔，豪迈，满满的自信。人们满怀希望，播下饱满的种子，而今拔地而起，成为耀眼的存在。

远远近近，散落着白色的敞开式帐篷，让人想起就要远航的船帆，想起银河系的船帆座，想起希腊神话：伊阿宋乘阿格号去找金羊毛，带着众多船员——双子座的卡斯托尔和波吕杜克斯，乐师奥尔普斯，建船者阿尔戈斯，后来连赫拉克勒斯也加入了旅程。

红砖铺就的小径，一对踽踽的老人在咀嚼沧桑，他们曾经手牵手，在彼此的目光中温暖相拥，走过春夏秋冬。肩膀扛着一世的风雨，心里藏着生活的热念，纵使脚下步履蹒跚，依然逶迤前行。回忆总是没有尽头，多少日子在瞬间逝去，在心头烙下满满当当的刻度。相扶相伴的身姿，成为广场上的行为艺术。

坡下的石凳，在回忆燃烧的海誓山盟，散发爱和被爱的温度。迷茫的星光浮现于半空，激流在血脉里奔腾，爱神隐形的翅膀，无声地飞翔。当第一声鸟鸣冲破天际，玫瑰铺满了整个蓝天。

浓密的树丛中飞出彩色的皮球，紧跟在后面跑出欢叫的儿童，他们是城市的未来。有谁在召唤：去吧，去吧！去接受海涛的祝福；去吧，去吧！前面有无穷的无穷！

回廊上有一个漫游的旅人，严肃而潇洒。他俯首倾听大地奔放的声音，用目光丈量广场的辽阔和纵深。说不定哪天他会成为歌者，为一个不是故乡的城市代言。

隔着广场，与城市相对的另一面，是海。碧绿的堤岸、洁白的浪涌、蔚蓝的天际线，是阳光与海风的织锦。荏苒如梭的光与影，是穿梭在五线谱上的音符，演绎出一曲曲生命的交响。成群的海鸟，忽而蹁跹在林立的桅杆，忽而在空中恣意翻飞，忽而箭一样划过。没有恐惧，没有拘束，没有犹疑，没有瞻前顾后，王者般地炫耀飞翔的自由。

一切都是绝对自然的呈现。草与树，花与石，高天的流云与大海的波涛，皆用自己的语言说话。整个广场，没有文字，没有广告，没有画幅，没有粗俗歌舞的噪音，没有煞费苦心的表白与宣扬。唯一看到的刻意，是在一个僻静的角落，几只俊美羞怯的铜雕小鹿。

如果一定要赋予这座广场一个主题，那就只有一个选项：
自然。

城市，顾名思义，因城而市，或因市而城。最原始的形态是"内之为城，外为之郭"，"日中为市"（《管子·度地》）。随着岁月的推移，城市积淀了多少文明的精华：

谁家玉笛暗飞声，散入春风满洛城。

——李白《春夜洛城闻笛》

晓看红湿处，花重锦官城。

——杜甫《春夜喜雨》

烟笼寒水月笼沙，夜泊秦淮近酒家。

——杜牧《泊秦淮》

姑苏城外寒山寺，夜半钟声到客船。

——张继《枫桥夜泊》

渭城朝雨浥清尘，客舍青青柳色新。

——王维《送元二使安西》

日暮汉宫传蜡烛，轻烟散入五侯家。

——韩翃《寒食》/《寒食日即事》

东南形胜，三吴都会，钱塘自古繁华。

烟柳画桥，风帘翠幕，参差十万人家。

——柳永《望海潮·东南形胜》

山外青山楼外楼，西湖歌舞几时休？

——林升《题临安邸》

……

城市留下了个人的足迹，也承载着集体的记忆。风物人情、历史掌故、情感印象，连接起一卷卷人文简牍。

城市广场蕴涵的诸多信息，为人类生活提供了足够丰富的物质线索，因而成为城市空间的华彩部分。作为一种城市建设类型，一种公共艺术形态，一种城市构成的重要元素，城市广场既承袭传统和历史，也传递美的韵律和节奏。

广场，是一个城市的脸庞。广场的品质，就是这座城市的品质；广场的气度，就是这座城市的气度。

曾经走过许多城市，曾经见识过许多广场，曾经置身于无数广场文字的粗暴喧嚣，千篇一律，千部一腔，成为难以回避的视觉污染，终至背离了广场的人文本质。

在这座并不显赫的边陲城市，竟然意外惊喜地邂逅这样一座广场——静穆地偏安在城市的一隅，仿佛是一则古老的寓言，一个现代的桃花源，一种悠远的几乎被遗忘的文明。不施粉黛，干干净净，却丰姿绰约，端庄大气。让城市的万丈红尘退避三舍，让身心获得彻里彻外的安宁，让人有一种冲动，想要在现时代里复活古圣先贤、唐诗宋词，以哲学和诗歌的名义标榜一方净土。

当时忘记打听这座广场的名字，回到住地，问当地朋友，因为我说不出所属的地名，回答语焉不详，各不相同。

对我来说，这是一个无名广场。

无名广场的一切都显得那么不经意，但我知道，一切又绝对是精心的营造。名字并不重要，重要的是这营造体现出的城市美学，以及由此显示出的对人的尊重。

《岳阳楼记》与作家阅历

　　范仲淹的《岳阳楼记》九百多年来脍炙人口，尤以其忧乐观被世所称道，成为做人楷模。但作为一个爱好文学的读者，我最为惊叹的是作家对洞庭湖浩瀚气势和景象变化的精彩描写。

　　《岳阳楼记》是应好友滕子京的约请写的。当时，范仲淹正被贬在河南，接信三个月之后写成。

　　滕子京与范仲淹是同榜进士，同僚挚友，庆历六年（1046）谪守巴陵，修复岳阳楼及其它景观，告成，接连发出几封求记信，请名家作记。于是有了范仲淹的《岳阳楼记》，欧阳修的《偃虹堤记》，尹洙的《岳州学记》。三位都是文章高手。最有名的《岳阳楼记》以"滕修楼，范作记，苏（舜钦）书石，邵（竦）篆额"四绝，成为千古佳话。

　　翻阅历史资料，范仲淹是否到过岳阳和洞庭湖，我没有见到明确记载。至少写《岳阳楼记》之前，没有"予观夫巴陵胜状，在洞庭一湖"的行状。那么，《记》中关于"胜状"那么绘声绘色、绘形绘影的种种，全是神思驰骋，凭空想象，文采飞扬，妙笔生花的吗？

　　至少我不这么认为。

　　写《岳阳楼记》之前十年，即景祐三年（1036 年）五月，因为宫廷斗争，范仲淹贬知饶州。

饶州，别名番邑，是历史地名，在今鄱阳县。"鄱"即"番"与"邑"的合成。饶州，因"山有林麓之利，泽有蒲鱼之饶"而得州名。历史上的饶州，辖鄱阳（府治）等七县，有"七县之会饶州府，景秀江南鱼米乡"之说。

当年，滕子京曾降职监鄱阳郡榷酤。范仲淹知饶州时，曾写《酬滕子京同年》的七律诗："谢家风雅若为酬，散吏方耽海上游。疏懒几忘传笔梦，寂寥仍有负薪忧。欲歌兰雪归真隐，敢向簪轩竞急流。如共茂先瞻气象，莫言神物在南州。"可见他们之间的情谊非同一般。

鄱阳建县两千多年，曾因水运的兴旺而繁荣昌盛，人烟辐辏，是中国南北交通曾经的通埠大邑。

鄱阳湖是中国的第一大淡水湖，上吞五水而下纳长江，大气磅礴以波动日月。东汉年间在这里操练的兵甲曾令天下鼎立三分；在这里驻足和歌吟过的有李白、苏东坡这样中国最优秀的诗人。

范仲淹公务之余，遍游鄱阳湖，在这里不知多少次看到"霪雨霏霏，连月不开，阴风怒号，浊浪排空；日星隐曜，山岳潜形；商旅不行，樯倾楫摧；薄暮冥冥，虎啸猿啼"；也不知多少次看到"春和景明，波澜不惊，上下天光，一碧万顷；沙鸥翔集，锦鳞游泳；岸芷汀兰，郁郁青青。而或长烟一空，皓月千里，浮光跃金，静影沉璧，渔歌互答"；不知多少次生发"去国怀乡，忧谗畏讥"的感慨，因而"满目萧然，感极而悲者矣"，也不知多少"心旷神怡，宠辱偕忘，把酒临风，其喜洋洋者矣。"

我曾与鄱阳湖结缘，几年时间不时去其核心区里的内青岛小住，从窗户就能看见不远的瓢里岛，水何澹澹，山岛竦峙。树木丛生，百草丰茂，鸥鸟翩飞，白帆点点。

范仲淹在饶州知州任上一年多，作为政治家，其远处江湖，与生民共患难；作为文学家，其寄情山水，多有吟咏。当年他曾立于瓢里岛之巅，面对万顷碧波，遥望鄱阳湖"衔远山，吞长江，浩浩汤汤，横无际涯"，浩叹并应僧人之请在岛上建于唐代的黄溪庙挥毫题下"小南海"。黄溪庙亦因之改名为"小南海寺"。

"小南海"是一代文化巨擘范仲淹对鄱阳湖的概括，是他留给鄱阳的弥足珍贵的文化遗产。他后来写《岳阳楼记》，其中涌动的未必没有这里的烟波。

我们是不是可以说，假如没有滕子京的修复岳阳楼，就没有范仲淹的《岳阳楼记》；同样地，假如没有在饶州任上对鄱阳湖的亲身经验，传世佳作《岳阳楼记》对洞庭湖自然风物的描写也许就不一定会那么出色。

作为北宋时期著名政治家、军事家、文学家，范仲淹一生论著甚丰，工于诗、词、散文。仅传世的五首词，风格清新刚劲，开宋代豪放词先河。但成就一个作家，尤其是像范仲淹这样的大家，仅仅有才华恐怕是远远不够的，还必须有一个不可或缺的条件，那就是人生阅历。

这也就是为什么司马迁说"行万里路，读万卷书"的道理吧。

《石钟山记》的"穷理"

　　《石钟山记》是苏东坡 1084 年游石钟山后所写的一篇考察性游记,历来评价甚高。宋末文坛领袖刘克庄称:"坡公此记:议论,天下之名言也;笔力,天下之至文也;楷法,天下之妙画也。"(《后村先生大全集》)明代学者郑之惠称:"此是性灵上带来文字,今古所希……苏长公字字挟飞鸣之势。"(《苏长公合作》)清代散文家、"桐城派三祖"之一的姚鼐认为《石钟山记》是"子瞻诸记中特出者。"(《古文辞类纂》)

　　的确,《石钟山记》不同于一般记游散文的先记游,后议论,而是"以人之疑起己之疑"(杨慎《三苏文范》卷十四),由议论带出记叙,由思而行,由感而发,由疑而察,由察而得出结论。全文记叙、描写、议论、抒情环环相扣,首尾呼应,逻辑严密,浑然一体。因而成为因事说理的千古名篇。

　　初中课文有《石钟山记》。当时没有想到,初中毕业,我去了长江中间的一个农场谋生,与石钟山隔水相望。

　　石钟山属湖口县,"湖"即鄱阳湖(时称"彭蠡"),县城名"双钟镇"。"双钟"立于湖口东岸,城南的叫上钟山,城北的叫下钟山。

　　这两座山为什么叫"石钟山"?《石钟山记》就是对这个问题

的追究和解答。

北魏地理学家郦道元在《水经注》里说：石钟山下面靠近深潭，微风震动波浪，水和石头互相拍打，发出的声音好像大钟一般。这是解释石钟山得名最早的文字。

这个解释，常常受到质疑：如果把钟磬放在水中，即使大风大浪也不能使它发出声响，何况是石头呢！

之后，唐代江州刺史李渤在石钟山潭边找到两块山石，敲击它们：南边那座山石的声音重浊而模糊，北边那座山石的声音清脆而响亮，停止敲击，声音还在传播，余音慢慢消失。他于是认为找到了石钟山得名的原因。

再往后，宋代苏轼又对李渤的说法更加怀疑：敲击后能发出声响的石头到处都是，可为什么唯独这座山得钟之名？

利用调任和送儿子上任路过湖口的机会，苏轼对石钟山进行了一次实地考察，晚上和儿子坐着小船进入断壁下阴森可怖、冷清凄厉的空洞，亲眼看到水流涌进石穴和缝隙，亲耳听到风浪激荡其中发出的巨响。苏轼对儿子形容说：那"噌吰"的响声，是周景王无射钟的声音，"窾坎镗鞳"的响声，是魏庄子歌钟的声音。

苏轼得出结论："士大夫终不肯以小舟夜泊绝壁之下，故莫能知；而渔工水师虽知而不能言。此世所以不传也。"任何事情都不可以不看不听，只凭主观臆断去猜测。郦道元的看法是对的，但是描述得太简单了；李渤敲打山石来寻求石钟山得名的原因，还自以为发现了真相，那就更是浅陋可笑了。

石钟山得名的由来，因为苏轼的亲历考察，似乎真相大白。

在这里，苏轼的怀疑和探索精神是颇感人的。明代文学家钟惺慨叹："真穷理之言。"（杨慎《三苏文范》卷十四）清初学者吴楚材、吴调侯叔侄赞之"千古奇胜，埋没多少。坡公身历其境，闻之真，察之详，从前无数疑案，一一破尽。爽心快目。"（《古文观止》卷十一）明遗学者吕留良更是拍案叫绝："此翻案也。李翻郦，苏又翻李，而以己之所独得，详前之所未备，则道元亦遭简点矣。文最奇致，古今绝调。"（《晚村精选八大家古文》）

九百多年过去，湖口水文的变化难以想象。一个小农工再好奇也绝无可能复制大文豪的考察。因为农场生产队食堂加餐，常被派去对岸县城采买，坐船过江时我就石钟山的得名请教船工，他反问：你不觉得山形像扣着的钟么？我远远望去，的确如此。采买之余上山瞎逛，又请教山上的工作人员，答曰：苏东坡的说法也未必全对。此山既有钟之"声"，又有钟之"形"。

关于石钟山的得名，仍是一头雾水。

看来，世界上许多事物的真相想要完全被广泛确认，的确不是一加一等于二那么简单。因为各种各样的原因，真相常常会被有意无意地遮蔽甚至歪曲。正因此，苏轼不相信任何现成结论——即便是对名家权威见解的"穷理"精神亦即怀疑和探索精神是极为可贵的。因为，只有怀疑，才有探索，只有探索，才有发现，只有发现，才有可能抵达真相。

生活家李渔

上世纪八十年代初，我从小镇被安置到省城一个文化单位专业写作，在其中的戏剧研究所，知道了李渔。

李渔最早的名号让我印象特别深刻：原名仙侣，字谪凡，号天徒，仿佛是对他人生的预定。

在难免夸张的记叙中，李渔简直有些奇特：

襁褓识字，四书五经过目不忘；总角作文，下笔千言；童子试一举为"五经童子"，名噪一时；而立前后两赴乡试无果。一度做了州司马幕客，在齐梁沈约南宋李清照先后题咏、此后无人敢轻易动笔的八咏楼撰联"沈郎去后难为句，婺女当头莫摘星"，为人叫绝。清兵入城，回到故里兰溪，筑伊园，当"识字农"。

"至乃鸡犬欢迎，山川相识。农辍锄以来欢，渔投竿而相揖……"《归故乡赋》仿佛从陶渊明的《归去来兮辞》脱出。倘真若此，文学史最多是多了一个无所作为的隐士。

但李渔不是"五柳先生"。他倡建凉亭，命名"且停亭"，题联"名乎利乎道路奔波休碌碌，来者往者溪山清静且停停"；倡修水利，田内开凿堰坑，令田禾使有荫注，石坪坝为后人称"李渔坝"；他总理宗祠，订祠约，修宗谱，深受村人敬重。

变故缘于与邻村的词讼。李渔显然不具争斗的基因，举家迁徙杭州。

繁华都市，车水马龙，应该有相对开阔的立足之地；满腹经纶，不能"货与帝王家"，用来养家活口应该绰绰有余；举目无亲，幸有所长，正可供给对戏剧小说饶富兴趣的豪绅士夫、市井民众。

中国历史上第一位"卖赋以糊其口"的专业作家由此诞生。

与所有寒门弟子一样，李渔曾遵母亲效孟母三迁教子之命，认定以仕途经济光宗耀祖为人生正道。不料风云变幻，学而优则仕梦碎。尽管"人泪桃花都是血，纸钱心事共成灰"，但他并未躺平，而是另辟前人从未走过的蹊径。

命运注定了他的游移和偏离。李渔选择的是正统文人所不齿、时人亦皆视为"贱业"的"卖文字"的"末技"。在自甘低贱这一点上，与元杂剧奠基人关汉卿或有相似之处。

关汉卿以"铜豌豆"自侮表达对传统规范的叛逆，某种程度是一种抗争。而李渔没有这样的傲骨，没有这样的愤世嫉俗。他的选择纯粹是顺其自然。他并不在意"七匠八娼九儒十丐"的世俗层级划分，并不在意人们是不是会像"意大利人之视但丁、英人之视莎士比亚、德人之视歌德"（王国维《录曲余谈》）那样看他，他坦然承认比他为"汤王"是誉过其实。如果泉下有知，对鄙薄他为"通俗作家"的后世高论他只会置之一笑。他没有写过关汉卿的《窦娥冤》那样泣血断肠的悲剧，也没有王实甫《西厢记》的"碧云天，黄花地，西风紧，北雁南飞……"和汤显祖《牡丹亭》的"……朝飞暮卷，云霞翠轩，雨丝风片，烟波画船……"那样脍炙人口的名句。他把惩恶扬善、谴责道学的尖锐藏匿于温润圆滑，善解人意，投人所好，唯求明白易懂，雅俗共赏，男女老少，上下尊卑，皆大欢喜。"北里南曲之中，无不知李十郎者"。

纵览古今，多少大家著书立说似渊之深，文坛地位仰之弥高，可望而不可即。但李渔给予世人的，是一种平易和亲切。

李渔一生不曾为官，靠才情卓越，见解新潮，不依傍他人，不重复自己，努力发现"前人未见之事"，"摹写未尽之情，描画不全之态"，著述数量惊人，独树一帜，长期引领着时尚文化的潮流：

他的小说是"新耳目之书"，一出即被争购一空；他的剧作一改剧本成为案头之作的弊病，"贵浅不贵深"；他的《闲情偶寄》创立中国史上第一部系统的戏剧理论，居然还包罗了营造、装饰、医药、养生、烹调、美容、梳妆以至房事；他的造园精巧别致，"芥子纳须弥"，往来尽鸿儒；他的出版从选题、刻印到发行，无不精通，芥子园图书独步书林；他不是画家，但倡编了《芥子园画传》，让"世之画山水者皆有画山水之乐，不必居画师之名而已得虎头（东晋顾恺之）之实"；他以文会友，以戏会友，四方讨好，八面玲珑，周旋于达官显贵、三教九流，打抽丰，赚捐资，步步提防又游刃有余；他"生平痼疾注在烟霞竹石间"，"名山大川十经六七"，"过一地即览一地之人情，经一方则睹一方之胜概。且食所未食，尝所未尝"；他的戏曲家班，红遍大江南北，朝夕相处，恩情、友情、艺情、爱情水乳交融。

成名后的李渔又给自己取了许多名号：笠鸿、笠翁、觉世稗官、笠道人、随庵主人、湖上笠翁。所有这些都标榜着一个不无矫情的意思：自诩小人物。仿佛刻意与他特别显豁、特别精彩、特别响亮的人生形成对照。他给后人、给世界留下的遗产多所开创，丰富而有价值。后人给他冠以的头衔让人眼花缭乱：小说家、诗人、剧作家、戏剧理论家、出版家、书籍经营家、社会活动家、园林艺术家、发明家、美学家、美食家、美色家、时尚文化倡导者、文化产业先行者……而我以为他最有资格享有的头衔应该是生活家——独一无二的生活家。他艺术地生活并且把生活的艺术很艺术地付诸文字，在艺术与生活中皆如鱼得水。如果一定要用一个口号界定他的艺术追求，不妨说是为生活的艺术——开始是为生存，后来是为享受。

正是这一点，他远高于无数自命不凡的风流才子。

李渔的身上聚集了中国传统文人几乎所有的聪明、才情、梦想、个性、优异、癖好和缺陷。然而，与古板拘谨的同行相比，他行事风格高调张扬，生活方式阔绰奢侈。他对华屋绮园、醇酒佳肴、妙音美色有着特殊的敏感和迷恋。他七情六欲十足，一生在人间烟火中活色生香，悠游裕如，举重若轻。无数学问家当作生计的大作在他自己看来不过是"偶记"的"闲情"。他是男人的谈资，也让女人欣赏。他代表着一种充满新鲜气息的异类文化，横扫了正人君子千年的道貌岸然。

做过读书人，但不受庄严经典的束缚；幻想过做官，但枯槁的秩序容不下他的鲜活。李渔太超前了，超前了至少数百年。他不像戏里的人物往往抱负天下，怀才不遇。他摒弃了士子功名，逾越了常规正轨，活在传奇戏曲的起承转合里。他批阅《三国志》，改定《金瓶梅》，极盛时期的得意之作是游戏之作，艳俗而露骨，像是一个出格的玩笑。他只写喜剧："唯我填词不卖愁，一夫不笑是吾忧"。他愉悦了社会，自己也活得像神仙。或者反过来，他活得像神仙，同时愉悦了全社会。他因此颇为自得："士子虽多有经天纬地之才，如无登天之卷，又何以为？"他本身就是一部传奇，一场喜剧，一处让人啧啧称羡的园林。他一世如仙侣，几曾是笠翁？像是真的应验了他最早名号"仙侣""谪凡""天徒"对他人生的预定。这是他个人的命运，也是中国近代文明的一个必然。

然而，李渔最终还是没能避免黯淡的谢幕。

他太成功了，成功得让他影响有多么深广，受到的嫉恨就有多么深广。进入人生和事业的巅峰，也就陷入了人性的泥淖。诽谤和谣言一直如影随形，靠笔墨立身的李渔一直忍气吞声。以他的社会地位，他只能出卖才华，无能伤害他人。他从来只想活好自己，无意与任何人对立。他笔下的人性是一种美丽的风景，他不想弄脏。

李渔名利兼具，却不是市井俗人。终老之年，他不声不响地踏上回归之路。多年的好友在他的手上写了八个小字：才高招嫉，物极必反。

终于到了这个凌晨——古稀之年，人生冬日，大雪纷飞，一代风月主人风流一生的风光溘然偃息。

他最后的乐土是倾尽心力建成的层园。园林缘山而筑，"湖上笠翁"坐卧之间皆可饱览湖山："繁冗驱人，旧业尽抛尘市里；湖山招我，全家移入画图中。"

层园失去了最初的主人，并且最终会在腐朽中失去最初的生命。而赋予它生命的人，却不会随之消失。他一生创造的那些数量可观的无形建筑会比所有他曾拥有的有形建筑活得长远得多。

大作家的视角

郁达夫先生是现代文学史上有重要影响的作家。我的阅读有限，凡是读到过的他的文字，都给我留下了深刻印象。在他的《春风沉醉的夜晚》，我感受到他的自怜与怜人，在他的"曾因酒醉鞭名马，生怕多情累美人"里，我欣赏到他的放达与性情。不久前，应浙江朋友之邀访永康的方岩山，读到他的《方岩纪静》，更是受到莫大教益。

一九三三年四月，先生徙居杭州。杭州与西湖，曾是多少士夫文人的向往。然而，客居杭州小半年的先生却现出精神的郁闷。似乎山水过剩的绮丽，与其气质并不相符。"来杭枯住日久，正想乘这秋高气爽的暇时，出去转换转换空气"，得到朋友相约的良机，"自然不肯轻易放过。"

是年十一月，先生有了方岩之行。十二月，在《申报》"自由谈"栏目，发表了《方岩纪静》。

我的这次方岩之行，是在八十六年之后，很是高兴，不仅仅是因为可以一睹为先生所激赏的方岩之胜，更重要的是可以实地领教先生之所以激赏方岩之胜的缘由。

方岩在永康城外二十余里，是具有地标性质的浙中名山。峰险石怪，瀑美洞奇，历代名人寻幽访胜络绎不绝。

那天午后，日光盛炽。我离开同行的大队，独自沿着先生游历的路线，由罗汉洞拾级而上，直奔方岩巅顶。

方岩山是丹霞地貌特征最明显、发育最完全者。数百米高的奇特山岩平地拔起，方圆数千米，峰顶与峰脚面积相差无几，四面如削，峥嵘壁立，俨如撑天方柱，峰顶平切，林木葳蕤。远望如雄伟城堡，气势非凡。

然而方岩山之出名，一因胡公，二因五峰书院。

胡公名则，永康人，少时曾于方岩读书，因为做官时奏请朝廷免了衢婺二州的人头税，被百姓奉为傩神，立庙祀之。先生到方岩的头天，见到庙里的戏台在演敬神的社戏，"台前簇拥着许多老幼男女，各流着些被感动了的随喜之泪"；又因为在传说中胡公时显灵异，故"一年四季，方岩香火不绝……朝山进香者，络绎于四方数百里的途上"。

胡公祠居于岩顶，宏阔高大。殿堂中官衣官帽的胡公塑像，从地面直耸屋顶。因胡公祠而起的街市，鳞次栉比。

先生在记录这些之后写道："许多房顶，在蒙胡公的福荫；一人成佛，鸡犬都仙，原是中国的旧例。"

方岩另一面有五峰书院："北面数峰，远近环拱，至西面而南偏，绝壁千丈，成了一条上突下缩的倒覆危墙。危墙腰下，离地约二三丈的地方，墙脚忽而不见，形成大洞，似巨怪之张口，口腔上下，都是石壁。""丽泽祠，学易斋，就建筑在这巨口的上下腭之间，不施椽瓦，而风雨莫及，冬暖夏凉，而红尘不到。"

睿智的先生因而议论风生："一般宋儒的每喜利用山洞或风景幽丽的地方作讲堂，推其本意，大约总也在想借了自然的威力来压制人欲的缘故；不看金华的山水，这种宋儒的苦心是猜不出来的。"

大作家的文字满是揶揄，其旨趣显然不在这些庸俗的地方。大作家之所以"大"，阅世论事的独到和深刻，是主要的因素之一。在《方岩纪静》中，先生明确声明："我们的不远千里，必欲至方岩一看的原因，却在它的山水的幽静灵秀，完全与别种山峰不同的地方。"

先生"立在五峰书院的楼上，只听得见四周飞瀑的清音，仰视天小，鸟飞不渡，对视五峰，青紫无言，向东展望，略见白云远树，浮漾在楔形阔处的空中。一种幽静，清新，伟大的感觉，自然而然地袭向人来。"

《方岩纪静》用一个"静"字，注释了方岩的神韵。"纪"的是自然之美。"天地有大美而不言"（庄子《知北游》），此之谓"静"。

"晋人向外发现了自然，向内发现了自己的深情。"（宗白华《论"世说新语"和晋人的美》）。自然之美与人的精神因素结合，显示为对于人有意义的"美"。自然之美的发现，乃是一种精神创造。

亲近自然，体悟自然，实现人与自然的和谐，超越俗世的荣辱与利害，乃是一种从容的、自如的和富于诗意的生命姿态。

这便是大作家的视角，也是我读《方岩纪静》并游历方岩得到的最大收获。

（附注：文中引文未标明出处者均出自《方岩纪静》。）

第四辑

闲话线聊

不久前与北京作家朱君结伴走访岭南。他对当地的文化遗存甚感兴趣，搜集了大量古砖般硕大厚重的文史资料。相形于我的每到一地都是走马观花、心不在焉、临了不携片纸的散漫懒惰，用心用功之深，使我知道什么样才是真正的读书种子！朱君热衷文史，多有专攻，回京后，从微信给我发来新近在《北京晚报》发表的《孔子后裔的结局》一文，让我知道了许多先前不知道的事情。

岭南行前，朱君曾为他主持的刊物约稿：

> 兄这么多年客居岭南，过中秋节有无感慨，会思乡否？习惯当地习俗吗？我杂志九月搞主题策划"月是故乡明"，兄有无兴趣写文？可长可短，悉听尊便。

我未便直接谢绝，委婉回复：

> 我写过一个中篇小说，标题《没有故乡》，题记"我在哪里，那里就是我的故乡"。写的就是我自己的故乡观。我可能天性有点叛逆，不想受"家国""姓氏"之类

的任何拘束。发了这么多年拙文，你应该看得出来，我极厌恶各类旧学旧习，常是率性而为，只要自己可以决定，就尽可能远离世事。拨弄文字，不过是怡情而已。

少年下乡，独立谋生，偶有酒肉便是过节，雨雪停工便是放假，对任何土节洋节均无感觉，也从不过生日。至于想家思亲，则是日日功课。半夜醒来，床前明月光，即刻泪满眶，哪里会"每逢佳节"才"倍思亲"。习俗的种种讲究，因此淡薄，也因此淡薄了传统本身。

朱君大作《孔子后裔的结局》一如既往考据严密，但因为跟圣人的距离实在太过遥远，我对孔家的事不怎么上心：

拜读。福也孔圣，祸也孔圣。何如布衣，荒草一冢。

又补了一句：

中国古圣，我崇拜庄周。

没想到朱君也是极尊崇庄子的：

二千年大儒前仆后继，庄周只有这一个。儒多而庄子无可比拟！庄子的文采是所有儒者不可比的，历来才人可以不读儒，但不可以不读庄。

谈论国学，远超我的知识范围。朱君一旦较真，我绝对无法应对。于是翻出《孔子后裔的结局》一文中提到的孔尚任名作《桃花扇》，从里面抄了一段唱词打岔：

> 白门弱柳许谁攀，
> 文酒笙歌俱等闲。
> 惟有美人称妙计，
> 凭君买黛画春山。

我的意思很明白：别说学问了，还是说说"美人""春山"比较轻松。

朱君以为是我的"大作"，回复连点了三个赞。

我赶紧发过去一个憨笑表情：

> 是《桃花扇》的唱词。

之前因为羡慕朱君的旧体诗，起过拜师的念头，想想自己的不肯吃苦，终是作罢，只好拿古人装门面。

清初诗人孔尚任因讲经受到谒孔庙的康熙称赏，由秀才成为国子监博士。其间创作了《桃花扇》，与洪昇的《长生殿》"为一时双璧"，并称"南洪北孔"，为康熙时期的文坛双星。名家学者的评价高得不能再高："代表了中国古代历史剧作的最高成就，也是世界文化宝库中的瑰宝奇葩""……往昔之汤临川，近今之李笠翁，皆非敌手……"（清·刘中柱《桃花扇题辞》）"……窃谓孔云亭《桃花扇》冠绝千古矣！"（梁启超《小说丛话》）

可惜小时候没钱看戏，成年后又无此雅好，无缘领略，只大抵知道《桃花扇》演义的是男女的悲欢离合。心里颇多疑惑：通俗作家"李笠翁"就不去说他了（我对李渔也是佩服得五体投地的），名家学者们不是公推过敝同乡"汤临川"是"东方莎士比亚"吗？更早前的关汉卿不是连外国人也说是"第一流的伟大戏剧大家"吗？（《法国拉鲁斯大百科全书》）更让我难免腹诽的是，有注重名节的前朝遗老父亲在先，孔尚任依然入仕了康熙朝。被历代钦定可以德化天下的儒学不是讲究"贫贱不能移，富贵不能淫，威武不能屈"的吗？如果连自己的嫡系后世都不能坚守，又谈何德化天下呢？

因为《八大山人传》的写作，我对清初那段史实略知一二。明灭之后，除了南明小朝廷的胡闹，社会上还是多有志士奋起抗清，悲壮卓绝。与孔尚任同时代的杰出画家八大山人，对作为宗室后裔逃禅避祸、"累累如丧家之犬"，是深感愧疚的，一生中曾用多方印章自谴自责。半百之后还从善待他的地方官员衙门佯狂还俗，宁可流落民间乞讨为生。

当然，我这是站着说话不腰疼，有一点苛求古人了。在时代的巨变面前，个人是太渺小了。气贯长虹的英雄义士，自然令人崇敬，但那些存有做人的起码良知，不卑鄙，不损人，不卖友求荣，依靠自己的才华安身立命者，即便怎样的"精致"，别人似乎也无可厚非。

况且，孔尚任在《桃花扇》里塑造的李香君身为歌妓却不畏强权，令所有男角逊色，是不是也透露了作者某种难言的心理？

探究《桃花扇》的人物塑造，微信无法承担，只能长话短说。因为朱君对我的不通格律颇为体谅，再三说意思到了就行，格律并不重要，我也便不惮糟蹋斯文，为求文字简短，干脆照格律诗的样子写成分行文字，大言不惭"戏步孔尚任《桃花扇》唱词韵"：

> 豪门高台谁不攀，
> 皓首穷经只等闲。
> 逍遥唯有漆园吏，
> 吸风饮露在神山。

"二千年大儒前仆后继"，无数人苦读寒窗，只为一旦出头，可以把一肚子经史子集货与帝王家，从此攀上豪门高台。正因此，庄周自外于如潮如涌的禄蠹，甘于贫贱，甘于寂寞，独与天地精神往来，才如同藐姑射之山的神人（《庄子·逍遥游》），显得那么高贵。

因又想起 1998 年山东朋友热心领我访曲阜。那天下午只有我们几个闲人，斜阳清冷，寒鸦寥落，殿阙空寂，正可以凝神朝圣。我却像有狗咬脚跟似的，孔府、孔庙、孔林，皆一掠而过，令朋友不解。从小处在社会底层，草根意识浓厚，我对权贵有一种天然的隔膜。上世纪八十年代初在京进修半年，难却朋友邀请的盛情参观故宫，从后门不足一小时就鼠窜出前门。

根器浅薄，尤乏耐心，不好读书，更不求甚解，凡事浅尝辄止。这是我至今不能成器的一个原因：

> 大成殿前懒登攀，
> 至圣先师空自闲。
> 一介乡塾足可敬，

何必旌表满坟山。

想想这类打油诗幼稚肤浅，没必要继续丢人现眼，于是说：

本想一气胡诌十首，恐让人见笑，打住。

朱君很是理解：

兄是性情中人。高屋纵论，会警醒于我，有助思索。

因为缺乏教养，我说话口无遮拦，话里话外总有一种不自觉的自负甚至狂妄，让旁人觉得受了轻视甚至贬低，常常得罪了同行而不知。不论事后如何懊悔自省，到时候口舌还是不争气。耿介书生朱君将此认作"性情"，自然是对我的宽容。不过，对于"圣人"，我的确没有轻薄的意思。恰恰相反，读孔子学生们辑录的《论语》，我觉得孔老夫子就是一位和善的乡塾先生。只要不想当科学家，上他的课应该比较轻松，没有让人头疼的数理化。只要听话，做乖孩子，就一定是好学生。他的生活方式不一定值得仿效，但极有风格：有血有肉，有声有色；有学问有修养，有原则有脾气；好问多思，也乐于分享；喜欢音乐，也讲究吃穿；爱恨分明，不免刻薄；幽默风趣，常常自嘲。他和我身边许多有智慧的上年纪的素人一样可敬可爱。并不是颜回说的"仰之弥高，钻之弥坚，瞻之在前，忽焉在后"那样神秘，更不是后人依照自己的需要塑造出来的一个面目可憎的教师爷和刻板的文化符号。

"孔子在封建时代被尊为'大成至圣先师'，其后裔在历朝历代也被赐爵封公，并且世袭相承，号称'文官之首'。明清时期，'衍圣公'（孔子后裔的爵号）可以在紫禁城内骑马，与皇帝并行。除了山东曲阜有'衍圣公府'，北京也有其官邸……"

然而，"尽管孔子后裔号称'天下第一家'，但并非人人都显赫。"

孔尚任是孔子六十四代孙，历时九年写成、定稿用了二十年的《桃花扇》，上至内廷王公下至缙绅士子，广为传抄，轰动京门，"时有纸贵之誉"。尽管他一度受康熙青睐，但"据说康熙帝曾连夜遣人向孔尚任索取稿本，'御览'之后"，仍然"旋被罢官"。《桃花扇》"借离合之情，写兴亡之感"，精明的康熙岂能嗅不出味儿来？

还有更倒霉的。孔子第六十九代孙孔继涑，因为皇宫中有人夜观星象，算到他要篡真龙天子的皇位，乾隆便立即派人抄家。终至客死异乡；其胞兄孔继汾十四岁成为贡生，任过国子监中书、军机处行走等职，因为一句"于区区复古之心"，罹文字狱之祸，死在充军路上。

上述引文和故实，皆见于朱君《孔子后裔的结局》。朱君对于孔氏家族的历史境遇，是有清醒认识的。

事实上帝王们压根就看不起洋洋自得的"儒"们，不管抬得多么高，赐了多么堂皇的封号，乃至可以"并行"，骨子里只不过把他们当作随意驱遣的走狗奴才亦即"犬儒"罢了，而且最得宠、离得最近的往往死得最惨。许多自命不凡的"儒"动辄以"犬儒"冠人，却不知自己并不例外。

孔学作为先秦诸子百家之一，当然是一种学问。尽管从一开始就有"大道废有仁义，智慧出有大伪"（《老子》第十八章）、往往导致假仁假义的诟病，一直以来，认为儒家的仁义很功利，"仁"是桎梏人性的枷锁，儒家文化不是实学，只是维护社会秩序的价值体系，培养出来的人毫无逻辑创造才能的议论也不绝于耳，等等，但用作个人修为，似乎也不无裨益：只要做得像那么回事，大概率不至于吃亏。一旦"至圣"，就难以亲近了。

相比儒生的进取，我倾向庄生的超脱。适有外省两位朋友来微信，一怒一喜。怒者年轻时因小说获奖，从基层作者最终成为省级文化官员。退休多年后又将新作送交评奖，落榜，气不打一处来。喜者告知近日被委以当地文艺社团职务，有关领导指示："平时不必坐班，大会挂名坐台。"

我即复信，对怒者加以劝慰，本想说"为老不尊，自取其辱"，怕对方不能接受这样的打趣，改写了四句打油诗：

老来最忌贪，
心态宜平衡。
名利三亩地，
留与子孙耕。

对喜者自然是祝贺：

坐台不坐班，
用名不用功。
心出三界外，
身在五行中。

一个文人果真能这样活着，不啻是一种福气。

（附注："线话"，线上交流的意思。因为意犹未尽，将三言两语敷衍成文。）

自行车咏叹

上世纪八十年代初，我所在的县属单位取消公用自行车，作价处理给个人，需要的就抓阄。我抓到的一辆作价十块钱——其实那也不算太便宜，我当时的月工资三十五元。但我很快乐，我也拥有了私家车，成了有车族。

那是一辆"永久"牌自行车，车架子很结实。只要把破胎补好，把缺失的车辐补齐，换掉磨损的刹车皮，齿轮和链条上油，就足以照骑不误。车铃铛锈死了，不响，干脆卸掉，反正我骑车也不按铃。我做不了大事，车技一流。下乡出差，路上没有交警，我就双手脱把，奔驰如飞。小镇集市人那么挤，我骑着车像鱼一样在人流里钻来钻去。

这辆车一直跟着我回到省城。

送儿子上幼儿园，拉液化气罐，都要穿过大半个城市。

这辆车载着我小小的幸福。

编辑朋友远道来组稿，火车误点五小时，凌晨两点才到站。等了大半夜，终于见面，两个人都兴奋不已。他横抱着在沿海城市买的双卡收录机，跃上自行车后座。我们在寂静的大街上肆无忌惮地欢声笑语，横冲直撞。

这辆车载着我浓浓的友情。

上幼儿园的儿子喜欢坐前杠。偶有一次，我感冒痰急，随口啐在地上。儿子立刻扭回头盯住我：爸，你怎么可以这样？老师说了，不可以随地吐痰！

这辆车载着我大大的尴尬。

特区方兴，想去搜集写作素材，又囊中羞涩，打主意借住省里一单位在特区的办事处，免去住宿费。行前请一位担任了省级领导的朋友给那单位的头打了招呼，我再去当面说明原委。大雨中到了那单位，自行车被拦住，先在门卫处登记，然后进大楼，问清单位头儿的办公室，小心把雨披留在门外，进去，恭恭敬敬自我介绍。对方正埋首阅文，抬首问：怎么来的？我答：骑车。对方复埋首阅文。

良久，我看他再没有抬头的意思，只得悄然退出。出门前我一直期待他会在身后喊住我。没有。骑上自行车在大雨中返回单位的时候，我莫名地有一丝遗憾——不是为我的自取其辱，而是为他的不再抬头，他本来是可以多少表现出起码的教养的。

事后我告知当省级领导的朋友，朋友哈哈大笑：你的事坏就坏在那辆破车上！你这么聪明个人，就不知道让你们单位的小车送一趟，让他以为你跟他一个级别吗？我大不以为然：那我不成骗子了吗？

这辆车载着我深深的骄傲。

然而，这辆车也载着我的莽撞。因为这莽撞，差点闹出人命。

早年和我一块去外地农场务农的初中同学，想要调到省城郊区农场。我用自行车载他去那个农场找关系。他腿长，坐后座得老提着，避免蹭地。我让他坐到前杠，也方便说话。接近农场，尽是丘陵。沙子路在丘陵上起伏。下坡和上坡都不得不下车步行。

我烦了，在一个高坡上，让他上车，然后跨上车座，用心带着车刹，顺坡下溜。没有想到刹车皮突然崩了，失去车刹的车子猛然向幽深的山凹直扎下去。

那个下坡很陡很陡，又很长很长，似乎没有尽头。公路两边，数丈以下是水田。停车完全没有可能。车子一旦翻倒，明年今日便是忌日了。我唯一能做的是低着头，咬紧牙关，握紧车把，听任越来越疯狂的车子飞驰而下。耳边"嘶嘶"响着风的叫嚣，眼前"唰唰"闪过墨黑的车轮、煞白的沙子路，以及恍惚中阎王爷的狞笑。同学转身死死抱住我的腰，脸紧贴住我的胸口，等待命运的判决。

车子终于到了坡下，因为惯性，往前面的上坡冲了一段，停下。

一场惊心动魄的生死劫总算结束。从鬼门关回来的我和同学瘫倒在路边，仰面看着蓝天白云，知道自己还活在这个有昼有夜、有风有雨、有冷有热、有花有果的世上，不知想哭还是想笑。

我终于不能不接受一个结果：该与这辆"永久"永别了。回家的第二天，我看着收废品的人一边嘲笑"这样的烂车也有人骑"，一边很不屑地把车子扔上板车，一阵刺痛钻心。

这辆车载着我酸甜苦辣的一段人生。

儿子成家立业后，攒钱买了小车。偶尔我搭车，感觉自然是颇为享受，但那辆自行车曾经带给内心的那么强烈、那么深刻的激动，却没有了。

神 像

　　小时候，父亲一到假日就领着我到处逛，有一次我刚跨过齐膝的庙门，就被一屋子又高又大的神像吓得"哇哇"大叫。长大了，零零星星看了几页明清小说，更是对各种大大小小的宗教场所心怀疑惧。为了解惑，在大学特地选修了佛学，知道佛教跟所有林林总总、五花八门、汗牛充栋的理论一样，不过就是一种思维的结果，也就释然了。

　　此后，每当参观宗教场所，我总是站在外面等着同伴。那年在据说是极灵验的山西双林寺外等得太久，我忍不住说了句很难听的话，一位作家面色发白，厉声制止：你这样会得罪菩萨的。

　　我很不以为然：不是说菩萨慈悲为怀吗？这么一点不敬就要报复，与常人何异？

　　作家邓刚跟我讲过一件他亲见的事：一位老僧蹲在庙外，身边一孩子问一妇人：小姨家那么穷，还送那么多钱给菩萨，菩萨真能保证她生儿子吗？若是不能，那她不是犯傻吗？那妇人怪孩子胡言乱语，劈头便打。一直石头般蹲着的老僧忽然说：这位大姐，你错了，这孩子对了。

　　道理其实很简单，比如常在媒体上看到的贪官为消祸免灾"烧头香"、暗中给寺庙巨额"捐款"之类，果真灵验，菩萨岂不是贪官的同谋？

这些年忽然发现信佛似乎成了一种时髦。一帮人一旦坐下，必有一二男女声称已皈依佛门，伸出手腕，指着那串木头的或石头的珠子说在哪座宝光大刹开了光，自己被哪位大德高僧收为了弟子，等等。倘有人问他或她"般若波罗蜜多"是什么意思，则张口结舌。

各人有各人的兴趣，别人没必要多嘴。每次遇到这种场合，我立即起身走开。在我看来，即便信佛，信的也该是佛经佛义。所谓皈依，是皈依佛，皈依佛的宗旨，而不是对某座寺庙甚至某个僧人的人身依附。"宗教"不过是以"宗""教"之，"宗"即"宗旨"；"和尚"不过是"教师"的意思，即帮助信徒了解"佛"的伺佛人，并不是佛的代表，更不是佛本身。信徒们以礼佛的名义，给寺庙捐献钱财，僧人以之维持寺庙和僧众的生存，同时给社会某种积极回报，所谓"安僧利生"，多少说得过去，要求所有僧人都像当年的百丈禅师戒律的那样"农耕并重""一日不作一日不食"显然是不现实的。但打着佛的旗号以各种方式敛财，像俗世的富豪一样锦衣香车，招摇过市，这就很难说是"伺佛"，而是利用佛的名义制造迷信，控制思想，进而牟利罢了，与佛其实风马牛不相及。握有某种权力的人常常把人们对权力的崇拜当成对权力拥有者的崇拜。西方和东方某些从事神职的人，以上帝和佛的代言人自居，甚至利用世俗社会中的愚蠢，直接就把自己当成了上帝和佛。这样的"高僧"又有什么可"皈依"的呢？"皈依"了，又有什么可自得的呢？如果一定要讲"修行"，最可靠的"法门"也是亲自验证。当一个人说他皈依了某寺某法师，他其实就在囚笼中了。所有的宗教信念、教条和仪式，都意在改变他人、取消他人体验自己内在精神的可能性。将"信佛"作为一种时髦加以炫耀，不过是一种蒙昧的虚荣，与声称"四大皆空"的佛门又何缘之有呢？

作为一个局外人，我对佛教的认知极其有限，从来没有在哪里看到过、听说过释迦牟尼自封为佛。所谓"佛"，梵语的意思是"觉者"，即"有觉悟的人"。觉悟乃是人的常态，并不是要"达到"的某种目标，恰恰是依据自己内在的力量从任何外界的教条中脱离出来。以某种"目标"诱导人是一种古老的诡计。释迦摩尼临终再三吩咐："我什么法都没有留下！我什么都没有说过！"他希望人们分享的是"感觉"，再三强调"放下""灭度"，让人放弃对所谓"佛"的"执迷"；他生前放弃了王宫，在恒河边的菩提树下静思，背离的正是一切物质形态的浮华。而世人把庙宇越造越堂皇，把佛像越造越高大，不过是为了制造偶像崇拜，愚弄和恐吓信众，完全是对释迦牟尼的背道而驰。而信众对寺庙、菩萨和"高僧"的迷信，伺佛者从迷信人群手中掠取钱财之类末法乱象，更只能损害佛的声誉。此所谓"灭佛者，佛也"。

在网上见到某位被媒体热捧的明星"高僧"的教训，说"人最大的迷妄是不知有来生"。作为对佛的理解，对所谓"来生"的追究，本身就是一种迷妄。凡人诸善奉行、诸恶不作就是"极乐世界"。从这个意义上说，"来生"就是"此生"，"彼岸"就是"此岸"。即便讲"成佛"，成的也是谁都可以理解的普通人。所谓"佛"，不过是一种觉悟，一种透彻，一种智慧，"佛"就是自己，就是自己的生活。每个人都可以是"佛"。一个人在心理上不依赖任何人、任何环境，不轻易接受未经自己探索和理解的某种"真理"，觉悟了自己的生活，那就是"佛"。

收　藏

　　有几年收藏热大兴，文坛也蔚然成风。收入不错的展示、鉴别、比较、评判各自收藏的玉器、珠宝、红木、书画；收入有限的翻出多年从多种场合获得的伟人和大师签名的信封、折扇，乃至餐桌上的菜单。起初我以为只是一种闲情逸致，好玩而已，后来才知道当事者是很认真的：说不定哪年花五毛钱从乡下人手里买的一个小酒盅，有一天会在拍卖会上拍出五十万元。而且，这类预期最终兑现的例子还真不少。早年去云南采风，一位同行当时以八百元购得的一个玉质小挂件，而今的价格已在百倍以上了。一位海南的同行某年用几万元收得的一张花梨木床，而今有人私下以一百五十万元求购而他坚不撒手。一位官员藏家开导说：收藏是财产保值的最佳方式！

　　又由收藏派生出鉴宝。不止一位同行因为投身鉴宝且专业精进，以至今日人们只知有鉴宝专家某人，而不知曾有作家某人，由鉴宝而获得的收入自然也是可观，一改往昔爬格子赚稿费的困窘。让人为之高兴。

　　君子爱财，取之有道。追求财富，是人的正当权利。但也许因为不在道中，我的认识总是倾向于消极，**看到的多是负面**。

　　单位一同事，平生最爱者有二，一是娇妻，二是收藏。两口子把温饱之需以外的开支，都交给了古玩市场。为了开我眼界，他再三邀我去他府上。本来就极逼仄的两室一厅，所有的门窗都扎着密实的铁栅，拉着厚重的窗帘，除了床和饭桌，凡能搁东西的地方，都被锈迹斑斑、泥痕累累的各种坛坛罐罐塞满，幽暗的屋子里浮荡着阴沉腐朽的气息，很憋闷，让我觉得下了古墓。礼貌地应付了一会，赶紧告辞，心里有种说不出的不祥。几年后，忽然听说这位同事的娇妻病故，这位同事自己也身染重疾。不敢将其病因与其收藏相联系，但长期过度的节衣缩食不利身体健康是可以肯定的。

这位同事在泱泱藏家中自然属于草芥，不足为训。而海南同行那样的收藏大家，前些时也从网上看到他遭绑票幸被警方解救的消息。忽然想起老子老早说过的话："甚爱必大费，多藏必厚亡。"怪吓人的。

有一次与几位爱好收藏的同行相聚，我以上述例子证明：收藏是福，亦是祸。与其惹来那么大的麻烦，何如我这样一身轻松，出门不怕绑票，家里不忧失窃。财产多了是负担，灵车没有行李架。当然，带不走可以留给后代。但如果后代要靠变卖遗产度日，那岂不是家门不幸？如果后代活得根本可以不打遗产的主意，那遗产又有何用？

一阵沉默后，云南作协主席黄尧兄说，世旭说的也是收藏的道理，不过是另一种道理。

这话说到了我心里。处在一种以财富为尚的世态，一个不具备攀上财富高峰所需资质的人，所能依靠的也只有这样的"另一种道理"了。

茶

茶成为举国之饮，文人颇有功劳。

唐朝元稹有首一至七字《茶》诗："茶，香叶，嫩芽。慕诗客，爱僧家。碾雕白玉，罗织红纱。铫煎黄蕊色，碗转麴尘花。夜后邀陪明月，晨前命对朝霞。洗尽古今人不倦，将知醉后岂堪夸。"对茶的特点、加工、烹煮、饮用、功效作了全面概括。李白、刘禹锡、白居易、孟浩然这类旷世酒徒，也遗有诸多茶诗，直接间接地几乎涉及茶叶作为产业和文化的所有方面：

"倚溪侵岭多高树"（杜牧），"尧市人稀紫笋多"（释皎然），"春桥悬酒幔，夜栅集茶樯"（许浑），"三军江口拥双旌……水门向晚茶商闹"（王建），"商人重利轻别离，前月浮梁买茶去"（白居易），讲的是茶叶的收购、运输、贸易，使荒野变成繁荣的集市，军营变成茶樯林立、茶商喧闹的商埠，使商人抛下哀怨，令大诗人泪湿青衫的妇人；"牡丹花笑金钿动，传奏湖州紫笋来"（张文规），"动生千金费"，"所献愈艰勤"（袁高），讲的是宫廷贡焙；"圆似月魂堕，轻如云魄起"（皮日休），讲的是从一般饮具炊器中独立形成起来的茶具，不再是早期"或吟诗一章，或饮茶一碗"那样的平常饭碗或汤碗；"茗爱传花饮，诗看卷素裁。风流高此会，晚景屡裴回"（释皎然），讲的是由客坐敬茶而兴起的茶集、茶宴、茶会以及有明确目的和主题的社交活动。鲍君徽、王昌龄、钱起、李嘉祐都详细描写过这种饮茶礼仪。

"或饮一瓯茶,或吟两句诗……此日不自适,何时是适时"(白居易),"空堂坐相忆,酌茗聊代醉"(孟浩然),"水淡发茶香……钟声振夕阳"(刘得仁),"罢定馨敲松罅月,解眠茶煮石根泉"(杜荀鹤)……《全唐诗》凡提及茶事的诗词中,诗人们在寺院饮茶的篇什,竟占到总数的十之近二。很显然,唐代上至帝王将相,下至乡闾庶民,茶已成为"比屋之饮"。

丰富多彩的茶诗"通道复通玄,名留四海传"(吕岩),极大地开拓和提高了茶的精神意义,使饮茶从单纯的口舌之乐升华为高雅的文化享受,成为艺术和哲学。

茶与酒同为国饮,却质性殊异:酒易乱性,茶为养性;饮酒尽可豪放,人皆呼作英雄,饮茶则宜细致,否则难免遭"牛饮"之讥;醉酒固然造就了大诗人,也惹出了许多麻烦,有"醉茶"之说,却没有听说过醉了茶在茶楼像醉酒的宋江那样题反诗的。某种意义上可以说,茶的"参百品而不混,越众饮而独高"正对了文人们清高自命的胃口。唐人认为,茶之为道,在"和、清、敬、寂"四字,这成为后来日本茶道的要义。也因此,西人认为茶"是东方赐予西方的最好礼物"。

随着茶业的空前繁荣,各地各类花样百出的茶叶名牌浩如烟海,皇家贡品,高官专宠,专家推荐,声势的煊赫、品质和功效的神奇说明,让人选不胜选,因而也就事实上无从可选。据说在富裕阶层,茶叶的豪赌竟成风尚。

我认识的同行中,颇有几位高品位的茶博士,我因为愚钝,又因为远没有茶非极品不饮的能力,因此无从入流。但我并不因此就灰溜溜的。因为：一、对我来说，喝茶喝水，都只为解渴，是茶水，还是白水，一律牛饮；二、以我的经验，茶好不好，与品位高低关系不大，还是自己的嘴巴更信得过。

那年我与一帮县乡文友在人烟稀少的幕阜山中涉深涧，越索桥，惊心动魄地徒步旅行。饥渴难耐时，忽听白云深处有人歌唱，细听是唤远来的我们歇脚。我们奋力攀登，见一小村，一众村民欢欣鼓舞，称此间几十年连乡干部也不曾来过。我们由此喝到自认是此生最好的茶：粗瓷大碗，盛爆炒芝麻黄豆，盐渍姜末菊花；大叶野茶，无名无姓无包装；清澈山泉，松木烧沸，滚水冲泡，色若琥珀，香若初蕾，醇厚如读古书，通透直穿心脾。正所谓"清水高峰，出云吐雾……饱山岚之气，沐日月之精，得烟霞之霭"（《清水岩志》），"饮之不觉两腋风生"，佐以农家小点，一干人不禁敞怀大呼：天下至茗，莫过于此！

至少在饮食上，皇家、高官和专家的喜好未必就必须是草民百姓的喜好，这样说并非排斥皇家、高官和专家的喜好，而是以为各人自可有各人的选择。

野茶不入市井，遑论庙堂：自生自长，得天地精华，无污染之虞；或荣或谢，怡然自在，无邀宠之虑；山民采之，自制自饮，无赢利之欲，虽无名分，但不必提心吊胆。可谓神物。养在深闺人未识，也许是一种遗憾，但正因此，混浊的时世葆有了一份本真，让有幸见识的人激赏恨晚，从此怀念终生。

这次饮茶经历，让我有两点感悟：一、世上最有名的固然不乏最好的，然最好的却未必是最有名的；二、世上最珍贵的常常是无价的，凡有价的其价值都是有限的。

酒

　　某年《人民文学》与茅台酒厂洽谈合作事宜，约了文坛大家蒋子龙等几位名作家同往。我因为好酒，也被照顾上了。

　　下农场的第二年初春，挖渠时扭伤了背脊，在一家专治跌打的乡村医院住了一个月，每天推拿之外，要服药酒。一个月后，一大碗烧酒我毫不费事就一饮而尽。背伤痊愈之日，是我成酒鬼之时。有一年冬天帮工做屋，东家管饭。土酿谷酒，木甑、柴灶、纯谷，糟香数里外可闻，滴酒入喉如火而回甘如饴。我尽兴豪饮，半夜大呼小叫而去。次日天亮，发现自己躺在堤坝外一个结了冰凌的水塘里。醉酒是我生活中的常事。最大的遗憾是止步于酒鬼而不能成为李白那样的酒仙。

　　中国是世界三大酒国之一，甲骨文和金文都有"酒"字。先秦古籍完全与酒无涉的甚少。从《春秋》起，历朝历代正史记载了无数大事，也记载了无数酒故事。造酒最早扯到了猿猴："粤西平乐等府，山中多猿，善采百花酿酒。樵子入山，得其巢穴者，其酒多至数石。饮之，香美异常，名曰猿酒。"（《清稗类钞·粤西偶记》）甚至干脆就是"天有酒星，酒之作也"。

　　人类喜欢酒是显然的。因为酒的好处太多了。人因为酒，可以燃烧，可以冷酷；可以缠绵，可以毒辣；可以柔若丝绸，可以锐若利刀；可以放歌，可以恸哭；可以多情，可以杀戮；可以旷达放荡，可以舍生取义；可以翱翔于长空，可以沉沦于深渊。可以弃利禄，忘荣辱，合天人，齐生死。所谓"壶里乾坤大，酒中日月长"。有了酒，便可以褪下一切伪装，使身心毕露，"乘物而游"（庄子），获得一个绝对自由的时空。魏晋第一醉鬼刘伶的《酒德颂》写道："有大人先生，以天地为一朝，以万期为须臾，日月为扃牖，八荒为庭衢……幕天席地，纵意所如……兀然而醉，豁尔而醒，静听不闻雷霆之声，熟视不睹泰山之形。不觉寒暑之切肌，利欲之感情。俯观万物，扰扰焉如江汉之载浮萍。"以至于"以宇宙为狭"。

酒尤其有惠于艺术。一部文艺史，就是一部酒神舞蹈的历史。酒神在艺术殿堂的出没，使艺术之神心旌动摇，如痴如狂。醉酒使艺术家解脱束缚获得最佳创造力。对于浪漫的文艺家，酒的诱惑无可拒绝。尤其诗、书、画，几乎所有登峰造极之作的产生都与酒有缘，酒醉而成传世之作的例子在文艺史中俯首可拾。

以葡萄种植业和酿酒业之神狄奥尼苏斯为象征的酒神精神，"喻示着情绪的发泄，是抛弃传统束缚回归原始状态的生存体验，人类在消失个体与世界合一的绝望痛苦的哀号中获得生的极大快意"（尼采）。

然而这次茅台之行，我却很让人失望。听着一桌人从外交国宴说到权贵收藏，从万国博览说到股票飙升，我忽然酒兴全无，主人致辞后我礼貌地抿了一小口就再不喝了。同座帮我解释：茅台是酱香型的，有人喝不习惯。我默然作认可状。其实我是好久后才知道酒有酱香、浓香、清香云云的。

喝了多年的酒，我对酒的所谓档次始终没有感觉。从来没有因为某种酒名气如何吓人，价格如何昂贵，包装如何豪华，广告如何诱人而觉得它多么有滋味。在我的经验中，酒好不好，起决定作用的是它固有的品质。只要绝对没掺假，不管有名没名，于我都是玉液琼浆。从根本上说，酒的主要成分就是乙醇，无非就是一种喝了会面红耳热、心跳加速、想入非非的液体，首先作用的就是感官，对于类似我这样的草根酒徒，基本不发生心理上的作用，不可能一上酒桌就像高等人那样摆谱，豪迈宣称"非茅台不喝"。遇到愁事了，借酒浇愁；遇到喜事了，借酒助兴；什么事也没有，借酒消闲。如此而已。至于那酒是不是世界的国际的，是不是宫廷的国宴的，是不是千年老窖的万年古墓的，是不是喝了可以长命百岁万寿无疆的，都不重要。

而今，中国的各类名酒忽如一夜春风来，千树万树梨花开，但早年在乡村喝的农家土法造的纯谷酒和第一次喝它时的那种神圣仪式般的紧张畏惧却始终清晰如初，始终那么让我怀念。

低级若此也许有些可笑，但正因为可笑，让自己有了更多的快乐。

美 食

中国古人就明白饮食男女是人之大欲，很讲究吃的。《庄子·外篇·至乐》说："夫天下之所尊者，富贵寿善也；所乐者，身安厚味美服好色音声也；所下者，贫贱夭恶也；所苦者，身不得安逸，口不得厚味，形不得美服，目不得好色，耳不得音声。若不得者，则大忧以惧，其为形也亦愚哉！"一个人吃不好穿不好没得好看的好听的，样子就会苦巴巴的像个傻瓜。

我们的美感甚至直接就跟吃联系着。早年在大学听课，《中国文学史》的主编之一王文生先生给我们讲"美"字由"羊""大"二字组成，古人以羊大为美。羊大就肥，肥就好吃，好吃就美。从味觉到视觉到心理，都能获得享受，让人心情愉悦，美滋滋的，带来满足感。

因为重视吃，中国成为烹饪王国。几十个民族个个有特色美食。饮食文化绵延近二百万年，至今六万多种传统菜点、两万多种工业食品。风味流派五光十色，菜系分巴蜀、淮扬、齐鲁、粤闽四大系。菜肴调配四季有别，冬则味醇浓厚，夏则清淡凉爽，各种菜蔬更是四时更替，适时而食。讲究菜肴的美感，色、香、味、形、器的协调，就是菜肴的命名、品味的方式、时间的选择、进餐时的节奏、娱乐的穿插等都有雅致要求，立意新颖，风趣盎然。

重视药膳和进补的养生论，五味调和适口者珍的境界说，厨规为本奇正互变的烹调法，畅神怡情寓教于食的美食观，广视野、深层次、多角度、高品位、异彩纷呈。中国传统的阴阳五行哲学、儒家伦理道德观念、中医营养摄生思想，皆在其中。饮食文化博大精深，事涉国泰民安、文学艺术、人生境界等等，怪吓人的。

而今，美食更是成为一种社会追求。写美食故事让作家成了小说大师；讲美食知识让学者成了电视明星；晒吃喝的快活成为自媒体上的一个重要内容。一种基本人欲成了流行时尚，一种物质性成了精神性，说中国是"舌尖上的中国"，没人认为是搞笑。真正是《晋书·傅咸传》说的"奢不见诘，转相高尚"了。

然而，凡事都有正反两面。

《墨子·辞过》提到的美食有"……刍豢、蒸炙、鱼鳖"等，皆属肥甘厚味的食物，即膏粱之食。"膏"指肥肉，"粱"指细粮，长期吃、吃多了，不但损伤脾胃，还易发生疮疡之类病症。唐朝的《艺文类聚》卷二十三就很痛切地总结说："金宝满室，将乱汝神。厚味来殃，艳色危身。求高反坠，务厚更贫。"自古以来，与美食追求并行不悖的是对美食中肥甘厚味的警惕。

食物就是食物，从果腹到美味到摆谱，说大了天也只是人类生理活动的一种，某种食物好不好吃，是不是美食，结论全在各人自己。跟鞋子合不合脚只有脚知道一个理。况且，以我这种嗅觉和味觉的粗鄙，任何珍馐美味到我嘴里都纯是暴殄天物。

美食，贵者山珍海味，贱者街边小吃，并无贵贱之分。制作虽不繁复，器皿虽不精致，排场虽不豪华，只要其味纯正本真，至简处一样可得至味。我曾在鄱阳湖一个渔岛小住。夜里和当地渔民去收网取鱼，就在船上用湖水煮湖鱼，柴炉，铁锅，块姜，粗盐，水煮至乳白，其味直入心脾。我由此知道了鱼的真正鲜美。

而今商业发达，美食品牌林林总总浩若烟海，许多好美食者往往只"吃名气"，罔顾其他。有一年在中国作协杭州创作基地小住，同住的《人民文学》老主编崔道怡老夫妻特地去市里一家著名酒楼品尝招牌菜"西湖醋鱼"。结果乘兴而去，索然而归。招待所的厨师怕他们由此坏了对杭帮菜的兴趣，次日特地在食堂预订的菜单之外，专门做了一个"西湖醋鱼"。老两口大快朵颐，对厨师赞不绝口。厨师淡淡笑说，"西湖醋鱼"不过是一道普通的家常菜，钱塘街巷的主妇几乎无人不会。

先秦老子的《道德经》里有"为无为，事无事，味无味"的话，拿生活的常情——吃——做比喻：人要知味，必须首先从尝无味开始，把无味当作味。他讲的是"无为"哲学，但这个比喻的本来意思对我们的吃也不无启发：过度的追求美食不仅有可能不利于健康，有时候更有可能错过真正的美食。

微 信

　　微信确实带来了人际交往的便捷，看微信逐渐成为许多人的一种生活常态，甚至是精神上不可缺少的一部分。我的社交面很小，看看朋友们陶醉胜景、饕餮美食、吟风弄月，总有一种别样的亲切，就好像参与在他们中间，也是友情的一种延伸。有时，相互之间哪怕是只言片语或一个表情的交换，也使生活少了距离，多了温度。尤其同行朋友推荐的好书好文章，让我特别受益。

　　但微信也给我带来了先前并不存在的诸多困扰。

　　首先是无聊的信息泛滥：吃香喝辣、穿红戴绿、奉陪官员、沾光老总、邂逅明星、嘟嘴自拍、阳台的花开了、缸里的金鱼拉稀了、阿猫阿狗打架了、蚊子叮出包了，甚至为其本人或亲友评优、评奖投票……没完没了，让人应接不暇，莫可奈何，不点赞不近人情，点了又很反胃。

　　尤其让人不爽的是各类养生保健信息，毫无科学根据的自作聪明，臆想推测，以讹传讹：

　　海鲜水果、牛奶榴莲、豆浆鸡蛋、豆腐菠菜……相克，香蕉、柿子、橘子、番茄、牛奶、豆浆……不可以空腹吃；反复烧开的水不能喝，味精加热致癌，胶带捆过的蔬菜甲醛超标，空心菜是"毒蔬之王"，小龙虾是某国害我族类的阴谋；生姜早吃是人参，晚吃是砒霜，早上的苹果是金，晚上的苹果不如铁；吃酱油变黑，喝牛奶美白，醋熏屋防百病，醋泡脚治脚气，醋泡食材软化血管，红酒保护心脏，茶排油减肥，红枣、红糖、红皮花生补血，骨头汤、鸡汤补钙，核桃补脑、蚕豆护肾、木瓜丰胸、黄瓜壮阳……林林总总，煞有介事。

还有塑料造假米、假紫菜、假粉丝、假鸡蛋……水果注射染色剂……各种名目的"碱性水""水素水""婴儿水""长寿水"……明星吃的燕窝……民间神医的防癌食物或保健品……摸一下就晕、闻一下就倒的神药……传承千年、包医百病、十全大补的祖传丸散、宫廷秘方、西洋研究成果、民间长寿实例……

为了不遭受无端骚扰，也为了不浪费时间，我一再请求热衷这类信息的好心朋友停止对我的发送。一旦收到这类信息，毫不犹豫一律当即删除。并且根据累积的阅读经验，扩展到对其它信息仅看标题就直接地删除：

一惊一乍地叫嚷"惊天黑幕""惊天噩耗""重磅消息""特级讯息""快看要删"的；形容景色就是"美哭了"，嘲笑别人就是"吓尿了"，炫耀某物就是"逆天了"，以及"醉了""跪了"各种"了"的；声称多少权威机构认定、某某国际活动指定的；扬言可以救你一命、不看你会后悔一辈子的；上至高层下至文坛的各种秘史、内幕、绯闻，绘声绘色、煞有介事的；居心叵毒，出言暴戾，上纲上线，必置人于死地而后快的；威胁恐吓，强迫转发，不转你或你家人就会遭殃的，以及一切的励志修身心灵鸡汤、包赚不赔的理财宝典……

至于不顾劝止坚持在微信给我发送此类信息的朋友，绝望之余只有一个选择：拉黑。

炒　股

　　股市的上一个牛市结束前夕，我的一位朋友把自己的全部积蓄加上七大姑八大姨凑拢的几百万元一下砸了进去，结果一夜之间股市狂泻，砸进去的钱全打了水漂。好在大家不急用钱，那笔钱就一直沉睡着。只是他心里的苦楚无处可说，年复一年，就像压着一块越来越沉重的石头。做梦也没有想到，去年末，股市忽然苏醒，他的几只股票也一只只吃了春药似的昂然而起。他每天祈祷并且默念：一旦可以收回本金就立即退出股市，结束一场历时多年的噩梦。一切如愿以偿，这一天很快就到了。他没有多想，迅即把手上的股票套现，那几百万元终于完璧归赵。唯一的损失是买卖的手续费，还有倘若当初不买股票而是存入银行的利息。他很得意。然而，隔了几天，股市如同疯牛，一路狂奔，不由回眸自己抛掉的几只股票，霎时心跳加速，呆若木鸡：那几只股票如果不抛出，就这几天时间，已是上百万元的增长。再几天，依旧是一路高歌猛进。他渐渐坐不住了。仍在股市的同事一再鼓动：这是百年难遇的发财机会，干吗按兵不动？在一个资本时代，钱只要不动，立马就贬值了。自然也有另一种劝告：千万稳着，疯狂绝不是好兆头。这样巨大的泡沫，也就意味着同样巨大的风险。想想巴菲特怎么说的吧。熊市说来就来，没准明天上午就山体滑坡了。

眼睁睁地看着有的人卖掉了刚装修好的商品房，大把钱投入股市，迅速奇迹般地增值，完全有能力进入股市的自己却把钱在手上攥出了水，金钱像河流一样在自己脚下滚滚流走，他真是五内俱焚。

许是被纠结压迫得透不过气，他居然给我打了电话：知道你不玩这游戏的，旁观者清，想听听你的"高见"。正好微信上看到一段话，我立即转给了他：

"每次泡沫来时总有两种人，一种人不停地指出泡沫很快会破灭；另一种人欣然在泡沫里游泳。前一种人越来越聪明，后一种人越来越有钱。"

在这段话后面我加了一句：我既不聪明，也没有钱。

你能不能把你的观点说得更明白些啊。朋友恳求。我于是给他叙述了苏东坡根据早年亲历写的一则笔记：有个道士坐在国都开封的相国寺卖秘方，有个方子的扎封上写着"赌钱不输方"。有个年轻赌徒一掷千金购得此方，满心指望照方赌下去必致家财万贯。回家拆开秘方，只见上面写着：

"但止乞头。"

何谓"乞头"？宋时赌场老板向赢钱赌徒按比例抽钱，即现时俗称的"抽头子"。"但止乞头"，也就是但止赌博。

电话那头一阵沉默，然后放下了。

我后来听说，朋友还是进入了股市，并且直到我写这短文的今天都相当顺利。我为他祝福，祝福他总算打破两难的困境，做出了选择。在我看来，炒股还是不炒股，赢钱还是输钱，都不是最重要的，重要的是身心的安宁和健康。

书 画

日前，某君从外省给我打来长途电话，谈及他的近况：攻书画已臻佳境，足可标价售卖。只苦于有价无市。

某君的书画爱好我是知道的。早年参加文学笔会，我们时常有机会同行，又时常见他由人鼓噪当场写毛笔字，极为认真，谋篇布局，沉吟半晌；运笔挥毫，一丝不苟。而今多年不见，他又是个肯下功夫的人，相信其技艺的长进不是妄言。但诸如文章、字画这一类的手艺，一个人只要技术好就一定能卖钱吗？我还真不敢肯定。不好说这类手艺没有斤两，即使有，真正认得秤的人有多少？认得秤又肯拿钱或拿得出钱的人又有多少？当年大书家于右任曾公开挂出润格，结果除了最初好友的捧场外，求字者日稀，使他不得不最终撤下那润格。

又想起不久前一位京城朋友的话，说他认识的一位名人，毛笔都不知怎么拿，求他字的人给的价却极高。原因很简单，就因为他有名气，是公众人物。

于是我问某君：你是公众人物吗？倘是，不必忧心；倘不是，那就只好认命。因为多数人买字，买的是那写字的公众人物的名气。至于怎样才能成为公众人物，说难也难，说易也易，难是在自己的专业上搞出点响动来，比如拿个国际大奖，或出一部、数部发行量吓人的畅销书；易是闹出个惊世骇俗的绯闻来，像那些明星，先把自己弄脏，再把自己弄富，最后把自己弄干净。

当然，我的意思并非说公众人物都对钱有太大的兴趣。我十分尊敬的一位女作家，在国内国外的名气都很大，是名副其实的"公众人物"，但一家服装店想借她的名字做店名，为此每年支付足可令我这样的寒士心跳的"姓名使用费"，在我看来是天上掉馅饼的美事，她却拒绝了。

我说完这些，某君沉默了好久，搁下了电话。我本想补一句：世上有许多事是没道理可讲的，重要的是放平心态，不强求、不妄想那些其实并非必不可少的名利。以我对某君的了解，没有那些收入——倘其写字真会有收入的话，他的日子也足够滋润。把写字当作纯粹的休闲娱乐，一则与知己好友切磋愉悦，一则陶冶自己的性情，不也是一种莫大的赏心乐事？

狗尾巴草与梅兰竹菊

　　广东文友吕雷善良厚道，心眼特好，朋友们甚至说他是个"好得可恨的人"。他对那些声名显赫的同行极为仰慕，一有笔会、研讨会、企业宣传之类有外快的好事，他总是会想到他们，除了积极向主事者推荐，还不厌其烦地给对方反复打电话，发电邮，深恐他们错失了良机，全不想对方是不是有更高档的场合要出席，有没有兴趣叨光。满腔热情遭了冷遇，自然很是沮丧。让我们很为他心疼。

　　有一种生物学和心理学双重意义上的"欧赫美尔"现象：崇拜者通过接近被崇拜者来分享其美和力量，从而获得某种精神依靠。我想，这应该是吕雷兄那些热心行为的心理依据。

　　吕雷生前是广东省作协主席，为人正派干净，对功名利禄并无奢望，他对那些偶像级同行的仰慕也就是仰慕而已，并没有仰仗名人、攀附名流以求自显的意思。他的心理和行为方式我是完全能够理解的，我自己也一样，见到我佩服的同行就开心，就示好，就总想为对方做点什么，总想让对方也开心。

　　不同的是，我比吕雷兄稍多一点明智。

　　人以群分，物以类聚，是社会生活的常态，就是同一个家庭，有亲情做纽带，也难免因为职业、收入、社会地位的不同而有亲疏。文坛就更甚了。依据才华、成就、名气的不同，分出的圈子，不知几许。他封的和自封的"南张北李""梅兰竹菊""五虎八骏""十杰百强"，看得人眼花缭乱，根本崇拜不过来，也就终于死了那条心。

明白了这个道理，我便向为沮丧所苦的吕雷兄进言：狗尾巴草就是狗尾巴草，非要结交梅兰竹菊，即使对方很谦和，很客气，终是不协调。被谦和、被客气的次数多了，自己也会觉得很没趣，更不用说遭遇生硬的拒绝了。无边的狗尾巴草生长在无边的原野上，风也吹得，雨也打得，牛也踏得，马也踩得，无挂无碍，无拘无束，比起尊贵高雅的梅兰竹菊不知多了几多快活。相对于那些高不可攀的偶像，仁兄这样实实在在的好心人其实更让人敬重啊。

以此观之，何沮丧之有？

何妨浅薄

　　有一次，一位读者带了一张我写的毛笔字来找我，这张字是他在地摊上买的，价钱跟一斤青菜萝卜差不多。问摊主那张字是从哪里来的，摊主说是从一个收破烂的手上买的。这位好心的读者出手从摊主的手上买下，是觉得那价钱让我太丢人现眼。

　　这张字是早年我不知深浅写毛笔字时，在一个许多人起哄的场合给一位半生不熟的朋友写的。当时正在兴头上，觉得对谁都没有拒绝的道理，有求必应。绝想不到那"墨宝"会有如此悲惨的沦落。

　　这种难堪事在我不是第一次。记不起从哪年开始，为了排解无聊，我偶尔操起当年父亲命我描红的旧业，却无意中赶上了一波书法热潮。我混迹其中，又甚虚荣，好表现，每到一地，只要有人开口，即撸起袖子，挥毫泼墨，整个一个人来疯。至于自己的字是"墨宝"还是鬼画桃符，人家是真当回事还是假当回事，是真"求字"还是出于礼貌，想也不想。一个劲写得豪情满怀，得意忘形。全不顾一大碗墨汁耗完，一大沓宣纸涂完，究竟值不值得。回头有人将其当垃圾清掉，应该是很自然的事。偶然听到这样的结果，心里难免不快，但下回一到场合，依旧又是豪情满怀，得意忘形。

这就未免浅薄，但我并不为这浅薄后悔，其依据来源于鲁迅的论刘半农。

因为《新青年》，鲁迅结识了刘半农："半农的活泼，有时颇近于草率，勇敢也有失之无谋的地方。"他们"多谈闲天，一多谈，就露出了缺点……但他好像到处都这么的乱说，使有些'学者'皱眉。那些人们批评他的为人，是：浅。"但"假如将韬略比作一间仓库罢，独秀先生的是外面竖一面大旗，大书道：'内皆武器，来者小心！'但那门却开着的，里面有几枝枪，几把刀，一目了然，用不着提防。适之先生的是紧紧地关着门，门上粘一条小纸条道：'内无武器，请勿疑虑。'这自然可以是真的，但有些人——至少是我这样的人——有时总不免要侧着头想一想。半农却是令人不觉其有'武库'的一个人，所以我佩服陈胡，却亲近半农。""刘半农虽浅，却如一条清溪；如果是烂泥的深渊呢，那就更不如浅一点的好。"

可惜的是，如此热情洋溢的评论却伤害了刘半农，因为他心里其实向往着"深"的，哪怕是烂泥也可以。刘半农后来"渐渐的据了要津"，鲁迅"也渐渐的更将他忘却"。

但先生称赞的刘半农如一条清溪澄澈见底的"浅"，我却是记得甚牢，并且愿意引作一种做人的态度。刘半农是大教授、大学者，有过"江阴才子""文坛魁首"之誉，我自不可与之同日而语，我愿意模仿的只是他的"纵有多少沉渣和腐草，也不掩其大体的清"。

《宋史·傅尧俞传》有"尧俞厚重言寡，遇人不设城府，人自不忍欺"的话。"胸无城府"本来是好话，后来却常常被用来形容人没心没肺，没心机，更有的干脆当作贬义词用，就是没文化、没学问的那种。即便这样，我也觉得这样的人比那些阴笃深沉，内心像城府一样难于揣测的人要好。一个人坦坦荡荡，朴实无华，心灵如蓝天一般透明，尤其在今天这样一个功利至上的年代里，是多么难能可贵。

就个人而言，自然豁达地活着，真心诚意地做人做事，脑子里干干净净，不用患得患失，焦虑不安，我想，这比什么都好。我们既不是天赋异人，也难以成为圣人，以庸常的资质过着庸常的生活，浅薄一点又何妨？人活一世要老是端着、算计着，那也太辛苦了。

何妨认栽

在生活中常常遇到这样的囧事，突然受到无理呛白、嘲弄甚至侮辱，好半天反应不过来，等想到不失体面的恰当回答，事情已经过去，得意的径自自鸣，受气的只能吞声。像我这样的心胸狭窄，也便对自己的迟钝、口拙恨恨不已，好长时间不能释怀。为此我特羡慕那些反应敏捷、伶牙俐齿的人。

有一年，我把一则用心写出的山水游记寄给一位经常联系的报刊编辑。这是位极认真负责的编辑，显然是因为版面的限制，稿子发表出来，比原稿精炼多了，原来的意思也在，只是原稿中许多我甚用心的地方没有了。也许为了说明改稿的缘故，他好意给我寄了两册他们以往用稿的作品集，供我作今后给他们写稿的范文。我认真揣摩，终觉难以企及，颇沮丧，在电话里跟另一家报刊的朋友聊起，他大约是怕我因此泄气，把原稿要去重发了一次，使我多少恢复了一点信心。

报刊有不同要求，编辑有不同喜好，这很正常，无所谓高下。正因此，作者和编辑是一种双向选择的关系。多年后，在一次文学活动上我与那位改稿的编辑相遇，特地当着众多同行的面，向他解释这些年因为自知达不到他们期望的文字风格，不敢再给他们投稿，本意完全在表达对他们刊物业界影响的敬畏。不料他迅即反应：那次你写的是一篇骂人的文章，而我们从不发骂文，只好退稿。引起一片哄笑。

我一下给噎住了，张口结舌。但这只是瞬间的事，很快就清醒过来：洁癖如我，除了很多年前由于年轻气盛一时冲动，写过唯一一则慨叹大名流小行径的短文，再也没有用这种口水弄脏过自己的心情。倘有微词，皆是自责，因为自知不堪，没有资格非议他人，更别说"骂人"了。这位编辑显然只是随意开了个无伤大雅的玩笑，完全不必当真。事实上，在场的人也没有谁会当真。我如果一定要说出当时的真相，一是扫了大家的兴；二是这样的较劲实在没意思；三是——这是最不应该的，就是让人尴尬。我于是默认了对方的说法，一笑了之。

如何为人处世，仁者见仁，智者见智，但有一点相信大家都会同意：要给人留余地。

一个明智的人，不会凡事都一定要证明自己是对的，揪住某种不上斤两的是非曲直不放，得理不饶人。也许做不到舍弃自己的名誉来成全别人，但可以尽可能杜绝对别人的攻击。遇有可能的争执，主动退让，不斤斤计较，看透但不说透，不让人难堪。这并非明哲保身，而是一种包容。这样，即使不能和别人拉近距离，至少可以在复杂的人际关系中，让自己问心无愧。

与别人抢风头的样子有时候挺傻的。把对方逼到墙角，还顺带着碾压一下他的自尊心，自以为赢了，却把一种也可能非常美好的人际关系逼到绝境。话说痛快了，事做绝了，得到的只能是对方的疏远。朋友之间的相处，从来都不以对错论输赢。赢了面子，输了感情，并不合算。

无论面对亲情还是友情，不事事争胜，不处处精明，那么，你给了别人多大的空间，你自己也会有相应的宽阔。偶翻旧书《菜根谭》，看到一句醒脑的话："滋味浓时，减三分让人食，路径窄处，留一步与人行。此是涉世一极安乐法。"听上去挺世故，但不无道理。

在社交场合，一个人口舌如簧，与人相争从不吃亏，自然是爽了。但有时候，心怀厚道，尽量让自己的反应慢半拍，缓冲和回避对方给自己造成的困扰，充分理解对方的自我保护，内敛而不逞强，甘心认栽，未必就不是好事。

给别人留余地，就是给别人留自尊，也是自重。否则，难免无趣。

写给儿子的顺口溜

在北京上文讲所，妻子寄来儿子半岁的照片，晚上散步时，几个走得近的同学问我对儿子的期望，我说我只希望他一辈子活得轻松，别像我这代人这样辛苦。

儿子上学后，我反反复复给他说的就是三个词：

一、健康。在学习与健康之间，健康是第一位，不能因为学习损害身体。

二、聪明。遇事不盲目跟在别人后面跑，能自己管理好自己。

三、快乐。任何时候都不灰心丧气，保持好心情。

除此之外，我从来就没有怎么管束过儿子，在路上看见家长拉扯着跌跌撞撞的小孩背诗词、英语、九九表，心里很为那孩子难受。学龄前儿子被他母亲带去过一个绘画班，结果只去上了一节课。回来，他自己端个板凳坐在阳台见什么画什么，之后想到就画，没想到就玩别的，零零星星地一直持续到去外地上大学。我做的就是在家里的墙上给他开一个"画廊"，随时贴上他那些涂鸦。觉得好的，装上镜框，至今还是我们家的装饰。其中好些用来做了我一本随笔集的插图。

从小学到中学，我从没有要求儿子在班上必须拔尖，也不要求他参加任何的补习班、兴趣班，以及各类"竞赛"，老师让"跳级"、上"少年班"之类，当即回绝。孩子弱小、无助，疼都疼不过来，干吗给他压力？学校和社会的公益事业应该积极参加，但老师让竞选班干部，不主张他报名，做好自己就行了。高中分科，高考填报志愿，都是他自己做的决定。

芬兰前总理阿赫说："给孩子最好的教育，就是给他最好的人生。"我倒了过来："给孩子最好的人生，就是给他最好的教育。"人多望子成龙，我没指望过，只要他自己觉得好，我就心满意足了。儿子上中学，懂事了，我开始给他写顺口溜，随着他年龄的增加不断增加：

> 用功不刻苦，上进不冒尖。踏实每一步，中等略靠前。
>
> 大学应该上，不必最有名。专业凭兴趣，主要是高兴。
>
> 将来选职业，首选是合适。能挑一百斤，最多挑八十。
>
> 光宗与耀祖，统统是屁话。不羡龙飞天，也不做蛇爬。
>
> 不看成功学，更不喝鸡汤。做个正常人，就是好儿郎。
>
> 利己不损人，同流不合污。为善不作恶，行事不糊涂。
>
> 健康最宝贵，快乐第一位。有得必有失，把握进和退。

但是这些，只是我的想法和做法，不合时宜，不足为训。中国有句老话：可怜天下父母心。所有做父母的都有自己对儿女的期待和教育方法，他们中间的许多人会觉得我在胡扯是很自然的事。但也有好奇的。大院里一位做领导工作的邻居，在家里的墙壁上贴满了名人名言，每天督促孩子背诵，背熟一批再换一批，但效果似乎并不理想。他于是很真诚地希望知道我的"教子秘方"，我不便推脱，又不知该说什么，就半开玩笑地讲了一个从杂书里看来的故事：

昔有一老宿，畜一童子，并不知轨则。有一行脚僧到，乃教童子礼仪。晚间见老宿外归，遂去问讯。老僧怪讶，遂问童子曰："阿谁教你？"童曰："堂中某上座。"老宿唤其僧来，问："上座傍家行脚，是什么心行？这童子养来二三年了，幸自可怜生，谁教上座教坏伊？快束装起去！黄昏雨淋淋地，被趁出。"

翻成白话就是：从前一位老僧收了个小徒，从来不教他修习规矩。后来有个外来的僧人自觉担起教育之责。晚上，老僧外出回来，小徒用刚学会的礼仪向师父请安。老僧很惊讶，问：谁教你的？得到答案后，老僧把那个外来僧人叫来责问，你是来我这里游学的，可你安的什么心？这小徒我收养两三年了，最喜欢的就是他的天真可爱，谁让你把他教坏了？快收拾你的行装走人吧！不管已是黄昏，天上还下着雨，把那个多事的和尚赶出去了。

邻居听了一脸茫然，说不懂。我说，这种故事就是这样，怪怪的，不好照字面直接理解，只能各人自己琢磨。

第五辑

文学与生命

在当代中国文学界，陕西作家是一个影响很大的群体，诸多名家名作，不断引起读者的激动。最近在网上读到著名文学评论家阎纲老师满怀深情怀念路遥的文章，很是感动：

"《人生》出书，又拍电影，一时间声名大振。"接下来，"他像老牛一样劳动，像土地一样奉献……为了创作《平凡的世界》，路遥单单翻阅十年来的报纸就把手指的毛细血管磨出血，不得不换成手背继续翻阅。经过六年的拼搏……写完《平凡的世界》第一部，生命严重透支；写完第二部大病一场，险些死去；写完第三部双手成了"鸡爪子"，两鬓斑白，满脸皱纹……完稿的当年溘然长逝……恩爱热恋与离异，手足兄弟与失和，夜以继日地透支生命，日吸两包劣质烟卷，以及正在吞噬脏器的巨痛……尝尽人生百味之后，一条陕北汉子被过早地推向死亡，只活了四十二年。"

所有这些牺牲的收获是"巨大的"："长篇小说《平凡的世界》出世，一个磨穿铁砚、使人不堪其苦的陕西冷娃，赫赫然全票夺冠，荣获第三届'茅盾文学奖'"，"长达百多万字的《平凡的世界》，印数竟然接近两千万册。一般作家成名作之后，很难有作品突破自己，路遥四十二岁去世时已经超越他的'文学教父'柳青，而且遗憾地说：'还有好几部长篇要写，每一部都超过《平凡的世界》！'多么丰厚的写作资源啊！中国文坛，只有一个百炼成钢、个性奇特的路遥。"

我无缘得见路遥，他的文学才华和成就，是我这样平庸的写作者望尘莫及的。

"路遥吸的是劣质烟草，栽种的却是香花；吃的是野草，吐的是鲜奶。路遥所有的作品，都是蘸着悲欣交集的泪水写成的。路遥终生的心愿：一、让贫瘠的黄土地变为绿洲；二、让农村知青千锤百炼，自主创业，变'悲惨的世界'为'不平凡的世界'。"当年的茅盾文学奖奖金一万元，"路遥说：'连抽烟的钱都不够！'"

路遥人生追求的崇高，令我这样只为补贴家用而把文学当作一门小手艺操持的小市民自惭形秽。

但不知为什么，读完阎纲老师的文章，我脑子里满满响着的尽是文章里路遥的"放声大哭"：

《平凡的世界》"终于……画上一个圆圆的大句号，（路遥）疯子般地一把推开窗户将笔扔了出去，扔得很远，叫喊：'这是为什么、为什么？'然后，冲进厕所照镜子，对着镜子再行叩问：'我究竟为什么、为什么？'放声大哭。"

大喜？抑或大悲？抑或都是？抑或都不是？那是什么？

朋友题赠路遥说："文学是一种殉道，陕北高原是一个英雄史诗美人吟唱的地方。"

即便如此，我还是觉得，一个人在他的英年，活生生地死于文学，无论那成功是多么辉煌，都使人心生悲凉。

因为生性懒惰，我没有读过《悲惨世界》和《平凡的世界》，即使读过，也没有能力对二者思想和艺术的高下做出比较。但我从资料知道，《悲惨世界》的作者雨果在路遥去世的这个年龄之后，写出了他一生最重要的大部分作品，而且大多是巨著，《悲惨世界》预计写六卷，最终竟写了十卷。就是在这样沉重的劳作中，他活到了八十三岁。这是多么令人惊叹的强盛生命力。

也许这样的比较是不恰当的，但我还是禁不住想：假使路遥多一点从容，多一点松弛，多一点对自己生命的珍惜，不那么几近残酷地苦熬自己，是不是就会活得更长，就会把那些"丰厚的写作资源"开发出来，把已经计划要写的"每一部都超过《平凡的世界》"的"好几部长篇"都写出来呢！

行文至此，痛惜不已，黯然神伤。

抗疫期间，经常会想到一个词：生命。

文学姑且真的是"一种殉道"，也真的感天动地，但跟我们在抗疫中看到的所有"逆行者"为抢救他人生命的奋不顾身，毕竟很难说是一回事。对这样的"殉道"，我们更多的恐怕应该作为教训。

阎纲老师说路遥非常喜欢信天游。他怀念路遥，也寄情信天游：

> 山挡不住云彩树挡不住风，神仙哟挡不住人想人……

这也是我喜欢的歌啊。

做好自己

发表过一则短文，讲了生活中常见的一种自我角色与权力角色混淆的现象。不意在我工作过的地方引起轩然大波。直到今天还有熟识的和不熟识的朋友不时用电话、短信、电子邮件等各种方式向我征询原型是谁。又听说有自动对号入座者勃然震怒，要诉诸法律或组织反击云云。我不禁失笑。极为恳切地反复回答：那是自我批评。一个人活到我这种年纪，应该知道检点自己，反省自己了。否则，那就真是孔老夫子说的"幼而不孙弟，长而无述焉，老而不死，是为贼"了。

很多年前我就知道文字的力量太有限。所谓"一言可以兴邦，一言可以丧邦"完全是胡扯。刚入写作这行的时候流行一种口号叫"干预生活"，因为"艺术高于生活"。今天看来，这话太自负了。现实中无数经由媒体和官方确认的奇闻异事，远远超出了写作者任何程度的想象力。你搜肠刮肚，挖空心思，穷尽想象写成的小说里的那些人事，一旦搁到现实中，立刻黯然失色，让你不能不老老实实地对生活满心敬畏。以前有句行话：生活停止的地方，小说开始了。现在应该倒过来：小说停止的地方，生活开始了。

大概每个人都只能做到他所能做到的，至少我是这样。要对一代人发言，第一没这资格，第二没这能力。每个人都有自己选择生活的权利，打算说道德观、价值观之类的时候，我会先想自己做得怎样。有句老话说作家是人类灵魂的工程师，起码我不敢当。我能做自己灵魂的工程师就很不错了。

小时候听老人们说"为人莫做官，做官都一般"，长大了也的确看到一些喜欢批评别人的人，一旦自己处于被批评者的位置，其恶劣有过之而无不及。一些对贪腐恨之入骨的人其实最恨的是自己没有机会贪腐。让我想起画家黄永玉的画：走路时骂坐车的，坐车时骂走路的。

在现实利害面前，做好自己并不容易。永远站在道德的制高点指责别人，不难。难的是同样要求自己。既然知道成不了圣人，那就不如实在些，我庸俗就说我庸俗，我浅薄就说我浅薄。但愿别人引为教训，不虚荣不浅薄就好了。

当然，圣者是有的。性格决定了他们的命运，决定了他们的品质高尚。他们内心充满了激情，他们的血液里有这样一种冲动，世世代代流传。他们是鲁迅说的"中国的脊梁"。

我崇敬他们。

南八仙

某年，同当地的几位文友在赣北幕阜山爬了整整两天。当地老乡很惊奇，说从来没有省城的人到这么高的地方来过。但我自己却未尽兴，因为不得不放弃了最想上去的雷圣尖，很遗憾。

雷圣尖在那片大山的至高处。两天里我们似乎一直在围绕着它转圈子。入了峡谷，入了林子，它被遮没；一至亮处，一至高处，便见它遥遥悬于天际，云横雾断，崇高莫测。在当地传说中，雷圣尖是雷神升天的地方，而今则是豺狼出没之地，无人居住。曾经有过一座庙，仅老少两位僧人。有一年老和尚烂脚，小和尚每天一早到山顶采露水为师父治疗。连续几年，从不间断。忽一日，小和尚上山前，老和尚对他说，今天你不要采露水了，你给我摘只桃子来。时值严冬，并非结桃子的时令。雷圣尖顶上桃树却是有一棵的。那桃树长得很怪，缘地而生，状似龙柏。小和尚去时，果然看见那桃树上有一只光彩夺目的鲜桃。他去摘时，那桃却忽焉上移，他也就随之上攀。又移。又攀。终至升天，证成正果。事后老和尚让庙狗上山去寻，衔回小和尚一只芒鞋。

这显然是一个常见的道德故事。将德行加以神化，以淳化世风。但我却是个死心眼：山上既无第三者，谁来证实这故事的可靠性？小和尚失踪可以有很多原因和去处。如果他数年如一日采露水为师父治烂脚可以证明他不可能弃庙出走，难道他就不可能被野兽叼走，或者坠崖而亡么？事后组织过搜山么？谁能证明没有那些可能呢？

我之想上雷圣尖，没有上成便恨恨的，就因为特别想戳穿那神话。几个疲惫不堪的文友竭力阻止：雷圣尖那庙现存一片瓦砾，老和尚也在早几年圆寂了。我只好作罢。

类似的神话其实到处都有。

多年后，我和一位江苏作家得到一次走访青海的机会，二十多天里，晓行夜宿，留下无数难以忘怀的记忆。柴达木的经历是其中之一。

去柴达木油田，我们走的是一条早已弃用的公路，因为可以穿过世界最大最典型的雅丹地貌群——"魔鬼城"。

柴达木的雅丹地貌，由七千五百万年的风蚀而成，雅丹土林总面积二万多平方公里。飘忽不定的狂风，在平均海拔三千多米的高原雕塑出似乎无边无际高低参差的土林，除了毫无生命的迹象，像极了世界最繁华的现代城市群落。诡秘怪异令人不寒而栗的尖锐狂暴的风声，在苍茫而阴森的"城市"中间呼啸汹涌，在高远而恐怖的"城市"上空卷起狰狞的烟云。

这条路上有一个著名地点"南八仙"。相关的资料介绍：1955年，八位南方来的女地质队员，为勘探石油进入这里，在迷宫般的土林中跋涉测量，返回途中，铺天盖地的黄沙笼罩了荒漠，仅有的标志被掩埋。人们再也没有在这亘古的荒原上找到她们的踪迹。后人因此把这里命名为"南八仙"。因为她们的遇难，"南八仙"又称"难八仙"。走访结束，我把这个故事写进散文《柴达木人》，在 1999 年第十期《人民文学》上刊发出来。

"南八仙"一直是歌咏的对象。关于南八仙的第一首诗词，现今可见的是国际著名石油地质专家、中国科学院院士朱夏写的。这位浙江嘉兴世家子弟，少时随父母学习诗词创作，一生留下诗词千余首，被誉为"中国石油、地质学界旧体诗第一人"。其作《柴达木杂诗》有"大风中自南八仙赴一里坪"："微闻海上有仙山，出没烟霞变幻间。今日御风横大漠，忽窥琼岛识云鬟。"

上面的故事，至今在有关柴达木的各种资料以及网络上存在着。但我却不断发现，这并不是"南八仙"来历的真相。

最早描写"南八仙"的是《人民日报》记者：八个地质队员在从无人迹的荒野支起帐篷，开始地质普查。工作完成后想给这里起个名字，不知是谁说的：咱们八个人胜利到达这里，就像八仙过海。咱们又是向南走的，就叫"南八仙"吧！记者后来感叹：虽然没有找到那个取名者，却找到了一个光荣的集体——地质工作者！

记者的文章写于上世纪五十年代，青海开发的初期。八个地质队员在这里自称为仙，显然是最接近真实的说法。此外，还有一种说法也不无道理：一大片雅丹土林中，有八个险峻土丘，远看就像八仙过海。这两种说法，无论哪种，都与朱夏院士和我采信的故事毫不相干。

八位女勘探队员的失踪没有任何事实依据，而这样一个悲剧的发生不可能没有任何历史记录。但杜撰、想象以及采信，却逐渐形成了一种文化覆盖。这其实是一个美丽的错误。我在那次时日不短的走访中，听到了无数感人的故事，常常当场为之泪目，过后辗转难眠。一代代投身青海开发的人们献了青春献终身，献了终身献子孙，本身就是一曲曲壮烈的生命颂歌，根本用不着任何虚构。

　　雷圣尖传说的小和尚神话，只能是一种民间愚昧的结果。编造的南八仙故事，同样拙劣。讹传不是颂扬，编造只能失去公信，甚至成为一种亵渎。一经戳穿，便见出造假者的别有用心。唯有真实，才是真正强大的力量。

知止有定

每晚散步要路过一家茶店，临街一间房，门里两面是敞开的格柜，放着茶叶、书和文房四宝之类。当中一张长方形桌子。铺上毡子就可以书画。与门相对的那面墙上挂了一幅横批"知止有定"。下面的书案后坐了一个花白头发的人，手上常是握了一卷书。据说开店要扎堆才好做生意，但这家店很孤单。那条街很僻静，除了政府机关，就只有几家卖油盐酱醋和蔬菜的杂货店。我每次散步来回从这家茶店门口经过，偶尔见到有一二个人在书案那儿与店主交谈，大多数时候里面唯那店主一人握书独坐而已。

生意如此寡淡，却安之若素，开店所为何来呢？我甚好奇，某日不由踅进门里。

那一晚，我们相谈甚洽。店主退休前是某国企老总，任内最后几年接手了那家半死不活的企业，刚刚盘活就到点了。退休后好几家私企争着高薪请他，他一概谢绝。儿子和女儿都在外地成家了，他和老太婆守空巢，就空出一间房间开了这家茶店。并不指望生意兴隆，有朋友来坐，就品茶聊天，或切磋字画，没人，就读一点年轻时想读没时间读的书。

话题就转到读书上。我向他请教"知止有定"。那幅字出自他本人的手笔，工稳的颜书，一派端肃。

"知止而后有定，定而后能静，静而后能安，安而后能虑，虑而后能得。"这是《大学》上的话。"止"指归宿，"知止"即知道归宿。"定"是定向，"知止而后有定"就是知道了归宿，坚守不移。于是"能静"，"静，谓心不妄动"；"能安"，"安，谓随处而安"；"能虑"，"虑，谓处事精详"；"能得"，"得，谓得其所止"。这几"能"是朱子《大学章句》的解释。总之是从容有度，心安理得。

这里描述的是一个进入某种境界的过程，要想进入这个境界，首先要知道"止"。

古往今来，"知止"何其之难。店主很感慨，说起清朝钱德苍就同一主题写的两首诗，一首是《不知足诗》：

> 终日奔波只为饥，方才一饱便思衣。衣食两般皆俱足，又想娇容美貌妻。娶得美妻生下子，恨无田地少根基。买到田园多广阔，出入无船少马骑。槽头扣了骡和马，叹无官职被人欺。县丞主簿还嫌小，又要朝中挂紫衣。作了皇帝求仙术，更想跨鹤登天梯。若要世人心里足，除是南柯一梦兮。

一首是《知足歌》：

> 栋垣何必要嵯峨？颇堪容膝且由他。田园何必苦谋多，身伴闲云挂绿蓑。衣裳何必用绫罗，布衣亦足遮身体。盘餐何必羡鱼鹅，欣然一饱便吟哦。娶妻何必定娇娥，黾勉同心乐更多。养儿何须尽登科，虽然顽钝可

磋磨。

两首诗，苦口婆心地奉劝世人"请看破，莫求过"，可惜真正听进去并且愿意实行的人不多啊。

店主讲的是社会，我心里想的是自己。靠勤奋努力改变命运改善生活，没什么不正当，但不知边界，不知限度，以为凡事都永无止境，那就太不自量了。

拒绝诱惑

听过一个笑话，说是有位哲学家做过一个实验：他问两个男人，如果有人出一百元买你们的爱妻，你们是否愿意，两个人都摇头。他又问，如果出一百万呢？其中有一个点了头。他继续问道，一百亿呢？结果另一个人也点了头。

英国哲学家罗素说：人之所以有道德，是因为受的诱惑太少。要是诱惑是致命的，没有人能够幸免。谁敢夸下海口，说他可以在一切诱惑面前，心坚如铁，不为所动？

现实中不太可能有人会拿一百万去买别人的妻子，但现实中大大小小的诱惑却是无处不在，可以说人有多少欲望，这个世界就有多少诱惑。

曾经忝列过茅盾文学奖评委。接到通知后，我最担心的是接到我曾敬仰的作家或很熟悉的朋友为评奖打招呼的电话。我始终觉得，一个真正的作家所专注的只会是自己的创作，在各种诱惑面前应该是很淡定的：他会尊重荣誉，但不会对名利太过在意。我希望我的投票完全是自己独立的决定，不受来自外部的任何影响。使我欣慰的是，我没有失望。

当然，诱惑并不绝对是坏东西。在一定的程度上，诱惑可以引发人的激情，产生一种持久的动力，达到既定的目标，以至改变命运，甚至促进社会发展。

但更多的时候，诱惑会使人迷失自我。如何面对诱惑，是人生的一个大课题。

有人总结了不受诱惑的三个办法，我觉得颇有参考的价值：

一是保持平常心，不做白日梦。

二是提高对诱惑的临界点，定的越高越好。

三是多交诤友，以使关键时刻有人提醒自己。

简单也是一种财富

曾经看到一篇介绍有"新闻界拿破仑"之称的伦敦《泰晤士报》大老板思克利士的文章，说最初每月只能拿到八十英镑薪水的时候，他对自己的处境非常不满，之后当他挣到上万英镑时，也不满足，直至成为亿万富翁，他仍不满足。同时他对那些自我满足的人，是很反感的。

有一次，他与一个从未见过的助理编辑聊起来，听说该编辑来了将近三个月，每星期薪水是五英镑，且对现状很满意。他的回答是：你要知道，我可不希望我的职员，一星期拿了五英镑，就觉得很满足了。

在思克利士看来：世界上不知道有多少人一辈子都一无所成，原因就是因为他们太容易满足了！找到了一份稳定的工作，终其一生拿那么一点点薪水，每天总是做着同样的事情，一直到死。而他们竟以为人的一生所能获得的东西也就只能有这么多了。于是他决定不再重用这个助理编辑。

文章的作者点评说：不满足是痛苦的，为着要避免因不满足而带来的痛苦，许多人只求安稳舒适，旱涝保收，小富即安，不再向前看，不给自己一点压力。知足可以作为别的动物的目标，但是对人而言，切不可把自己一生的追求局限在一个狭窄的范围。

人要有成就事业的目标，而不是做别人事业的廉价的铺路石。

我初不解，以此询同行朋友，朋友告曰，追逐权、名、利乃是当今社会的主流价值，你有什么不理解的？于是反思，恐怕自己真是落伍了。然而，又颇不尽然，即便是追求财富，对"财富"也可以有多种理解的。

以我自己的生活经验，简单也可以是一种财富。

初中毕业之后的二十年我是在乡村和乡镇度过的，回到省城之后的二十年，我依旧保持着当年的作息习惯：晚上没有特别的事，尽可能约九点上床，不到十点已经打鼾，早上五点半左右起床，上班，家务，出差，其它时间爬格子，周而复始。除此没有更多的生活内容。即便大年初一，为了把应酬减少到最低限度，我主动给一些朋友问候之后也就关闭了电话。我特别喜欢独自待在下班和休息日人去楼空之后的办公室，一面静悄悄地爬格子，一面体会"一切星散，一所很大的洋楼里，除我以外，没有别人。我沉静下去了。寂静浓到如酒，令人微醺"（鲁迅《怎么写》）的惬意。

这种几近于幽闭的"惬意"其实不足为外人道。好心者在背后的议论中不免为我叹息，以为我失常，病痾其深。但鞋子舒不舒服，只有自己的脚晓得。

这样的一种生存方式，基于对一种生活信条的选择，那就是：简单生活。

所以喜欢简单，是因为我以为简单可以平息一切无谓的喧嚣，从而保持尽可能真实的自我。简单生活所追求的目标是：多一份舒畅，少一份焦虑；多一份真实，少一份虚假；多一份快乐，少一份忧愁。否则，为了获取某种公认优越的生活，去疲于奔命，去装扮作态，去强颜欢笑，去献媚取宠，去忍辱负重，听任自己的内心伤痕累累，杂草丛生，不值。生活的事实是，我们所需越少，得到的自由就越多。简单生活使生活的物质性更接近生命的本质，让我们认清生活中哪些是必需的，哪些是无谓的。人们对幸福给出过无数定义，我的定义是：幸福的指数取决于一个人自主空间的大小。

在文坛待得久了，常看到有的同行劳神费力地请官员和权威题词、作序或至少写封短简在媒体刊登；为一个研讨会满头大汗地拉赞助、请评家、争台面、争镜头，进而争上奖、争席位、争名次、争称号、争待遇，我总是在对他们的进取心和顽强极表钦佩的同时，更多的在心里为他们叫苦叫累。换成我，有那麻烦的十分之一，就足够要我的命了。

我对自己的写作从不抱太大的期望，自然也就不会有太多的失望。我写着，我活着，这个事实本身就足够愉快了。

当然，常年独处的确是孤单了些。但少了热闹也会少了纷争，不必说假话难为自己，也不必说真话惹恼别人；多了寂寞也多了清静，不必看人脸色，也不必让人觉得没趣。

不是没有朋友笑我的日子过于苍白，但我很固执地觉得苍白并非是一种缺失。苍白的好处是，很小的一点感动，就能使我得到很大的一种满足，觉得"万物皆备于我矣……乐莫大焉"（《孟子·尽心上》），这还不是最大的财富吗？毕竟一个人并非非要有名车豪宅大把股票才高兴得起来的。

这样的幸福观也许很卑微，很渺小。但芸芸众生并不是人人都伟大得起来的，人人都伟大了，社会也难以负担。各安其分吧。

面 相

有幸与东北名家张笑天有过几次会上的接触，他古道热肠，觉得我混得似乎很不理想，主动说：到任不久的你们省的主官是我的发小，我们从小一块下河摸鱼上树抓鸟，中学毕业我在村小教书，他在大队做会计，后来我们各自就现在这样了。一个是大名人，一个是大官员，了得——我笑道。他大约觉得我笑得有点不明不白，说，我和他的交情几十年没变，他刚到你们省就大老远地请我去住过几天，每天喝酒聊天，他酒量特好，一天三顿都少不了茅台。对了，我过些时又得去他那儿，你有什么要求只管提，我去跟他说，管成。

我沉吟了一下，一字一句说：那就请你告诉他——你管的省里有个也是靠文字吃饭的人，他非常、非常、非常厌恶你！

满腔热情的张笑天瞠目结舌，半晌问：为什么？

我说：三言两语说不清，反正就是厌恶！

我与那位大官其实从来没有打过交道，他昏庸，无知，摆谱，讲排场，花架子，无厘头，特刚愎自用且为人阴险，精于权术，到任不久就怨声载道。而引起我厌恶的主要是在电视里看到的他的面相：一脸横肉，僵如冷冻，眼睛常闭，时露凶光，偶尔傻笑，极为伪善。以愚见，这种人的心地不可能干净，其爬上高位的过程自然也没法干净。

这样的厌恶当然是出于主观唯心主义——这是多年前一位著名青年评论家批评我的话。我国有句成语就说，人不可貌相。美国悬疑大师希区柯克也说过，许多罪犯看上去都像学者。但不知为什么，我就是有一点固执。

古代的大人物也有很执着于面相的。曾国藩就曾用"五行"看面相用人。某日，李鸿章带了三个人拜见曾国藩，请曾国藩对他们加以考察并分派职务。散步回来的曾国藩从那三个在厅外等候的人前经过，然后听李鸿章禀明来意，当即笑道："不必考察了。面向厅门，站在左边的是个忠厚人，小心谨慎，可做后勤工作；中间那位是个阳奉阴违、两面三刀的人，只宜分派一些无足轻重的工作；右边那位气宇轩昂，可独当一面，应予重用。"李鸿章很是惊奇，叩首请教。曾国藩答："刚才我走过他们身边时，左边那个目光低垂，拘谨有余，适合做只需踏实肯干，无需多少机敏的事情。中间那位，表面上恭恭敬敬，可我一走过，就左顾右盼，神色不端，是个机巧狡诈之辈，断不可重用。右边那位，始终挺拔而立，目光凛然，不卑不亢，是一位大将之才，将来成就不在你我之下。"曾国藩所指的那位"大将之才"，便是日后立下赫赫战功并官至台湾巡抚的淮军勇将刘铭传。

我完全不懂相术，所依据的只是直觉。而直觉原是一种说不清道不明的东西。私心认定，一个人的面相与他的行为不可能没有内在联系。所谓诚于中而形于外，同样，不诚于中也会形于外。至少张笑天好意想让我得到其关照的大官是又一个例子。此人几年后继续荣升高位，我正要承认自己的直觉不灵，却从国家媒体上看到了他被送交审查的报道。

隔年再见张笑天，他感叹，真没想到！是官场害了他。

我调侃说：莫怪官场，是他老人家那张脸害了他。至于是长那么一张坏脸才成了坏人，还是成了坏人才长那么一张坏脸，就搞不清了。

"保护文化"

不记得从什么时候开始，许多学者、专家和同行，忽然对古旧的乡村、镇街、宅第有了莫大的兴趣，四处呼吁保护祖宗遗产，保护各种废墟，保护文化亦即是保护民族血脉。每次参加社团组织或某地邀请的采风，就会被热心地领去参观当地的这类"名胜"。

曾经去过一个古村，主人说是头次来的客人必去的景点，就像到北京必登长城，到上海必去外滩，到西安必看兵马俑，到西藏必进布达拉宫。

村中古树据说皆在百年以上，以"翰林第""大夫第"为首的老屋像一堆大冬天蹲在地上晒日头的老人，灰砖、白墙、黑瓦，墙上衰草摇曳。

并不宽阔的门脸表达着谦抑与内敛；敞开的厅堂则显示着轩昂与豁达。外墙一边写着"忠、孝"，一边写着"节、廉"。门头上的大匾，高悬着皇帝的圣旨；门楣边的堂号，无不出于"仁、义、礼、智、信"："树和堂"讲和为贵；"慎德堂"讲慎终追远以德为先；"文敏堂"讲敏而好学；"五桂堂"喻修齐治平……楹联对仗工整："金石其心芝兰其室，仁义为友道德为师"；"高花风堕赤玉盏，老蔓烟湿苍龙鳞"；"云蒸霞蔚德惠千璋，春露秋霜恩泽万物"……一重重堂奥，到处刻着"三字经""弟子规""朱子家训"之类，抬头是教训，低头是规矩，左门见"出将"，右门见"入相"，满眼满耳是亡灵的絮语。石雕、木雕、砖雕为"三绝"。内容有"孟母三迁"、"孔融让梨"、"桃园结义"、二十四孝图，无不寓意"孝、悌、谨、信"，体现"礼"的思想。就连堂前的水池，也不放过隐喻：故意造成半月型，寓意水满则溢，月盈则亏，半月是未央，还有上升的空间。

负责人格外精神：

所有的雕梁画栋，一处有一处的历史，一处有一处的沧桑，是文物，是景点，更是礼教的课堂。

这里群山苍翠如锦屏四列，竹树葱茏犹绣帐合围，契合着传统的"天人合一"。先贤的思想，就像遍布群山的翠竹。"二代圣人"朱熹的诗写得好：

胜日寻芳泗水滨，无边光景一时新。等闲识得东风面，万紫千红总是春。

老先生的本意当然不在游春，诗中的"泗水"无疑指的是孔门，"寻芳"求的是做人的学问，"万紫千红"比喻的是儒学，点染万物的春风乃是圣人之道。这是我们这方水土的文化底蕴。

我年轻时大多在乡村和小镇度过，熟悉所有这类"祖宗留下的辉煌"，其实就是些腐朽、霉烂的废墟。重新翻修装潢过的像化过妆的尸体，更恐怖。我有一次趴在破裂的门缝上，看见里面的厅堂、过道满是枯草，草丛中有一口没盖板的棺材，阴森森的中堂上挂着一幅瓷板人像，一双恶狠狠的眼睛怒视着朝里窥视的人，吓得打了个寒噤，赶紧后退。很多年，一旦做噩梦，总是在那些残破不堪似有鬼魂出没的古镇古村古屋古巷转来转去转不出来。

也许因为这些，我总是倾向于对这些遗存的较为负面的观点。

比如，"礼"体现的是秩序、权威与层级，鲁迅说是"吃人的筵席"。林语堂说得更明白：自古儒门子弟往往自认有超世之学，以为这样的烂学问能造福苍生，其实个个心里想的不过是造福自己、给家族争面子罢了：哪家的老婆漂亮，哪家的子孙出息，哪家弄得钱多！至于人对人的尊重，爱和良知的互助，没人去比。中国人的"面子"这个东西，无法向外国人翻译，无法为之下定义。它像荣誉，又不是荣誉。它比任何世俗的财产都宝贵，比命运和恩惠还有力量，比宪法还受人尊敬。中国人正是靠这种虚荣活着。所谓"诗书继世"，说白了就是要出人头地。一个人出外打拼，不能混上个一官半职，不能捞个盆满钵满，不能给家族置办大屋广田，都没脸回老家了。那些畏缩地夹在趾高气扬的"翰林第""大夫第"之间寒舍里的人家，当初活得怎样压抑憋屈，可想而知。读书做官，升官发财，福禄寿喜，几千年都没有什么变化，乡人讲究的"本事"就是成王败寇，即便自己不怎么样，至少祖宗阔过。

比如，留着点遗迹，让后人知道前人曾经有过的生活方式，顺便让喜欢猎奇的人掏钱，也就可以了。非要认为只要悠久就了不起、就应该发扬光大，那就荒谬了。悖论就摆在那儿：如果那些破烂原来真是那么优秀，又怎么会破烂的呢？其中的"文化底蕴"，有什么可"发扬光大"的呢？拥有这类祖宗遗产的当地官员津津乐道"这里可以做拍《聊斋》的外景"，要拿它"打造旅游文化"作为"新的经济增长点"，等等，让人不由背脊发凉。这样的经济发展思维，完全建立在对传统的依赖和对"文化积淀"的膜拜上，陶醉在"传统高贵""积淀深厚"的自恋中，更有人因此对异质文化充满成见，对现代生活加以种种无知的嘲笑，竟成了一种集体无意识。祭拜亡灵，迷信传统，抱残守缺，只能表明精神资源的枯竭，思维机能的退化，创造活力的窒息。所有的落后都证明了，这种文化积淀导致历史需要变革时，变革很难到来，即使有变革，也往往夭折。

比如，许多人以"保护文化多样性"的名义，一面享受现代都市的繁华，一面享受保护文化遗存的光环，压根不管那些处在破败、狭窄、灰暗中的人们改变生存状况的渴望。而他们则可以从"文化差异"中丰富"审美"，就像鲁迅说的西方人那样，到中国看辫子，到日本看木屐，到高丽看笠子，倘若服饰一样，便索然无味了。这种对封闭和凝滞的欣赏和叹息，流露出一种旧式无聊文人变态的嗜痂癖，是一种无病呻吟，一种伪善和自私。

我所以倾向于上述观点，是因为我相信，历史不是用来迷恋的，仅仅是一种参照甚至是一种教训。创造永远是最重要的现实课题。只有未来的进步才是我们想要的。

学会忍辱

在日常生活中，受到别人毫无根据的非议和为难，无论如何都是一件很不爽的事。上中学的时候，有个星期天在教室里给一个缺了课的女同学补习，被一个极要好的男同学给老师打小报告，说我早恋。老师不分青红皂白，把我找去好一通语重心长的训斥。我从此与那男同学绝交。在乡下插队八年，好不容易得到一个在县城做临时工的机会，做得好，有可能转正。我很是兢兢业业，却受不了气。有一次，我上级的上级不知出于什么缘故，一次又一次地退回我交上去审阅的一个报道稿：第一次是因为他有改动，让我誊写清楚；第二次是让我把誊在横格稿纸上的文字誊在方格稿纸里；第三次是让我誊一行空一行——给他留出再修改的空间。前两次我都咬牙忍住了，这一次怎么也压抑不住，誊着誊着忽然把笔尖穿透稿纸猛插在桌上。接着又一把一把扯碎了那稿子，扔到窗外的雪地上。把办公室的其他人吓了一跳。要不是几位老大哥慌忙跑出去，仔细地一张一张捡回来，拼拢，粘好，再按那领导的要求规规矩矩誊好，然后小心翼翼地呈送上去，我那次的临时工就做到头，只有卷铺盖回乡下了。

小时候听老人们关于韩信的如何受胯下之辱，越王勾践的如何卧薪尝胆，司马迁的如何受了宫刑还完成巨著一类的教诫，心里总也止不住犯嘀咕：人干吗非要成就什么伟业呢？换了我，了不得就是一个不活罢了，干嘛要活得那么窝囊！长大了，有了家小，懂得了一个男人担着许多责任，才知道，忍耐——哪怕是对非难甚至侮辱的忍耐，并不一定是要成就什么伟业，而是做人的一门必要功课。

那年我的长篇《裸体问题》出版。有一次受单位分派参加一个行业的会议，吃饭的时候，一桌都是我不认识的人。却不知怎的他们忽然说起了我，有一位说那家伙我太知道了，就住我们家楼下，小说越写越烂，只好拿"裸体"叫卖，纯粹下三滥！低级也就罢了，还蛮拿自己当回事，成天人模狗样地冒充大腕儿！文人没几个像样的，多是这种穷酸角色，又可怜又讨嫌。

看着这位凭空冒出的"邻居"妙语连珠，绘声绘色，我真是瞠目结舌。退回去十年，我连杀人的心都有。但这一次我却格外平静，想，他的蔑视似乎并非冲我一个人的，只不过拿我做了靶子——说长篇拙作《裸体问题》这书名低级趣味，报纸上也发表过读者来信。不能说他骂得没有一点根据。

事后知道，这位仁兄是一家外企的部门负责人，对自己的生活很满意，唯一一点缺憾是闲时也喜欢吟诗作赋，只是在公开报刊发表不了，心里就有了怨气。幸好那时我已经懂得了忍耐，倘我当时拍案而起，痛快是痛快了，却没准就得罪了一位当代的李白杜甫，这就违背了我所在社团的工作宗旨。

忍辱是很难的一桩事情，特别是忍受当众的侮辱。在大乘佛法里，六波罗蜜佛只讲了一个"忍"，《金刚般若波罗蜜经》说："一切法得成于忍。"据说，佛法传到中国，翻译经卷的法师基于中国读书人把侮辱看得非常严重，所谓"士可杀不可辱"——杀头可以忍受，侮辱不能忍受，便特地在"忍"下面加上"辱"，成为忍辱波罗蜜：如果辱都可以忍，那还有什么不可以忍？

佛教把忍耐分为三大类。第一类就是讲对人为的加害要能够忍受。忍人家对你的侮辱、对你的陷害。能忍，心清净，修道容易成就，这是最大的福报。事事能忍，时时能忍，处处能忍，是禅定的前方便。一个不能忍的人，无法修禅定。

忍的意义深广无尽，最重要的就在日常生活当中。成就并不一定就只是某种事业，也可以是一种做人的品行。个人的好恶是一种烦恼，是心不清净。放下好恶，宽容人事，哪怕是在常人看来难以宽容的人事，就是随喜功德，就是忍辱波罗蜜。先学会感恩，然后学会帮助跟你无关的人，然后学会对伤害你的人慈悲，最后学会对所有人都平等慈悲，就是尽善尽美。修忍辱修到尽善尽美，就是庄严境界。

我无意修禅定，修了也达不到那么高的境界，最多就是尽量减少可能的麻烦，但就是这样的程度也未必能达到。

学会独处

在生活中，我最欣赏也最向往的态度是自在。只要活着，就要处于最自在的状态，可以没有荣华富贵，没有高朋满座，但不能没有快乐。闭上眼睛能睡着，睁开眼睛还活着，粗茶淡饭能吃饱，钱包不鼓还够花，忙而不累，闲而不烦，就是神仙日子。

一位朋友退休，给我发来一条微信："一个人真正应该看重的，不是你接近了多少人，而是你孤单的时候，还有多少人接近你。"

这句话，自然表达了他的豁达，无所求，却也流露了他的有所待。我觉得还可以大大进一步：真正彻底地摆脱羁绊，是无所待。对一个无所待的人，"还有多少人接近你"并不重要，重要的是接受"孤独"。

这里说的"孤独"，当然还不是庄子那样"独与天地精神往来"、王维那样"行到水穷处，坐看云起时"的清高超迈，只不过是保持相对的独立。

在哲学家看来，孤独为一个精神禀赋优异的人带来双重的好处：第一，他可以与自己为伴；第二，避免了和不三不四的人在一起——这一类的社交往往潜藏着让人不舒服的拘束、烦扰甚至某种不测。

一个人如果自身具备足够的内涵，根本没有必要热衷与人交往。社交场合常常充斥着道德低下、智力欠缺或者精神反常的人，他们只希望别人认可他们的重要，决不认可别人的识见。我自己就多次遇到这样的尴尬：即使叙述的是切身经历和感受，只要与他们的想法不合，他们也会正颜厉色地反驳你。在这样的人群中，你不得不放弃自我，甚至扭曲、萎缩自己。因为你的识见本身就构成了对他人的损害，尽管你完全无意于此。

这样的牺牲得不偿失。其他人把无知、无聊、无耻强加给你，却不会有任何补偿。不与之打交道，就是不稀罕这些人。在一个浮躁的世态中，真正具备价值的东西往往不受人们注意，受人注意的东西却又往往缺乏价值。懂得努力避免各种诱惑以保存或扩大自己的自由空间，尽量少与庸俗的人虚与委蛇，回到独处，实在是一种明智。

越来越觉得没有争辩的必要，越来越抗拒一些言论，越来越觉得在人群中独立最好。以前会在曾经的熟人中说说自己的某个观点，现在发现完全是多余的。因为每个人都在自己的成长过程中接受了教育，而你所说的只不过是你所受教育的一部分，他人并不一定需要。不需要对不懂你的人说太多，而懂你的人，也会懂得你的沉默。

独处是一种自然的、适合每一个人的生活状态：它使你能重新享受原初的、最符合自己本性的快乐。平静的心境对幸福的重要性仅次于健康。一个能适应独处，并且喜欢独处的人，不啻获得了一笔巨大的财富。

事实上，一个人越不需要跟人打交道，证明他的处境越好。让一个人达致最完美和谐的只能是自己。完全的内心宁静，只有在独处的时候才有可能得到。这时候，身体的孤独和精神的孤独互相对应，是完全自由的。即便是从日常的家务、阅读、散步、咀嚼回忆中，都可以获得无穷的乐趣。而一个不爱独处的人，则无法享受自己。西塞罗就说："一个完全依靠自己，一切称得上属于他的东西都存在于他的自身的人是不可能不幸福的。"

对独处的喜爱随着精神能力的提高逐渐形成。一个人对社会交往的渴望程度与他的年龄大小成反比。孤单对儿童是惩罚，对成年人就未必，年纪越大，他就越能够独处。

对我来说，独处是一个迟到的人生课题，但只要愿意学习，就永远不嫌晚。

德国哲学家叔本华关于独处有许多经典名言，那只属于跟他一样的杰出人物，不适合庸常人群。对我们一般人来说，独处作为一种人生姿态，可以是一种清高，也可以是一种清醒。我属于后者。被人知遇，受人恩惠，得人援手，应该感激不尽，铭记终生；遇人不淑，被人无视，受人奚落，不必怨天尤人，自暴自弃。既然知道了自己在写作这个残酷的竞技场不堪为伍，只能处之泰然，最好的语言是沉默；最好的姿势是安静；最好的心态是没有心态。十年前移居异地，除了家人，举目无亲。享受到的最大好处就是最充分的清静。粗茶淡饭消永日，鼠标键盘送流年，很是自适。

学会死亡

将近十年前，参加完中国作协的会议，我私下告知几位走得近的朋友，这是我最后一次来京了，今后能见则见，不能见，念想也是一种见，只要是朋友，在哪儿都是比邻。活到现在的年纪，特别明白了古人讲的知进退，应该逐渐归于内心，最终归于虚无。这不是所谓超脱，而是一种自我保护——努力让自己保持心情的平静。

头天傍晚我穿过宾馆大堂回房，中国作协副主席高洪波、刘恒和其他几个作家路过，顺便喊上我，去看望在京住院治疗癌症的张贤亮——他写过很轰动的小说，又很有经济头脑，无论在文坛还是社会上，知名度都很高。返回的车上大家有很多感慨。我说了一句自以为会让人印象深刻的话：

人应该学会死亡。

就是要学会平静地面对和走向必能到来的虚无。只有真正看轻死亡，人生才是圆满的。

这辈子见到过不少人在大限将至前，求生的欲望格外强烈：没条件的不惜倾家荡产，遍寻各种民间偏方，遍尝各种匪夷所思的腐臭糜烂；有条件的则一掷千金，国内国外的所有"特效"药物、"靶向"疗法、"最新"成果，一概照单全收，放疗，化疗，切割，换血，换器官，浑身插满管子，支离破碎，百孔千疮，直至气绝。

很清楚地记得一首写死亡的诗，只有两句：太阳要下山了，谁也挽留不住。人生就是一个过程，诞生，成长，壮大，衰老，终于结束。就像一块石头，从地上捡起，不管抛到多么远多么高，在空中画了一道抛物线，最后还是落到地上。整个过程可以延缓，却不可以逆反，也没有必要逆反。事实上每一个阶段都各有尊严。追求"逆龄""冻龄"乃至相信种种"回春术"，只能是一种智商的缺憾。而在死神来临的最后时刻，保持离别的优雅和庄严，可以说是人生最后也最大的一个课题。

儒讲虽死犹生，释讲死是往生，西教讲麦子落地才能结出果实，都给死赋予了精神的意义。我更欣赏的是道家讲的道法自然："死生，命也，其有夜旦之常，天也。"（《大宗师》）"方生方死，方死方生。"（《齐物论》）"生者，尘垢也，死生为昼夜。"（《至乐》）"古之真人，不知说生，不知恶死；其出不䜣，其入不距；翛然而往，翛然而来而已矣。"（《大宗师》）妻子死了鼓盆而歌，最能说明庄子对待死亡的态度。在他看来，生死就像四季运行，妻子顺应了自然，我若哭泣，是不明白生死的道理。的确，作为生命，死就是彻底回到物质本质。对于我们常人，不过就是一缕青烟、一把粉末而已。

庄子应该是我国最早关心死亡问题的思想家，他对死的态度是坦荡的，其视野和思维空间非凡开阔。以理智的方式将人生的种种困扰置之度外，使心灵不受干扰，庄子称之为"心斋""坐忘"（《大宗师》）。这种深刻的自然观，让我非常喜欢。

但比较起来，我更喜欢对待死亡的民间智慧。电视上看到一群骑单车旅行的老人，兴致勃勃。记者问他们这样热衷锻炼所为何来，其中一位朗声笑道：

"活得长，死得快。"

这样一种通透豁达的快乐，让人心生敬重：

"活得长"是健康的精彩的有质量的"长"；"死得快"是戛然而止，干脆利落，不给自己、家人、社会带来任何拖累麻烦的"快"。所谓"久病床前无孝子"，其实是一种自私的毫无意义的哀叹。

我不懂鬼神，也不是任何宗教的信徒。我相信依靠自己的智慧足够解脱自己的所有精神困扰。人们花一辈子逃避死亡：地上百味，精挑细拣；天下众美，惟愿独享；树碑立传，聚财藏宝；养生保健，美容整形；执迷科学，奇思妙想；烧香拜佛，炼丹寻仙……然而，我们对死亡了解多少？苦过也甜过，累过也闲过，哭过也笑过，付出过也收获过，痛苦过也幸福过，这就够了。生是人，死是鬼，"鬼"者"归"也，用不着伤感，也用不着留恋。死亡，乃是尘世送给人生的最后一个礼物，当它到来的时候，最好的姿态是欣然接受。

第六辑

自省录

嫉　妒

1980 年，中国作协恢复文学讲习所，按序列为第五期。这一期时间很短，只有四个多月。但我们十分幸运地听到了许多前辈名家的讲课。其中曹禺先生讲的那堂课，是给我印象最深的课之一。

此前不久，曹禺先生访问英国时看了歌剧《阿芒得斯》，那堂课他着重讲的是这部歌剧的观感。

《阿芒得斯》主题是庸才对天才的扼杀。宫廷音乐家阿沙利瑞作为一个平庸的音乐家，对音乐天才莫扎特，怀有浓烈而又深沉得仿佛爱情的嫉妒和恨意，演员惟妙惟肖地再现了庸才和天才之间一场关于宽恕和嫉妒的斗争。

然而，如果仅止于此，那就只是一个平常的嫉妒故事。高潮在于歌剧的结尾：阿沙利瑞临死时宣布——自己是莫扎特的"谋杀者"！更令人震惊的是，剧终前，主角阿沙利瑞走到台前，面对整个大厅的观众，大声问：

你们谁又不是扼杀天才的刽子手？

念出这句台词的时候，坐在讲台后面的曹禺先生自己"腾"

地站起，模拟那位演员，声色俱厉，抬手指着前方。

不知其他人是什么感觉，我的感觉是突然被人揭去了假面，暴露出了深藏的阴暗和肮脏。从小我就是那么自卑，心胸狭隘，暗中嫉妒一切比我强的人。所以没有成为阿沙利瑞那样的"刽子手"，不过是因为不具备他的地位和权力。

在曹禺先生观摩的英国歌剧《阿芒得斯》中，天才莫扎特陨落了，而"谋杀"天才的阿沙利瑞也不免让人同情。见证天才的辉煌，何其有幸；生活在天才的阴影下，又何其不幸。凡夫俗子的茫然、绝望和嫉妒撕咬着他的灵魂。作为同行，他其实是最懂也最爱莫扎特的人，可惜他自己也许没有意识到，他的嫉妒也"扼杀"了他自己。这真是一个无解的悲哀。

曹禺先生上的是一堂文学课，对我来说，是一堂人生课。让我认识到：嫉妒本身其实是一种仰望，而被嫉妒，则是成功的标志。许多事终非强求可得，嫉妒的人因而是可怜的，他们被追名逐利的偏执与欲望扭曲，享受不到阳光的美好，体会不了人生的乐趣。更有甚者，嫉妒作为一种心灵的疾病，会扩散到身体各处，引起种种莫名其妙的不良反应，是摧毁人性和健康的毒药。嫉妒固然有可能伤害别人，但首先伤害的是自己。

自那以后，我虽然不敢说对别人的成就绝对没有醋意，但会努力强化自己的心理承受能力，"留心嫉妒，那是一个绿眼的妖魔！"（莎士比亚）决不苦逼煎熬傻乎乎地做伤害自己的事。

张　狂

在文讲所，我下了课就回寝室，从不串门。必须参加的课外活动，我也是在暗处找个地方坐下，不声不响。一个来自落后地区乡镇的小年青，到了大地方，诚惶诚恐，小小心心。吉林作家王士美多年后写文讲所回忆，特地写了我当时的沉闷（他用的词是"沉静"）。河北作家贾大山喜欢说笑话，但对我特别真诚：以为你少年得志，会不可一世，没想到这么老实。挺好。

有一天我被通知参加《文艺报》的一个座谈会，正拘谨坐着，身后有人轻轻拍我。我随他到会议室外的走廊上，他说，我是阎纲。他高高瘦瘦，跟我说话得弯着腰，我看他得仰着头。

头次见面，没有闲话。先生当时一脸忧色，说，听到反映，你是文讲所里最张狂的人。

我一下蒙了，棍子一样戳在那里。

任何传言都不会是空穴来风。好多年后有人告诉我：文坛也是个江湖，接触过你的人知道你的不走动，不拜访，不恭维，不捧场，是因为胆小；没接触过你的人则可能看做是傲气，是不肯拜码头。你显然因此得罪了某个重要人物，否则阎纲老师不至于那么郑重其事。

不过，胆小是因为觉得对方是大人物，对我没觉得是大人物的人，我的胆子并不小。跟王安忆同桌，看她课堂记笔记全神贯注，觉得没必要，就自作聪明指点说老师的这段话该记，那段话不必记。她认真听完，依旧是全神贯注。这样的指手画脚，不是不自量，根本就是搞笑。等我后来知道了这一点，错已铸成了。

以王安忆的教养，她当然不会在意我的浅薄。为了记住这个教训，我后来借写王安忆印象的机会特地记录了我的搞笑。当时我有过一刹那犹豫：这么难堪的事我要不写出来，不会有人知道。但我还是写了，并且发表了。一则算是对王安忆表示歉意，二则是警告自己不要再犯这一类的低级错误。多年之后，王安忆名满天下，中国作协创研室主任、著名评论家胡平先生在鲁迅文学院（文讲所是其前身）讲课，援引拙文告诫学员：认真听课并且认真记笔记能成为王安忆那样的大作家，像陈世旭这样不认真听课不认真记笔记所以写作没有进步。

讲稿后来登载在中国作协的《作家通讯》上。胡平先生在一次会上见到我，问我是否介意，我对他表示感谢。尽管我对认真听课并且认真记笔记就能成为王安忆那样的大作家，或王安忆之所以成为大作家是因为认真听课并且认真记笔记，多少存着疑虑，但我觉得，胡平先生把我作为一个反面教材，首先是对我的教益，一是可以让我避免再做类似的蠢事，二是可以最大限度减少这种蠢事对别人造成困扰。善莫大焉。

童蒙读物《增广贤文》有两句格言"逢人且说三分话，未可全抛一片心"，平时常听长辈念叨。但我从小没心没肺，哪里会记住这一类老话。当初要是牢记了，日后就不至于那么犯浑丢人了。

这句话，听起来挺世故的。鲁迅曾经感叹：人世间真是难处的地方，说一个人"不通世故"，固然不是好话，但说他"深于世故"也不是好话。缺心眼不好，心眼多也不好，的确难。

但世故真的就一定不好吗？

"世故"有很多种含义，可以是一种城府，一种权术，一种心机，一种自私的掂量和对他人的算计；也可以是一种通达，一种成熟，一种防范，一种自我的约束和对他人的尊重。"干敏强力，老练世故，审动而果，虑远而成"（宋·叶适《故大宋丞高公墓志铭》），这其实是人生一个应该努力的方向。

我理解，"逢人且说三分话，未可全抛一片心"是提醒人们说话应该有必要的节制，遇到自己并不了解的人，不要信口开河，闹不好，轻则像我这样，见识浅陋而好为人师，成为一种笑料；重则遇到坏人，则会被其利用。后面这一条我倒不担心，因为没有什么被利用的价值，我担心的是这样盲目的信口开河难免给对方造成困扰。

后来在文学社团做业务工作，就同行尤其是年轻同行的写作发表意见尤其是负面意见，我总是一再在心里叮嘱自己把握好分寸，点到即止，万不可想到哪说到哪，尤其不可妄下判断，给自己落下"张狂"之名倒在其次，挫伤了别人的信心，那就错莫大焉。

惰　性

网上看到一个故事：一个放羊的与一个砍柴的聊了一整天，羊吃饱了，该回家了。砍柴的这才记起来，自己还没有动手砍柴呢。

小学，下午放了学，班上成绩最好的一个同学领着我们一帮小屁孩疯玩，天黑好久了才回家，突然记起还得硬撑着瞌睡完成老师布置的作业，心里直后悔，但领着大家玩儿的同学却每次都若无其事，而且每次考试都是满分。一开家长会，老师和所有同学的家长都一个劲夸他聪明，天资高。我们羡慕得要命。后来我才知道，原来他每天下午在课堂上就把当天的作业都做完了，回家吃过晚饭又抓紧时间把第二天要上的课预习了一遍。一个人再聪明，天资再高，也还是下了功夫的。

庄子寓言《徐无鬼》讲了一个石匠的故事：某人在自己的鼻

尖抹上蝇子翅膀大小的一点白粉，石匠拿起斧头，"运斤成风"，把那人鼻尖上的白粉完全削去而鼻子不受一点伤害。挺神的。

石匠怎样能做到这一点，庄子在这个故事里没有解释，但在他讲的另一篇故事《达生》里我们可以找到原因。

《达生》讲道：孔子在去楚国的路上经过一片树林，看到一个驼背老人举着一根长竹竿粘知了，轻而易举，手到粘来，没有一只能逃脱。孔子惊奇，问老人有什么窍门。

老人回答：你看我站在这里，就如木桩一样稳稳当当；我举起手臂，就跟枯树枝一样纹丝不动；

虽天地之大，万物之多，而唯蜩翼之知；吾不反不侧，不以万物易蜩之翼，何为而不得！

尽管身边天地广阔无边，世间万物五光十色，而我的眼睛里只有知了的翅膀。外界的什么东西都不能分散我的注意力，影响不了我对知了翅膀的关注，怎么会粘不到知了呢？

其实，我身边就有现成的例子：

那年在京开会，一块上过中国作协文讲所的几个常常天南海北地聊大天。上海作家王安忆从来都默默坐在一边，有天突然站起来，说：我回房间去改稿子。离席而去。

那篇稿子就是引起广泛好评的中篇小说《小鲍庄》。

原来大家东拉西扯的时候，她一直在琢磨小说。

不记得在哪里看到一则短文，引用了鲁迅的话：世界上哪有什么天才，我只是把别人喝咖啡的时间用在工作上了。

先天的禀赋自然是有的，鲁迅说"哪有什么天才"是出于谦虚。但即便是"天才"，也是会"把别人喝咖啡的时间用在工作上"的。

道理很简单，只是难做到。一年一年过去，一拨一拨在我后面开始写作的同行一次一次轰动文坛，而我天资不够，又不努力，总是在给自己找不安心坐下来读书学习的理由，那就只能是哀叹"沉舟侧畔千帆过，病树前头万木春"了。

卖　弄

记不起是从哪年开始，因为憋不出小说，无聊中抓起毛笔胡乱涂鸦。不几时，不管走到哪里，只要有人铺纸，就肆无忌惮地横刷竖抹。围观者出于客套，胡乱喝彩，我皆当真，一脸得色。直到京城一位朋友寄来一堆古代名家字帖，供我鉴赏研习，翻过几册，我如梦方醒，一身冷汗淋漓，从此罢笔，再不敢气壮如牛地糟蹋笔墨纸砚了。非写不可，就用钢笔给对方留句话纪念。

比"书法"更露怯的是古体诗。参观留言，题赠友人，纪念感言，喜欢"即兴""匆就""古体诗"，或"五言"或"七言"，或"绝句"或"律诗"，张嘴就来，甚是自鸣得意。让我又一次大汗其颜的是山东一位诗人。某年他领我走访李清照故里，我见他爱好古体诗，便从手机翻出几首拙作以示同好，读后他说了一些好话，我一眼就看出他的言不由衷，便再三表示希望听到他的心里话。他沉吟良久，说：古体诗是有格律的。我马上就听懂了：我这些"古体诗"没有"格律"。之后，我再不敢当场"即兴""匆就""古体诗"，写文章忍不住夹杂几句，就把初稿发给朋友中的行家，请他们规范斧正。这样做了几次，我意识到十分不妥，一是如此麻烦朋友没有道理，二是纯属欺世盗名。于是狠下决心，除非真的弄清了古体诗的子丑寅卯，再不敢没羞没臊地冒充古体诗人了。

反思类似恶习，盖出于卖弄心理作祟。

卖弄是一种常见的社会现象，内容很丰富，方式也很多，我这种所谓"文人"，喜欢卖弄的自然是才华。

一个人卖弄什么，其实表明他正缺什么。

初中毕业就下乡务农，没有受过系统教育，只因时势使然，走上写作道路。阅读面稍宽，发现鲁迅那一代作家，几乎个个学贯中西。鲁迅倡导白话文，却有极其深厚的古文功底，文稿的毛笔字，既温柔敦厚，又遒劲如刀刻，入木三分；他的古体诗，我也是无比崇拜，于是像动物园的猴子学人样，毛手毛脚地做大师状，却又心浮气躁，下不了苦功，结果只能是表现自己的轻佻可笑。行家即使不拆穿，心里是难免鄙视的。

卖弄是因为虚荣。虚荣的背后，是自身的迷失。活了一辈子不知"卖弄"为何物，那不只是可笑，而是可悲！

虚　荣

有一个著名比喻——将作者与作品比作鸡与蛋：读者读作品不必知道作者如何，如同吃鸡蛋不必知道鸡长什么样。

这个比喻很幽默，但跟所有比喻一样不尽精确。鸡蛋吃了就吃了，的确不必知道鸡，但了解作者对理解作品还是有一定帮助的。问题只在别自我吹嘘或听任别人夸奖。然而，这在实际操作中往往难以避免。

有家文学刊物发稿，要求提供作者简介。我以为自己写的足够详细了，但刊物出来后却发现编辑加上了许多虚张声势的称谓、名头，令我羞愧无地。

刊物那样做，无疑是为我好，使我那些平庸的文字得以刊行。所谓吃蛋不必管生蛋的鸡的比喻，是有前提的：要么蛋是绝对的好蛋，什么样的鸡生的都无所谓；要么鸡是人人皆知的好鸡，下的一定是好蛋。如果两者都不具备，那就只好加上尽可能多的、不着四六的名目来广告这鸡是好鸡，使读者认为其下的蛋也一定是好蛋。

这样一想也就释然，心里并且滑过一个不无卑劣的念头：反正我是被动的，真有人信也没什么不好。此后再有这样的事，也就听之任之。

却终于几乎当众出丑。

某次坐火车，一排三座的另外两位女士正头靠头地在读一本文学期刊。我忍不住偏头瞄了一眼，她们看的正是我新近发表的一个小说。一阵窃喜。却突然听到捧着刊物的那位很尖锐的一声：

这人也太没劲了，作者简介说这么多跟文学不相干的东西！

另一位更激烈：

不是没劲，是下作。越是写得不怎样的，越是在这些地方动脑筋。

我像遭了雷击，眼前一黑。稍稍清醒，赶紧起立溜走——那作者简介前面同时刊发了我的"玉照"，也不知编辑是从哪里找来的：笑得那么开怀、那么愚蠢。

离开座位的时候我两腿发软：但愿她们没有认出我，或者认出了只是骂骂而已，不要当众揭发。

从此，再遇到必须刊发"作者简介"的要求，我绝对坚持由我本人提供文字，对方可以删，不可以加。然而，这样的固执还是会有完全相反的结果。

　　客居异乡后，一位认识我的当地同行看我拿欠发达地区工资在发达地区过日子，好意帮我，推荐我参加当地一个基层文学社团的评奖工作。主办方为了证明评委的资格，需要公布评委简历。他们觉得我提供的资料过于简单，不足以与评委之职相称。因为我坚持不肯增加内容，推荐我的那位朋友很生气：

　　人家请你，是看得起你。你既然接受了，就有义务支持人家的工作。希望评委简历详尽，是为了证明评委会的权威性。你那样做，除了让已经提供详尽资料的其他评委难堪，说穿了还不就想显得自己单凭名字就可以走遍天下！就算我不这么看，别人也会这么认为。

　　我张口结舌，无从解释。只能敬谢不敏，退出评委会了事。

　　那笔本来可以到手的评委费虽然说不上多么丰厚，但好歹是一点福利，事后不免心疼。但权衡利弊，觉得朋友说的"想显得"只是一种推测，比起直截了当的"是下作"来，还不至于太难以忍受。

忘　形

　　至少在二十年前，我在《文学自由谈》发过一则《自律四戒》，其中第四戒是"戒得意"。举了好几个例子，下面是其中之一：

　　1991年，我被调到省作协做协会工作，应邀去参加一个地区的文学作者会，会上有人要求我谈一谈自己的写作。这是我一直忌讳的事，现在端了协会的饭碗，责无旁贷，只能从命。

散了会回到房间，一个陌生青年径直走到我跟前。我笑脸相迎，以为他来示好，不料他一字一句清清楚楚让我绝不会误会地说："我刚刚听了你的创作谈，你以为你的小说写得好吗？我告诉你，很差！"说完就转身走了。

我像桩子似的钉在那里，好半天才回过神来。事后悄悄向朋友打听，知道这是当地的一位农民，最近在外省发表过很精彩的小说。我于是检点刚才会上说的话，一定是尾巴又没有夹紧，说着说着就露出了该死不死的张狂劲儿。

在这一"戒"的结尾，我咬牙切齿地说：禅宗有一个"当头棒喝"的公案，对一个头脑容易发热的人，有当头棒喝肯定比没有好。唯愿未来的日子，我一能完全戒除得意恶习，二能真的有所长进。

然而"恶习"岂是那么容易"戒除"的？尤其像我这样一个根器浅薄的人，没过几年就好了伤疤忘了疼，遑论"长进"。

参与省文联的行政工作不久，美术家协会的一位画家建议我去看他们协会的一个创作基地，是一处小庭院，就在省城，市文化部门管理的一个省内外书画家接待和雅集的场所。庭院深处拐角的一间库房保存了过往书画家留下的许多书画作品，场所负责人决定分期分批陈列，供同行交流切磋，以及有兴趣的闲人浏览，为此让我题写陈列馆牌匾。

文艺社团中，有名气的书画家大多自适自足，不至于太看重行政职务，他们善意地错把我当作有点雅好的人，看得起我，我自然是不胜荣幸之至。笔墨纸砚是现成的，我那时写毛笔字又正在瘾头上，毫不迟疑，提笔一挥而就。

那个匾很无耻地在那个拐角的库房门头寂寞地招摇了好多年，直到有一天新上任的市文化局长视察下属单位时责令撤掉。

省美协那位也已退休的画家只告诉了我这个消息，没有再往下说。他显然有点意外：那位局长专心从政前曾经很爱好过文学的。我也知趣地没有再往下问。心里虽然有一点复杂，但很清楚，如果探究就只能探究我自己的犯贱欠揍。谁让你撅起屁股？认真起来，我倒是应该感谢那位局长。他那个责令，就像《儒林外史》里范进岳丈的那一巴掌，打回了我一度走失的清醒。

常言道：事不过三。这种程度的得意忘形，已经有过两次了，绝不能有第三次。作为曾经的酒徒，李白的诗我念叨得最多的一句是"人生得意须尽欢"，经此之故，再犯酸的时候，我把"须"字改为了"休"字——"人生得意休尽欢"，自嘲是李白的"一字师"。

因为这个改动，对我实在太重要了。

一个人经历多了难免世故。但我以为，世故并不都是坏事。因为，一、人总该越活越明白；二、也总该尽量少给别人造成不快——如果不能给别人带去快乐的话。

小聪明

我被调到省里专业写作的最初几年，因为没有相应的成果，焦虑不堪。有一天，我在单位资料室看到一篇翻译的苏联作家短篇，讲一个集体农庄的青年进城卖农产品，他很诚实，却不被信任，很生气，几乎跟人打起来。我眼前一亮。在小镇做农民通讯员期间，我也听到过类似的故事：

一个山里青年把自家烧的木炭挑到集镇上卖，镇上人故意挑剔，一会儿说烧炭的树木不是硬木，一会儿说炭没有烧透。那青年火了，把两大箩子炭全倒出来，一根一根在地上踏碎，一边踏一边说：给你看，给你看，是不是硬木，烧没烧过心！

我照搬那个苏联小说的结构，把这个情节塞进了现成的框架，表现山里人的纯朴。题名《山里山外》，不久就在《十月》发出来了。

收到样刊的时候，我长长地舒了口气。却忽然有一天，一个同事悄悄告诉我：领导收到了检举信，说你抄袭。检举信并说，已经要求《十月》编辑部刊登启事，声明《山里山外》是个抄袭作品，向读者检讨。

抄袭就是偷窃！

我当时站在阳光灿烂的大街上，一阵眩晕。用得上《静静的顿河》里的一句话：格里高利抬起头，看见太阳是黑的！

《十月》编辑部的启事一直没有登出。我的心理危机并没有解除：《山里山外》故事的素材虽然来自我自己的生活积累，但我也不能否认小说结构的确是从那个苏联小说的模子里脱胎出来的。我更不能左右《十月》编辑部对此的判断，单纯站在刊物角度，他们完全可以采取更严格的判断标准。无论如何，这种做法至少是投机取巧的一种。

《十月》可能刊登的"启事"或是"读者来信"，就像达摩克利斯之剑高悬着。启事一旦刊登，对于我，无异于法院的死刑布告。

按说，经历了这样的危机，任何投机取巧的念头都不该再有了。但要根除一种品质缺陷，谈何容易。

1993年由中青社出版的长篇《裸体问题》，其实是众多中短篇小说的组合，出书前，我临时补充了一些章节，这些章节没有作为单篇发表过。2010年，深圳《特区文学》革新版面，大幅度提高稿酬。接到他们的稿约，我自是高兴，新的稿费标准是那么诱人。但苦的是手头一时没有存稿，新写一个不知要到猴年马月，这样的机会很难轻易放弃。投机取巧的念头又油然而生。

我把《裸体问题》里那些没有作为单篇发表过的章节摘出，戴帽穿靴，鼓捣出一个中篇，题名《特区三色旗》。我满心侥幸：那个长篇是在北京出的，而且已经好几年了，深圳未必有人读过。自我复制，江郎才尽而已，与抄袭别人毕竟不是一回事。

稿件采用，我引颈鹤望提高了标准的稿酬。

我等来的是责编一封措辞简洁明了的电邮：

> 读者举报，该作摘自旧作。经查，属实。

我盯着电脑上的那行字发蒙。良久，有气无力地回了个道歉的电邮，却又特别"大度"地加了一句：稿费你们就别给了。

已经让人家的声誉受损了，还好意思提稿费，真是混账到家了！

《山里山外》《特区三色旗》都是毫无影响的作品，但对我的写作却有着极重要的意义。让我铭心刻骨地记住：

永远不要指望投机取巧不会被读者发现。

小聪明终难修成正果，更不用说成就什么大器了。

一个作者如果不能得到光明正大的成功，至少不应该让所有善待自己的人们失望。

迷 妄

先天才华和后天修养的缺失，让我的写作始终步履维艰。

《小镇上的将军》发表之前我写过十几个短篇，除了一二个在地方报刊发表，大多成了废纸。用差不多一年的时间写的《小镇上的将军》，发表前也先后被两个刊物退稿。冯牧在获奖作者座谈会上关于我写了《小镇上的将军》就再也写不出东西了的说法其实是一种鼓励。更直接的看法完全就是否定：同年我进中国作协文讲所，一个作家在闲聊时对我说：你很走运，你那个获奖小说赶上了政治需要。就是说，那小说跟文学关系不大。

之后上海有位责编告诉我，我费尽心思写出发在他们刊物的一个短篇，当时北京名气好像最大的作家在接受他们组稿时跟他们说，我那个小说根本就没有达到发表水准，不应该刊发。

1983 年我发表在《人民文学》上的短篇《惊涛》获奖，正松了口气，忽然读到那一年获奖短篇的评点文章，指出给《惊涛》奖是一个失误，作品表现出作者的"主观唯心主义"。我对哲学很无知，但知道这主义很厉害；《马车》是在大学插班时写的，之前已经被一家刊物退了稿。再试投，被《十月》采用。不料获了《小说选刊》和《人民日报》文艺部合办的 1987—1988 年全国小说奖。发奖后的午宴上，一人问同桌的评论家最近在忙什么，他自嘲说：有什么好忙的？总不能去评陈世旭的《马车》吧。我去京时的一点蠢动，瞬间成为泡影。

"再也写不出东西了"像一句魔咒，一语成谶。

成名作即是极限。我最终也没能爬出这个让人深怀恐惧始终不甘的陷阱。

想要爬出陷阱的愿望是如此丧心病狂。小说一旦刊发就眼巴巴地注意有没有评论，会不会转载，热心的朋友推荐评奖，我口里忸怩作态，实际半推半就。写文章时说只问耕耘不问收成，心里饥渴着奇迹的发生。《裸体问题》出版后，出差北京的同事回来转告：中国社科院文学所的《文学评论》让你请评论家写个评论在他们那里刊发。我大喜过望，立刻给只有一面之缘的李洁非先生打电话，劳他大驾。他很仗义，文章很快写出，但《文学评论》一头雾水：根本就没有人约过《裸体问题》的评论。同事的转告无疑出于好意，可笑的是我根本就没有想过核实就信以为真。

很长一段时间，外界的所有响动，跟自己有关无关，都有可能让我心惊肉跳。

刚学会电脑，无聊上网，忽然发现一个文学网站对我的介绍，生辰八字之外，关于我的写作就一句话：

文字朴实没有趣味。

一个正常人，对这样的评论，正确的做法是努力让自己的文字有趣，但我的做法是设法让网站别说我"没趣"。

拐弯抹角打听到这个网站在辽宁，赶紧给辽宁的名家去信，请他帮忙找找这家网站的负责人，能否删去这八个字，或者至少后面四个字。

我的理由振振有词：网站应该秉持客观立场，引述各种见解，不宜直接评判。

这样的迷妄，本末倒置，结果当然是让自己更加没趣。

我不得不接受难堪的事实，写了长文《平庸的生活和平庸的写作》，老老实实承认自己的平庸。

这种平庸其实从一开始就已定型。一切在莫大程度上被基因所决定，难以改观。而今，我专业写作快一辈子了，退稿依旧是常事。编辑部不到万不得已绝不会退自己约的稿。虽然可以拿取舍眼光不一来安慰自己，但也说明作品没有达到公认的水准。

有位年轻的同行，在我还不懂人之患在好为人师的时候，让我给他写过序言，我很感动也很相信他的看得起。2014年我千辛万苦写出的《八大山人传》出版，加之审稿者例行公事的几句肯定，我话音里难免嘚瑟。他还没听完就说：传记算什么？不过就是记录而已。大约是意识到有些生硬不妥，补了一句：不过我说的不止你一个。这种明显的修补，补了比不补更让我难受。有一次参加一家出版社的活动，同车的几位男女青年作家、编辑、记者对我一无所知，很奇怪出版社怎么邀请了这么个不相干的人来。我背过身体默默听着他们的窃窃私议，很后悔接受了这次邀请。一个写作者连圈子里的人都不知道，也就是那首著名的诗说的：有人活着，已经死了。

但我的心没有死。

2014年，离冯牧先生那次讲话三十四年，我刚杀青一个长篇，在通电话时顺便告诉一位正值创作盛期的新锐作家。暗自期待一声祝贺，没想到对方突兀说：怎么写你也不在读者的视野了。

人最终只有自己能够支撑自己，谁也没有义务必须为你伤心或高兴。这位作家是个实在人，心直口快，以他的敏感，很容易就听出了我的嘚瑟。尽管话很直率，却是善意的提醒。后来的事实证明他说得一点不错。那个小说出版后，一位在企业当头的深圳朋友邮购了一百本，用于企业文化活动。一年后，那位朋友很尴尬地跟我说，那堆书一直原封未动，无人问津。我赶紧找了一位大学毕业分在当地工作的小老乡，开车拉走处理了事。

对一个写作者，有什么比这更悲哀的呢？写作的终端不在完稿，不在刊发和出书，而在读者。希利斯·米勒说："文学是通过读者发生作用的一种词语运用。"没有读者，前面做的一切都是瞎耽误工夫，不过是给朋友添麻烦、给社会添垃圾而已。

生命的欢歌

防疫经年，少有外出。入夏，想起居家附近公园的荷湖，荷花应该开了，遂跃跃然前往。

荷花果然不负牵挂。

去年初冬，最后一次离开荷湖，只剩一片衰败凋零，只能暗叹"留得残荷听雨声"。而今，偌大湖面，冒头的茎叶，还来不及有风中的婀娜；初生的花苞，蓄紫含红，正待向日而开；性急的花枝，则已参差高耸，亭亭玉立。有了荷花，水域是另一种立体景观。去冬浑浊的荷湖，因为荷花的盛开，变成了美玉。满塘的绿肥红艳，满塘的朝气氤氲，满塘的奔放和蓬勃。仿佛才逝的春天从地面移到了水面，梦里的仙子回到了现实，心头的阴霾为之一扫。

自古赞美荷花的诗文绘画浩如烟海，影响最为广泛深远的莫过周敦颐的《爱莲说》。理学家给荷花赋予了至高的人格意义，荷花成为圣贤极致推崇的"君子"，"出淤泥而不染，濯清涟而不妖，中通外直，不蔓不枝，香远益清，亭亭净植"，冷寂，清白，高洁，"可远观而不可亵玩"，令人肃然起敬，令人景行行止。《爱莲说》也由此成为说莲的经典，乃至文学的经典。

围墙外面，是很大的一方荷塘，荷花开的时候，清香就弥漫过来。荷塘那边，是一个树林茂密的小村。树林上面，远远地浮着一抹淡青的山影，那便是庐山。

上述引文，出自我的乡居回忆。

但也许是因为长久的乡间生活，我对荷花的喜爱，更多的是世俗的情怀。

江南可采莲，莲叶何田田。鱼戏莲叶间。鱼戏莲叶东，鱼戏莲叶西，鱼戏莲叶南，鱼戏莲叶北。

（汉乐府《江南》）

又到江南采莲的季节了，莲叶浮出水面，挨挨挤挤，重重叠叠，茂密如盖。采莲船在莲叶间穿行，鱼在莲叶下追逐嬉戏，忽焉出没，一会儿在这儿，一会儿在那儿，说不清究竟是在东边，还是在西边，还是在南边，还是在北边。质朴明快的采莲歌回旋反复，采莲和追鱼，写照的原是隐秘的男欢女爱。

种藕百余根，高荷才四叶。
飔闪碧云扇，团圆青玉叠。
亭亭自抬举，鼎鼎难藏摄。
不学著水荃，一生长怗怗。

（元稹《高荷》）

荷花执着向上，坦然而自信。种藕百余根，出水的只有数叶，像青色的玉一样重叠，在水中抬举成巨大的团扇。无须自谦，更不迎合，毫不掩饰，毫不畏缩。它在哪里，哪里就是它张扬风采的舞台。绝没有岸边香草的卑微，一生都战战兢兢。

　　茅檐低小，溪上青青草。醉里吴音相媚好，白发谁家翁媪？
　　大儿锄豆溪东，中儿正织鸡笼；最喜小儿亡赖，溪头卧剥莲蓬。

（辛弃疾《清平乐·村居》）

　　农忙季节，青壮都已下田。村舍茅檐下，一家五口，老夫老妻吴侬软语话家常，大孩儿锄豆，二孩儿编鸡笼，最小的孩儿最顽皮，睡在地上剥莲蓬。如此的田园安宁，如此的岁月静好，透着泥土的气息。

　　荷花是夏天的花神，撩拨着无数骚客的情思：

　　"若耶溪傍采莲女，笑隔荷花共人语。"（《采莲曲》）李白笔下的采莲女，笑语隔着荷花，只闻其声不见其人。

　　"荷叶罗裙一色裁，芙蓉向脸两边开。"（《采莲曲》）王昌龄笔下的采莲女，碧罗裙，芙蓉面，醉了夏天，苦了多情人。

　　"逢郎欲语低头笑，碧玉搔头落水中。"（《采莲曲·菱叶萦波荷飐风》）白居易笔下的采莲女，春心摇动，乱了方寸。

　　"惟有绿荷红菡萏，卷舒开合任天真。"（《赠荷花》）李商隐笔下的荷花，是烂漫的性情少女。

　　"有三秋桂子，十里荷花。羌管弄晴，菱歌泛夜，嬉嬉钓叟莲娃。"（《望海潮·东南形胜》）柳永笔下的钱塘，寥寥数语，十里风情，尽是荷花闹出的声色。

"叶上初阳干宿雨，水面清圆，一一风荷举。"（《苏幕遮·燎沉香》）周邦彦笔下的荷花，"清水出芙蓉，天然去雕饰"，"真能得荷之神理者。"（王国维《人间词话》）

"一朵芙蕖，开过尚盈盈。"（《江城子》）苏轼写荷花，逸笔草草。

"兴尽晚回舟，误入藕花深处。"（《如梦令》）李清照写荷花，带着女性的惊讶。

"接天莲叶无穷碧，映日荷花别样红。"（《晓出净慈寺送林子方》）杨万里写荷花，千古传唱，家喻户晓。

荷花是季节演出的华彩，更是才气彰显的试题。

河上花，一千叶，六郎买醉无休歇。万转千回丁六娘，直到牵牛望河北。欲雨巫山翠盖斜，片云卷去昆明黑。馈尔明珠擎不得，涂上心头共团墨。蕙岩先生怜余老大无一遇，万一由拳拳太白，太白对予言：博望侯，天般大。叶如梭，在天外，六娘剑术行方迈。团圞八月吴兼会，河上仙人正图画。撑肠拄腹六十尺，炎凉尽作高冠带。余曰匡庐山密林迻，东晋黄冠亦朋比。算来一百八颗念头穿，大金刚，小琼玖，争似画图中实相。无相一颗莲花子，吁嗟世界莲花里。还丹未？乐歌行，泉飞叠叠花循循。东西涪川，元官乃刀划。明明水一划，故此八升益。昔者阮神解，暗解荀济北。雅乐既以当，推之气与力。元公本无力，铜铁断空廓。

清初画家八大山人画作《河上花图卷》和题在画上的《河上花歌》，是我印象最深的荷花礼赞。

弱冠，国破家亡，逃禅出家。半百后，疯癫还俗，沦落街市，作画乞食，任人驱遣。经历了太多的人生苦难，八大山人选择了浸淫艺术。他的花鸟，静谧空明，幽深淡远，远离尘嚣，最为独特的，是那些独立不羁的形象，冷漠倔强，横眉冷对大千世界，让人们直面其坎坷悲凉的人生。然而，在他 1697 年五月至八月所作的《河上花图卷》并题《河上花歌》（《山水鱼鸟册》）中，我们看到了另一个八大山人。

这一年，八大山人七十二岁，进入全盛时期的艺术家，酣畅淋漓地挥洒着生命的最后绚丽。长达一千二百九十二厘米的长卷《河上花图卷》以及《河上花歌》记录下了这迸发的燃烧。

八大山人画荷的精品存世多种，大多是一花片叶，大片留白，《河上花图卷》却是风起云涌，气象万千，墨色华滋满乾坤。流水潺潺，奇葩盛开，或颔首低眉，或挺拔直立，或一枝怒放，或团簇竞开。不受空间限制的千姿百态，动态透视，咫尺千里，有桃李之灿然，有兰芷之清媚，有杨柳之飘摇，有竹芦之疏潇，轰然的交响令血脉偾张。

题画诗《河上花歌》，洋洋洒洒数百言，语意、语态、语气、语势，活脱李白的《将进酒》。八大山人是圣者，圣者也有崇拜。写诗他崇拜李太白，李太白是诗仙。"太白对予言：博望侯，天般大。叶如梭，在天外……团圞八月吴兼会，河上仙人正图画。"此时的八大山人，似有诗仙附体。画家于恍惚中默会迷离之象，彻悟"无相""莲花"，淋漓酣畅，不拘一格，由表及里，超形入神。心与万物相接相谋，与自然达于浑融，韵律独特却浑然天成。画家赋予了荷花生命的热烈，荷花赋予了画家生命的强劲。

荷花充满了生命的力量和拟人的生动。人们对于荷花的喜爱，深入灵魂。荷花的美是实在的，它的根、茎、叶、花、果，都是人类最早的食物；荷花的美是干净的，它天生自洁的禀赋，对世界无所贪婪；荷花的美是正直的，径自带着野性的大气，对丑恶和肮脏不屑一顾；荷花的美是健康的，妖娆而不病态，永远不会有人唱"人比荷花瘦"。

与其说荷花悠远，清高，宁静，淡泊，莫如说它是生命纵情的欢歌！

后　记

去年，忽然接到一个电话，约一部回忆录书稿，也许是怕我不知就里，约稿者列举了已经应约出书的名单，一长串当今文坛如雷贯耳的名字，把我吓住了。撰写回忆录，与出版个人全集、开设纪念馆、建立研究室之类一样，只能属于那些如雷贯耳的名字，哪里是我这种人可以入流的。早已知道了不凑趣的道理，还能睁着眼睛把尿尿在床上？

不过，这次婉谢约稿，倒是引起了我的一个念头：从十余岁下乡，每天田间地头、灯下床上折腾文字算起，投身文学，近一甲子了。虽然无可自矜，毕竟终日矻矻，与文学相厮相守了一生，小说之外，多少有一些检点自己的文字，编辑成书，留一个记录，与善意的同行和读者共勉，也算是一种意义的吧。

我终生感激文学。

文学让我在痛苦中获得慰藉，在歧视中获得骄傲，在逆境中获得信念，在困窘中获得希望，在失意中获得平衡，在喧嚣中获得清醒。

文学于我是一种漫长的苦役，除了必须能够忍受孤独、寂寞、煎熬、不容懈怠的自我督促，还要能够忍受嘲讽、鄙视、冷落，需要足够强健的神经和心理承受能力。尽管如此，无论有过怎样的彷徨动摇，也许因为从小在逆境中长大，有股子死磕的劲儿，我始终没有放弃文学。

古往今来世上的所有写作，并不一定都为光宗耀祖，更不是每个人都有资格奢望上金榜、进史册、挂功勋牌、存故居、立纪念馆、被今人和后人研究和瞻仰等等。有些仅仅是一种痴迷，一种性情，一种内心的抒发。一个写作者即便不在读者视野，终至被读者完全遗忘，也至少会有一个绝对忠实的读者，那就是他自己。只要放下种种人生负累，自我解脱，写作就有可能成为一种轻松愉悦的精神运动。

我很庆幸把这一生交给了文学，同时庆幸时代和社会给了我实现这种选择的可能。文学让我的生活单纯、充实、从容、自在。文学在我心里，始终是神圣的存在，让我的一生都在朝觐的路上。

援用了著名作家王安忆早年写我的印象记作为序言。自然有拉大旗作虎皮的意思，但也不无实在的理由——今天读来，王安忆当初活泼的打趣无意中成了对我写作生涯的精确预言：

一、"陈世旭的大势，已如大江东去，再不复返了"。

二、写作是为了让"有个朋友看到了，他心想：哟！陈世旭这家伙还活着"，这的确一直是我并不"轻松的使命"。

承蒙作家出版社支持，使拙著得以顺利出版，深表感谢！

2022 年 9 月 21 日改定　岭南

图书在版编目（CIP）数据

漫长的路 / 陈世旭著 . -- 北京：作家出版社，2023.6

ISBN 978 - 7 - 5212 - 2211 - 1

Ⅰ. ①漫… Ⅱ. ①陈… Ⅲ. ①随笔 - 作品集 - 中国 - 当代 Ⅳ. ①I267.1

中国国家版本馆 CIP 数据核字（2023）第 036829 号

漫长的路

作　　者：陈世旭
责任编辑：袁艺方
装帧设计：孙惟静
出版发行：作家出版社有限公司
社　　址：北京农展馆南里 10 号　　　邮　　编：100125
电话传真：86 - 10 - 65067186（发行中心及邮购部）
　　　　　86 - 10 - 65004079（总编室）
E - mail: zuojia@zuojia. net. cn
http: // www. zuojiachubanshe. com
印　　刷：北京盛通印刷股份有限公司
成品尺寸：142 × 210
字　　数：150 千
印　　张：9.625
版　　次：2023 年 6 月第 1 版
印　　次：2023 年 6 月第 1 次印刷
ISBN 978 - 7 - 5212 - 2211 - 1
定　　价：58.00 元